ZHIWEI QINGHUAN
至味清欢

赵思曦 著

图书在版编目（CIP）数据

至味清欢 / 赵思曦著. -- 合肥：安徽文艺出版社，2025. 5. -- ISBN 978-7-5396-8231-0

Ⅰ. I247.5

中国国家版本馆 CIP 数据核字第 20243HH658 号

出 版 人：姚 巍
责任编辑：张星航　　　　　　　装帧设计：赵 梁

出版发行：安徽文艺出版社　www.awpub.com
地　　址：合肥市翡翠路 1118 号　邮政编码：230071
营 销 部：(0551)63533889
印　　制：安徽联众印刷有限公司　(0551)65661327

开本：880×1230　1/32　印张：7.5　字数：190 千字
版次：2025 年 5 月第 1 版
印次：2025 年 5 月第 1 次印刷
定价：42.00 元

（如发现印装质量问题，影响阅读，请与出版社联系调换）

版权所有，侵权必究

序

  思曦写得一笔好字,且快人快语。认识她,是那年她走进了戏剧学院的戏剧文学系学习,此后我就和她相处达六年之久。当我以研究生导师的身份送别她踏入社会之际,思曦选择了自主择业,我知道她心里一直在给自己加油,要做个终生从事文学创作的人。

  从此,她的快人快语便成了"烂笔头"。

  文学创作离不开丰富的社会生活的锤炼。这篇小说便是思曦生活中的点滴积累、些许思考。小说从父女关系入手,展开具有一定时间长度的家庭事件,将其作为故事内核;从日常吃喝入笔,揭开家长里短中波折起伏的缘由,并使读者从贯穿的故事中,透视了社会关系中人与人之间的深层情感纠葛。

  我鼓励思曦的这份执着,以激励思曦的文学脚步越走越坚实。

张殷

目录 Contents

1	春日食苦	001
2	一碗豆花	021
3	大甜酸、小甜酸	037
4	糖醋排骨	053
5	芙蓉鸡片	071
6	麻婆豆腐	085
7	宫保鸡丁	105
8	雪魔芋	121
9	夫妻肺片	141
10	槐叶冷淘	161
11	元修菜	179
12	寻味江湖	195
13	至味人间	213

春日食苦

至味清欢

> 僰道苦笋,冠冕两川。甘脆惬当,小苦而及成味;温润缜密,多啖而不疾人。盖苦而有味,如忠谏之可活国;多而不害,如举士而皆得贤。是其钟江山之秀气,故能深雨露而避风烟。食肴以之开道,酒客为之流涎。——北宋·黄庭坚《苦笋赋》

早上七点的竹湾菜市场,已人头攒动忙碌喧闹好一阵了。

菜市是老菜市,房子是老房子。竹湾菜市场和它周边的建筑一样,大都建于二十世纪九十年代初。门口的老房子无论是颜色还是功能都基本上和菜市融为一体,灰白的五层老楼,一楼面朝菜市场方向的门面房清一色开了门,经营着各种早餐和熟食。有的熟食店还刚开门,小吃早餐店却已过了一拨顾客高峰。

穿过熟食小吃门市,竹湾菜市的热闹才映入眼帘。一排排的档口铺陈在褪了色的绿色瓷砖地上。即使是没来过这里的新客也不用打听,仅凭气味就能辨别分区。干货区味道最盛,按照种类摆好的暗红、深红的干辣椒,混着深紫色的花椒、暗绿色的藤椒,还没走近,就已闻到那股混合的辣与麻。走近细看,就能发现摊主多是按照辣椒的品种分类。有的摊主干脆按照大小排列,打头阵的是小巧玲珑的小米辣,接着是形似子弹的"子弹头",然后是与小米辣相似却大一号的"满天星",压轴的才是二荆条,并不是每个档口都摆在外面让人看到。能和干货区味道相较高下的是肉类区和水产区,肉类以猪肉档居多,一排排铁钩挂着红白相间的肉。其次是鸡肉,鲜鸡居多,也有冷冻鸡肉,要是赶上现杀活鸡,一大早就能看到一幅鸡飞鸣啼的喧闹画面。吵也好,闹也罢,逛菜市就是要感受市井深处那种鲜活的旺盛的生活气息。没什么味道的时蔬区最是色彩斑斓,嫩绿色的蚕豆、淡青色的白玉苦瓜、淡黄色的玉米、莹白的白萝卜、粉红的红萝卜……

所有蔬菜都清洗得很干净,虽去掉泥土和老皮,但还带着刚采摘过后的新鲜,丝毫不输大城市高档超市里袋装的精品蔬菜。

一早来菜市的多是上了些年纪的人,间或还有来旅游的外地人。本地年轻人多数还沉浸在晨间的余梦中。小城没有大城市壮观的早高峰大军,年轻人更愿意在起床后上班前寻到熟悉的铺子,安逸地享受一顿早餐。

魏欢或许是这个时间段出现在竹湾菜市场最年轻的主顾,他是小城里一家饭店的老板,喜欢亲力亲为。

他熟门熟路地走过一间间档口,先在猪肉摊前停留。老板是个矮个子的精瘦汉子,站在挂满猪肉的摊位后,垂着的肉林遮住了他的人,只听得到他说话的声音和剁肉时撞击砧板的闷响。哪个部位要多少,手起刀落再上称,误差只在一两以内。魏欢叫了声李哥。摊位下面已经不再白的白布上,粘着污黄的油渍和干涸变色的血渍,褪成了灰色的大字依稀可辨"李氏肉铺"。肉铺前除了魏欢还有几个上了年纪的大爷娘娘。忙完了前面的顾客,精壮汉子从身后的泡沫箱里拎出一袋肉交给魏欢。"再来十斤排骨。"魏欢指着铁钩上挂着的一扇肉排。"就说你眼光好嚛。"摊主李哥挥刀切骨断肉,排骨"乓"的一声落在砧板上,原木墩子中间因常年的剁斩切形成了圆形的凹陷。魏欢接过排骨和李哥点头道别,前脚刚走,后面的顾客指着他刚买的那扇肉:"给我也来二斤。"

绕过水产区,魏欢走到时蔬区最里面靠着墙角的一家档口。这家的位置实在谈不上好,但对于每天早上都来这里走一遍的魏欢来说,竹湾菜市场各类摊贩档口的哪家货鲜哪家货全他早已了如指掌,熟悉程度堪比他的后厨。在那一片白的、黄的、绿的、红的蔬菜中间,摊主娘娘正在剥蚕豆,剥好的一批已经整齐地摆在前面,挨着同样嫩绿但小了一圈的豌豆。魏欢掠过那些绿色,看准了略靠后但又足够显眼的一行青白色,那正是春日里新上的苦笋。被剥去了外皮,竹节由绿向白过渡,直至那尖尖细细的笋尖儿。一溜的苦笋粗细长短都差不多,摆成一行,像是在吹响吃春的号角。魏欢今日就是奔着它们而来。无论是配上他手上袋子里的五花肉还是排骨,它们都将成为魏欢小店里的春日限定主角。

满载而归的魏欢转了个身,没有径直从菜摊边上的门离开,而是原路返回到了他来时的那个门。

此时菜市场门口的那些门市小店要比先前更热闹了。热腾腾的蒸汽穿过层层笼屉,均匀地给里面的包子加热,七层笼屉垒在一起足有一个成年男人那么高。滚烫的油锅里发出嗞嗞啦啦的响声,油条正从白色变成黄色,从黄色变成金色。不锈钢保温大桶里盛着刚做好的豆花,一锅已经见底,另一锅也所剩不多,旁边的桌上摆着碗碗罐罐,装的都是各种各样的热卤。这家豆花店比魏欢刚才来的时候还要忙碌,他不慌不忙地站在队尾,等候自己的那碗。

店门口上方没有招牌,但以前有,红底白字,被楼上居民投诉影响采光,于是一楼店铺的招牌都摘了。不过大家都知道,这家店叫小林豆花。老板就是那个在里面忙着煮豆浆点豆花的中年汉子,小林是他刚卖豆花时的称呼,一晃二十年过去了,小林变成老林,但是店名大家都叫习惯了。门口盛豆花的是林嫂,她绕着料台加小料,恨不得长出三头六臂。"快点儿。"林嫂冲里面大喊,老林抬着一桶豆花过来,刚做好的豆花冒着热气带着豆香。等到了魏欢,这一桶又要见底了。老林有些许过意不去,魏欢笑着说够一碗的就行,老林舀了一圈锅底给魏欢盛了满满一碗,加了料后红油混着豆花汤溢了出来。

一碗豆花,再加上两个豆芽馅包子,这就是魏欢的早餐。

魏欢骑上电瓶车,沿着老旧的街道,走过上了年纪的石桥,经过崭新的孤独的楼盘和它旁边长着杂草的荒地,再骑上一座较新的钢桥,桥下的江水奔腾向前,等待着汇入更宽广的江河。一座装饰新颖且干净的街心公园出现在桥的这边,绕公园半圈,街景明显新了很多,人与车也多了很多。穿过几条看似笔直但时而上坡时而下坡的小街,再向右转弯,魏欢最后停在一家拉着卷帘门的店前。门头上有四块大小相等的木招牌,刻刀下手不浅,黑色油墨深深嵌进木头里,勾勒出又黑又深的"随园小馆"四个行楷字。

魏欢拿出钥匙打开卷帘门,店内的装饰是和招牌相近的木色,除了地上是灰白中带点颗粒的瓷砖,就连进门右手边的收银台也是木头做的,不过细看倒像是随便捡了几块木头拼拼凑凑钉在一起的,又贴了几张酒水广告遮住较明显的缝隙。

小店不大,只有六张四人位木桌。但顾客只要进了这家店,就会被正前方的那面半墙的玻璃窗吸引,窗后是后厨,只要一抬头就可以把里面的一举一动看个清清楚楚。玻璃窗下面的墙边支了一张长方形木板,放了三把木椅,既可供一人就餐,也可以作为多人餐位。唯一的小包间在后厨对面,再往里是个只能供一人使用的小卫生间。

挑开后厨的半帘,有些脏了的白色布帘上一边写着"一菜一味",另一边写着"百菜百格"。他把食材放在水池里,简单地分类,哪些该放冰箱,哪些原地不动等待冲洗。四方水池右边是菜墩,再右边是水案,中间的不锈钢台面是冷案,下面是冷柜,旁边的一面墙是三口灶,所有的食物都将经过这趟流程最后汇聚到这里装盘上桌。玻璃窗下的那面墙是一排木架子,各种干料、酱料、干菜、蔬菜被分门别类地放在里面。角落里是两口泡菜坛子,这是所有川菜厨师的必备家什。

这里是魏欢的天地,也是他的舞台,但不是战场。对热爱烹饪的魏欢来说,每做一道菜,每招待一桌客人,不是上阵杀敌,而是如演员上台时的深情投入。戏服是白色的,腰间还扎着围裙,道具是那一面墙的刀具：砍刀、片刀、剔刀、剁刀、去皮刀……声光是灶火和锅铲声的组合，出菜时香气四溢，令这场表演简直是"6D"效果。

只要走进后厨，他就是"演员"魏欢，现在的备菜只是演出前的排练。他还没穿上"戏服"正式登台呢。

"叮铃叮铃"，店门上的铃铛声响起，一个二十出头的男生打着哈欠走向后厨。

"欢哥，"他倚靠后厨门口的墙，一半门帘在身前，一半在身后，看见魏欢正在细细地抚摸擦拭那些苦笋，"你每天就不困吗？"即便九点上班，他依然困得不行。

"我又不像你每晚都熬夜，和你比，我就是老人，早睡早起。"魏欢在围裙上抹干手，三口灶最里面的那口上面的大号汤锅正咕嘟咕嘟煲着今日的高汤，魏欢打开盖子检查，用漏勺撇去浮沫等杂物，翻滚的汤水马上呈现出清亮的白色，"五花肉切方正了，按八两一块处理。"

"晓得了，咸烧白嘛。"他打了个哈欠，往菜墩前一站就要拿刀。

"洗手，"魏欢有些严肃的声音在他身后响起，"顺便洗把脸。"

这一句话让他瞬间醒了大半。他叫方洋，是魏欢雇的后厨帮手，好听点可以称二灶或者三灶，实际上就是厨工，干的是整个后厨的各种杂务。其实魏欢没比他大多少，但是他总是有点怕魏欢。有时他觉得自己贱，就因为他是老板自己是员工吗？怎么柜台收银的毛毛就不怕魏欢？说到底，方洋怕的是魏欢一进后厨就透着的那股一丝不苟的认真劲儿，像不好好学习的差生遇到要求极严还不好应付的老师。

方洋不敢再怠慢，认认真真地洗菜、备菜，心想要是毛毛在就好了，他最怕只有他和魏欢在的后厨了，空气中好似凝结着比冰柜还冷的气息。好在大门的铃铛声适时响起了，魏欢一侧身透过玻璃窗看到上午送菜的来了。当初魏欢决意要弄透明的后厨,遭到无数反对,他就是要通过这片玻璃给顾客一个吃得干净、吃得卫生的安全感,以及在这个时候,每当店里只有他在后厨时,只需透过玻璃一看就知道门口的情况。

"欢哥,我来。"没等魏欢吩咐,方洋火速跑了出去。

魏欢虽然每天准时出现在竹湾菜市场,但并不会买很多东西,只有猪肉和其他肉类或者活物,他要亲眼看到亲手摸到亲自闻到,还有就是寻觅当季的时令蔬菜,比如今日的苦笋。其他食材则由长期合作的店家准时送来。

方洋把两大袋子菜提回后厨,他们便开始分菜、清洗、改刀,事情比刚才更多了,方洋也没有那么害怕魏欢了,反正过不了一会儿毛毛就来了,毛毛来了可就不一样了,他在心里说。

不一会儿,十点刚过,"可能南方的阳光照着北方的风"歌声传来,然后是清脆的铃铛声。不用转身,不用侧头,后厨里的两人都知道是毛毛来了,一贯的人未到歌先到。

"欢哥,我来了嗦。"毛毛隔着玻璃窗对后厨的魏欢喊。也不知道喊个什么劲儿,店就这么大,后厨又没门,门口的铃铛声都如此清晰,何况她近乎喊叫的声音。魏欢提过,没用,毛毛就喜欢这样。就像她那漂亮的美甲,总是长长的尖尖的镶着贴着各种钻石装饰,魏欢也提过,没用,下次她的美甲还是这种。毛毛无论是外形还是性格,看起来都和魏欢的店格格不入,但魏欢没有换人,他心里明白,前店后厨各司其职,前台就需要毛毛这样的女孩子。

不过毛毛可不这样想,她每天醒来的第一件事就是打开手机,看看自己短视频社交媒体的粉丝量,是不是比前一天涨了。她最大的梦想就是成为网红,然后在家数钱"躺平"。所以她每天都拿着手机拍视频,然后加美颜加滤镜,再附上时下最火的神曲,并上传。上传之后，她心里还总惦记，时不时就要打开手机看看，有没有多了几个点赞和收藏，要是还能涨几个粉丝，毛毛一定会高兴得尖叫，吓得里面的魏欢和方洋无数次差点切到了手。

毛毛来了，不仅后厨，整个饭店都瞬间热乎了起来。方洋心里想的是毛毛可不能走，她走了这个饭店就不像饭店而像殡仪馆了。当然这话不能让魏欢听到，这只是他心里无数次的嘀咕罢了。"你唱的那是啥子歌儿？有点好听。"可能是想到毛毛一个人带动整个店气氛的不易，方洋开口和毛毛聊天。

"你不晓得？最近很火很火的歌儿……"毛毛话没说完。"把今天的推荐菜写了。"魏欢打断了她。

"晓得。这歌儿叫《南方》，可能南方的阳光照着北方的风……"毛毛又哼唱了起来，一边唱还一边闭着眼睛陶醉其中，好像刚才魏欢没有说过话。终于她睁开了眼睛，转身去柜台后面拿出了一个小黑板。

方洋看着毛毛走了，才敢笑出声。毛毛唱歌跑调，除了她自己，大家都知道。

"你逗她唱歌干啥？"魏欢也笑着无奈地摇头，他在心中默数三个数，三、二、一。

"欢哥，今天主打菜是啥子哟？"毛毛扯着嗓子冲后厨喊。

在魏欢的指挥下，毛毛把写好了的小黑板摆到了小店门口。

毛毛看了看位置，觉得不好，不能挡着门口，她挪开了一点，还觉得不好，又挪到了门左的长条木椅边。随园小馆的门面左边是面大大的玻璃窗，右边是一扇木门，玻璃窗下面打了一个五六十厘米高的长条木板椅，用餐高峰期时排队的客人可以坐在这里等。毛毛现在把小黑板挪到了木箱边，坐在了最边上的位置，晃了晃腿，看看会不会挡，感觉没什么问题后，才进店里，戴上手套，拿着抹布开始擦桌椅。

小黑板上写着：

> 春日食苦,今日新菜:苦笋烧排骨、酸菜苦笋肉丝汤。今日推荐菜:咸烧白(猜猜我是什么底)

小黑板立在门口并不算显眼。毛毛跟魏欢说过换成镜面的,再用五颜六色的荧光笔,一道菜一种颜色,但被魏欢拒绝了。不仅是太过花哨风格不搭,镜面的反光效果也不见得理想。这里是蜀地,比如现在快十一点了,阳光却依旧没什么存在感,天上没云,也不像要落雨的样子,但太阳就是躲了起来。晴天不见太阳,阴雨天更没有太阳,这是蜀地典型的气候,所以才有"蜀犬吠日"的成语。

不显眼的何止小黑板。随园小馆本身也不显眼,装修不显眼,门头不显眼,还开在不显眼的地段。魏欢像是有意为之,将店开在了热闹的美食街后面这条较为安静的小街上。

酒香不怕巷子深,大隐隐于市。

魏欢做到了。随园小馆开业至今,生意一直不错,近一年来更是几乎每天都以食材卖完提前结束营业告终。究其门道,口味与食材是根本,主要原因还是魏欢不按常理出牌——随园小馆是一家不以麻辣口味为主打的川菜馆子,就像今日这块小黑板上写着的新菜,没有一个是辣的。

果然,还不到十一点三十分午场营业时间,已经有客人来了。

毛毛刚把餐具从消毒柜里拿出来摆好,看到有客人立马上前迎接,一个光头大爷笑呵呵地推门而入。身后木门铃铛叮铃作响。

他走到玻璃窗前的一人位坐下,毛毛把事先沏好的茶端来,给他倒了一杯,然后去把店门打开,两扇玻璃木门折立在两边,铃铛躲在门后不再出声。

魏欢在后厨看到光头大爷,点了点头。他是魏欢的老主顾了,具体多老,恐怕不能从随园小馆开店时算起。他来得并不频繁,但来的时候一定是吃应季菜的好时机。他通常会错开用餐高峰来,大部分都会在午市开业前,这样这一天第一锅的菜肴一定是被他尝到的。

"苦笋烧排骨、酸菜苦笋肉丝汤,"他对着毛毛点菜,"再加一个红油苦笋。"

"红油?等我问下。"毛毛掀开门帘,"红油的有吗?"

魏欢在后厨已经听到。虽然他刻意没有加上红油的做法,但熟客会自行点上。他对毛毛说有,声音不大,却足够毛毛和光头大爷听见。

"全是苦啊?"

"今天不就是来吃苦的吗?"

"不来咸烧白吗?可是今天的推荐菜呢。"

"猜猜我是什么底?"光头大爷复述门口小黑板上的话,"还能是什么,苦笋呗。"

毛毛眨了眨眼睛,没想到自己刻意卖关子加的一句话很快就被第一个顾客识破了,她有点扫兴。

"那是你写的吧?"

"对啊,怎么可能是他?"毛毛朝着魏欢努努嘴。魏欢不仅不会这样写,要是他知道毛毛会加这句还不一定同意呢。

"咸烧白想吃苦笋底也就这个时候了。"光头大爷像是对毛毛说,也像是自言自语。

"那您要不要来一份?"

"不了,"光头大爷摇了摇头说,"今天的菜不适合。"

毛毛觉得奇怪。她时常觉得店里的客人奇怪,有的人点菜奇怪,有的人吃法奇怪,其实最奇怪的人还是魏欢。她问过魏欢那些奇怪客人的奇怪行为,魏欢总是笑着说这才是真正的行家,高级点叫美食家,文雅一点的说法是老饕。老饕是什么?老饕不就是指这个人很老套?毛毛想,的确老套,魏欢最老套。果然什么厨子招什么顾客。

后厨喊上菜的声音打断了毛毛的思绪。一份红油苦笋已经拌好,白色的瓷盘盛着淋满红油的苦笋片。

红油笋片是川菜最常见的凉菜之一,随着时节的变化,笋的取材也会变。冬季用冬笋,除了红油味儿,还有咸鲜口味的芹黄冬笋。春天自然要用上苦笋了。将苦笋切成均匀的薄片,朝着一个方向整齐地垒在盘中,红油包裹住原本天青色的笋身,只有咬开一口才能从切面处辨别出一丝本来的颜色。

光头大爷夹了一筷子红油苦笋入口,先是辣椒的香,然后是短暂的苦,接着回味还带有清淡的甜。咸鲜来自底料,鲜甜来自食材。主菜前来上这么一份,开胃提鲜。他品着这份红油苦笋的当口,毛毛已经在店前忙活起来。

随着饭点的到来,客人一拨一拨地渐渐坐满了小店。毛毛穿梭在几张桌子和后台之间,一会儿点菜,一会儿上菜,眼看着又有一桌要翻台还要收拾碗筷擦干净桌子重新布置。光头大爷不经意地回头一瞥,正看见这繁忙热闹的场面,谈笑声、餐具间的碰撞声、点菜声、起菜声,还有后厨里隆隆的抽油烟机声中伴随着的叮叮当当煎炒煸烧声。再抬眼转到两边墙上,没有大字招牌,也没有长篇介绍,没有酒水广告,也没有彩绘涂鸦,只每边各有两张正方形的牛皮纸,上面写着黑色正楷字,"戒耳餐""戒目食"在左,"戒暴殄""戒纵酒"在右。其中的名目缘由他自然早就知道,只是每次来吃饭,都不免抬头看看,心想欢娃子做得像模像样啊。

光头大爷走的时候,毛毛根本没注意,单人位空出来后很快安排给在外面等了一会儿的一行三人。在两灶间转换不停的魏欢的手机响起转账提示语音,店里扫码付款的每笔钱都会即时在他手机上响起。"收钱到账512元",方洋开玩笑说这笔入账不小,但魏欢没有注意他说的话。魏欢转身看向玻璃窗外,那个单人位上已没有光头大爷的身影,门外也没有他离开的背影。

魏欢没时间另作他想,又有客人点了一套"吃苦全餐":苦笋烧排骨、酸菜苦笋肉丝汤、咸烧白。咸烧白作为今日的推荐菜,其实是在寻常的芽菜或者冬菜底基础上添了苦笋,不仅有芽菜填满海碗缝隙,还添了笋段围挡住片片猪肉。苦笋打底,笋片吸收了猪油,既解了猪油的腻,还添了苦笋的香。

点菜的是玻璃窗下单人位的一行三人,一男两女三个年轻人,看样子是来小城旅游,也许是专程来游玩,也许是去了邻市景点再来小城寻觅美食。他们似乎对随园小馆抱有很大的好奇心。从在门口等位开始,他们一面口中吧啦吧啦,一面手中咔嚓咔嚓,进店后更是对墙上的字琢磨研究了半天。"戒耳餐啥意思?""不知道,不能用耳朵吃饭?问题是谁用耳朵吃饭啊?""对啊,饭店里贴这个更不可能是这意思。""我觉得这家店不错,审美挺好的,日式原木风。"三人讨论着,男生打开手机拍照看图识万物。"戒耳餐,出自《随园食单》,作者袁枚,清朝人,什么是耳餐?耳餐就是片面追求食肴的名声,贪图食物名贵,浮夸不实地表示敬客之意,这是用耳朵吃,不是用口品尝……""行了,打住。""这么有文化的吗?看来这家店来对了。""意思就是吃饭也不能虚荣呗,好比鲍鱼燕窝就是香奈儿和'驴'牌,不是贵的就是好的。""要不说还得是咱们文案黄老师呢。"其余二人一起和说话的那个短发女生开玩笑,三人笑作一团,其间,毛毛把菜端上来了。

忙过了高峰期,店里客人总算少了下来,除了单人位的那三人,还有两桌客人,午场的营业时间也快结束了。

毛毛一屁股坐在收银台的椅子上,这本是魏欢选的木椅,她嫌硌屁股,加了一个羽绒厚垫、一个薄垫,还有一个毛茸茸的靠枕。忙完后瘫坐在椅子上的感觉真好,她狂吸了两口早就不热的三分甜黑糖珍珠奶茶,圆圆的黑珍珠顺着吸管被她裹进嘴里,再用后槽牙嚼上几口,软软糯糯。她终于可以拿出手机刷一会儿视频了,先点开自己的账号,距离上午十点最后一次看手机已过了三个多小时,收藏量一个都没涨。她早就知道结果如此,但心里还是泛起那种淡淡的失落。唉,怎么我就不能成为网红呢?毛毛内心无数次发问。她咬着吸管撮着最后一点的奶茶,刷着常看的那几个号时,单人位的三个客人过来埋单。毛毛扫了眼餐位,再看手里的账单,利落地报出价格。他们扫完码,机器自动打印出小票。"欢迎下次再来噢。"毛毛冲着他们离开的背影说。

但是直到他们离开好一会儿,毛毛都在沉思,她觉得她见过那三个人,在哪里见过又想不起来,他们明明不是本地人,又会在哪里见过呢?

"休息中"的牌子挂在已经关上的玻璃门上,魏欢、方洋大口大口扒着饭,毛毛咬着筷子思考。"咋不吃?又减肥?"方洋夹了一筷子肉,扒了一口饭,嘴里塞得满满当当,说话间还喷出几颗饭粒。"吃都堵不上你的嘴。"毛毛嫌弃地翻了个白眼。吃,她似乎想到了什么,吃播、美食……毛毛拿出手机迅速地翻看她的浏览记录,一个账号一个账号地找,一条视频一条视频地翻。

"我就说我见过!"

虽然魏欢和方洋早就习惯了毛毛的一惊一乍,但不等于他们能预知毛毛的突然袭击。魏欢差点被呛到了,方洋吓掉了筷子。

毛毛瞪圆了的眼睛里闪烁着亮闪闪的光芒,会让人以为她看到了什么奇珍异宝,或者见到了偶像明星。"你们晓得中午那三个人是哪个吗?"

"哪个?"

"就是这个账号的!他们是这个账号的工作人员!"毛毛翻出一条视频,拉快进度条,找到几个非主机位拍到的人。

"哪三个人?"方洋拿过手机仔细看,魏欢也凑了过来,"看不出来什么样子嘛。"

"哎呀我跟你说,就是这三个人!我的眼睛就是尺,我每天来来回回看那么多人,我会记不住吗?"

"好好,你说是就是嘛。"

"哎哟你们怎么不懂嘛!他们是这个号的,这个号的工作人员!"

"所以呢?"

"哪个号?"

这种鸡同鸭讲的情况其实是随园小馆三个人相处的常态。虽然魏欢是老板,但他只比方洋大四岁,比毛毛大六岁,他也不是什么为了体验生活才开店的富二代,所以他们之间相处得跟朋友一样。方洋即使怕魏欢,也仅限于工作时。

"你们两个莽坨!这是网红!是美食探店的账号,他们三个是工作人员,来我们店,意味着啥?"

"啥?"

"要拍我们噻!"

"我懂咯!他们那个号来拍我们店,就是他们探的那些美食店,网上一发,那我们就红了噻!"

"对头嘛!"毛毛拍了下方洋的脑袋以示肯定。

魏欢吃完饭后收拾好自己的碗筷,淡淡地交代其他两人快吃。一边是激动不已的毛毛和方洋,一边是平静如水的魏欢,犹如被隔开的红油辣锅和清汤白锅,泾渭分明。

"欢哥,你是没听懂吗?我再给你讲一遍……"

"不用,我听懂了。"

"那你怎么这副脸?他们流量可大了,要是我们店被他们播了,肯定会火的。"毛毛自然也想到店火了她也可以顺势成为网红了。

"我不需要什么探店视频,我开的就是个饭店,不需要那么多宣传。"魏欢拿着碗筷走向店的尽头。那是后厨和包间隔开的过道中间墙上开的门,打开后是自带的小院,不大,但接了水管。一个阿姨正坐在小凳子上洗碗,一个不锈钢大盆里全是白色泡沫,另一个里面是经过泡沫浸润的餐具。因为三个人管店时常忙不过来,魏欢就请了个阿姨专门负责洗碗,中午来一趟,晚上来一趟。

他站在通往小院的门中间,也就是站在过道的中间。店里开着灯亮,过道处没有灯,很暗,他身后院子里的阳光不刺眼,仅是为了维持白天基本照明,不可能有富余的光线透过缝隙洒进来。看不清他的脸,只看到他半转着身子,对餐桌上不解的那两人说快点吃,吃完把碗拿过来洗,阿姨一会儿要下班了。

下午,整个小城都进入了一种嗜睡的状态,像童话里被施了魔法的沉睡国度。困意笼罩着城里的每个人。竹湾菜市场的蔬菜档口上盖了一层白布,摊主支着胳膊趴在蔬菜堆里睡觉。肉铺老板半躺在折叠椅里,头上蒙着衣服,发出阵阵鼾声。小林豆花店关了门,两口子准备回家赶紧补觉,烟店和食杂店的老板们也躺在玻璃柜台后面打盹儿,一切都在沉睡,都在静止。四下静悄悄的,只有偶尔的车辆行驶声、狗叫声、手机里的短视频声表示这里没有静止,只是暂时休息罢了。

随园小馆拉上了木百叶窗,合上了木玻璃门,吃完饭的三人躺在各自的"小窝"里。毛毛休息的"窝"藏在柜台下面,一张简单的折叠床。三折的床,打开后有0.6米宽,1.5米长,她拉开抱枕外面的拉链,里面是条毯子。毛毛躺在床上,两只脚悬在外面。方洋休息的"窝"藏在小院里,那是天热时给客人准备的躺椅,在派不上用场的时候,方洋就把它搬进店里,然后躺在上面休息。魏欢的"窝"不在店里。他每天午休时会回家睡上一会儿,有时长一点,有时短一点,但到下午三点半,他一定准时回到店里。他家离得不远,骑上电动车也就几分钟,当然整个小城也不大,去很多地方都只要几分钟。

  魏欢躺在床上,想着毛毛的话,他知道那三个人就是坐在玻璃窗下面单人位的,点的菜是"吃苦全餐"。如果真如毛毛所说,他们是探店美食账号的工作人员,那么之后他们大概率会来店里拍摄。和方洋、毛毛比,魏欢的确是个"老头",不仅早睡早起,还拒绝接受新鲜事物:自媒体、短视频、网络营销。魏欢想起了一个词,早些年他小时候,形容上网看新闻、打游戏、聊天、看电影等网络休闲活动叫"网上冲浪"。这个词一直在他脑海中出现,哪怕早就已经成为被淘汰的过期词。他觉得网络就像浪,可以让人在冲浪板上乘风破浪,享受风享受速度享受失重的快感。于他而言,各类网红美食账号就是冲浪板,魏欢站在上面,借浪而行,站在浪的最高处,俯瞰海面,以为自己是大海的主宰,然后下一秒,浪停了,他没有扶稳,腰腹也卸了力,掉进了海水里。又一浪打过来,把他卷向大海的更深处。他跟着海浪浮沉,眼看体力不支,最后看到的是金色沙滩边,他站在那里,有人递给他一个冲浪板,他犹豫踌躇着不知是否要接受。

  闹钟突然响了,他的眼球在眼皮后面快速转动,闭着眼伸手寻找手机,在闹钟锲而不舍地响了一分钟后,他终于拿到手机,按停了闹钟。

  他洗了把冷水脸,狠狠地拍了拍自己几下,出了门。

店门上的铃铛叮铃叮铃,魏欢故意使了点劲儿,以此叫醒还在睡觉的毛毛和方洋。毛毛戴着耳机从吧台后面站起来。

她其实早醒了,是因为心里有事睡不着。她翻查了那个美食号很长时间,终于弄明白原来那个号属于一个头部网红的矩阵,她最先关注的就是这个全网有近亿粉丝的头部网红。后来觉得还有几个探店博主也挺有趣就都关注了,没想到仔细一查,他们竟然都属于那个头部网红的mcn(多频道网络)公司。难怪他们的风格那么像呢,毛毛心想,要是我也能被这个公司签下成为网红就好了。

"别发呆,醒了就干活。"魏欢摘了毛毛的耳机,故意大声说。

也就想想了,毛毛在心中叹气。现实永远是现实,她的同事不是那些网红,而是这个连拍摄探店视频都会拒绝的老古董魏欢,他自己不是也说了,老套。

毛毛哼了一声,也不看魏欢,转身去包间,冲方洋大喊了一句:"起床了上班了卖命了!"

和所有饭店一样,随园小馆的晚场要比午场更忙。距离营业时间还早,已经有客人打来电话预约订位。店小桌少,除了那个包间,随园小馆不给提前预订,而是先到先吃。正是因为容量小还不给预订,随园小馆总是附近饭店排队人数最多的一家。排队的人越多,客人也越多,就像是饥饿营销。或许魏欢就是这么想的。

小街隔壁就是小城知名的美食街。一到傍晚,各家招牌灯箱点亮了整条街,霓虹闪烁,人声嘈杂,吆喝声此起彼伏。店员拿着麦克风站在店门口,对着来来往往的人群吆喝着"柴米油盐酱醋茶,今天来店里吃点啥""酒香饭热,笑迎八方来客;菜美汤鲜,心向四海嘉宾""才高八斗十顶百,源泉不断三江财"。相比那些,简单一句"火锅""钵钵鸡""毛血旺""跷脚牛肉""东坡肉"等单独报菜名的吆喝声气势低了很多。但是论起味道,人们想不起热闹的美食街上的任何一家店，反而是后面那条街的随园小馆成了小城人、邻市人乃至省城人都交口称赞的饭店。它就像是一匹黑马，在众多饭店中"杀"了出来，以至人们都不知道它是什么时候开的。

隔壁美食街人气兴旺的同时，随园小馆门口也排起了长队，毛毛有条不紊地叫号、点菜、上菜，好在只有六桌客人，加上单人位和包间，还能忙得过来。不知不觉队伍越排越长，总有后来的客人问毛毛要排多久，她一面顾着招呼店内的客人，一面还要应付外面的客人，一时对魏欢恨得牙痒痒。她扫了一眼店内，再看了看外面的队伍。"半小时起吧。"然后她立马跑去后厨端菜，同时还骂了句魏欢，"让你再招个服务员你不干，你就是小气鬼，小气鬼喝凉水，喝了凉水变魔鬼！"方洋此时也上了灶，魏欢开店一向准备充分，下午的备菜足够，所以晚场方洋也会在魏欢的指点下掌勺。"毛毛说得对，欢哥，后厨你也再雇一个人吧！钱挣了就要花，你不能当一辈子铁公鸡！"魏欢专注于自己的锅，又看了看方洋的。"火候，注意火候。"方洋立马不敢多话。

听到还要排半小时队，后来的这位女客人和她的同伴有点犹豫，现在已经快晚上八点了，她们早就饿了。想了一会儿，她们便放弃排号走了，女客人走的时候回头看了眼木底黑字的招牌。她跟同伴说明天早点再来，然后往前走了几米左转进了美食街，走进了热闹喧嚣中。

晚上九点半刚过，随园小馆"今日已打烊"的招牌就挂上了。虽然门口贴着的营业时间写着：中午11点30到14点，晚上17点30到22点，但实际上每天的结束时间都要比这个早，只要食材做完就关门。

对魏欢来说，做菜就像在表演，但对方洋和毛毛来说，每天都跟打仗一样。魏欢端着玻璃杯喝口茶,拍了拍他们的肩膀说:"三个人分这些钱和五个人分,你们选择哪一个?"毛毛和方洋异口同声:"当然选三个人啊。"魏欢笑了,他笑起来有点腼腆,哪怕是面对熟人。"你们辛苦了,这个月奖金加两千。"一句话,让毛毛和方洋收拾桌椅、打扫卫生都轻松有劲儿了。

毛毛和方洋觉得月底的奖金这会儿仿佛已经在手里了,兴奋地商量一会儿去哪吃夜宵。魏欢关上木玻璃门,拉下卷帘门并锁好,骑上电动车。毛毛和方洋向左走,魏欢骑车向右走,消失在了小城的夜里。

随园小馆结束了一天的营业,木底黑字招牌也逐渐消失在夜色中。

一碗豆花

> 豆腐以黄豆及蚕豆为之，甜而细嫩，当甲海内，用卤水点化，凡一瓯可点数斗。其胜也，以此水故，他处所无也……——明万历《嘉定州志》卷五《物产志》
>
> 豆花，本文特指嫩豆花，有的地方叫豆腐脑，就四川而言，只有乐山、峨眉一带叫豆腐脑。

这座川南小城，曾在2008年之后迎来一次新生。

那次天灾没有直接影响到小城，还让小城被列入灾后重点发展城市的规划名单中。之后小城迈开了发展大基建的步伐。一切年代久远的基础设施统统翻新，新的设施也在紧锣密鼓地筹备后投入建设。市中心的老路、老城区的老房子和那座老人口中的新中国成立时就有的解放公园，都进行了不同程度的翻新改造。原本的商业街蜷缩在老城区一角，向南北东西四个方向各延长了一千米，其中西南位置规划成美食街。新的城市公园建在老城区外围，拆迁居民全都被安置在新区那些拔地而起的高层小区。没住过高楼的小城人们又激动又兴奋，虽然是摇号分房，但不少人为了能住上高层私下加钱换房。住得越高离天越近，越能趋近那长年躲起来的太阳。在新区的高层，也不用太高，十楼以上就行，向北就能看到那个新建的火车站，开始只有动车，后来通了高铁。动车和高铁的开通大大降低了小城人们去大城市的时间成本，去成都只需一个多小时，去重庆也就三个小时。越来越多的年轻人乘上子弹一样快速的列车，由它带领自己"嗖"地去往繁华的世界。列车送走了想去外地闯荡的人们，也带来了前来小城寻味的人们。和四川的很多城市一样，美食就是城市的名片，交通的发展给全国各地游客入川的寻味之旅提供了方便。

从小城的高铁站出来，走过大片瓷砖铺成的出站口，往左走几米就能看到正在排队等客的绿色出租车。没有客人的时候，司机就各自坐在车里休息,饶有兴致地刷着手机视频。小城人谁也不记得从什么时候起,刷手机视频成了每天占据自己空余时间最多的事情。习惯一旦养成,就很少有人探究它的源头。以前在高铁站等客的司机还经常三三两两地凑在一起抽烟、聊天,放低驾驶座椅躺在车里打盹。但现在大家习惯于透过那个握在手里的长方形屏幕知晓天下事,国际形势、家长里短、古今中外、百科知识、奇闻逸事、养生医学、大明星小人物,大数据比你自己更了解你的喜好。直到一拨旅客出站,将他们拽回现实,司机们才不舍地放下手机。

刚出站的人群中有四个年轻人,一看就是外省人,引起司机们一阵小小的骚动。从高铁站打车到市区打表需花费三十多元,按人头十五元一人,四人就是六十元。司机们围住他们,都想揽下这笔活,嘴里说着差不多的揽客话:走了,去哪?再来一位就发车。

四个年轻人顺着司机的包围圈,走到排在最前的那辆出租车边。司机老刘成了那名幸运儿。

一男三女上了老刘的车,男生坐在副驾,三个女生坐在后排。

老刘一路都很高兴,充当免费导游,给他们介绍小城的风土人情,尤其是当地的美食。四人开始对老刘的热情介绍没多理睬,直到提到美食后,他们才来了兴致。老刘有些得意,上启秦汉下至民国,三江汇流巴蜀名山,从川菜历史发展到经典名菜,滔滔不绝,嘴巴都讲干了。男生不禁回头,四人对视,抿嘴偷笑,男生清了清嗓:"师傅你就给我们推荐几家饭店吧。""那还不简单?关键要看你们想吃啥噻。"老刘转头看了下这个年轻男生,二十五岁上下,穿着打扮他不懂,但身上透出的气质一看就是从大城市来的。"你们是从上海来的吧?一看就是大城市的娃,不晓得你们可能吃辣?来四川肯定要吃辣的,不过我们这个辣……"男生赶紧打断老刘:"师傅好眼力,我们的确从江浙来,能吃点辣。""江浙?不是上海?那是南京、杭州、苏州?你们那里好,自古富得流油,现在更有钱噻。尤其杭州,你们晓得不?那个阿里巴巴,就在杭州,还有那些个网红,我天天看手机,听说他们都在杭州。"老刘的话就像一个满是破洞的气球,装满水后水流从各个洞里漏出,堵都堵不住。男生一阵嗯啊地附和老刘,后排的三个女生低头摆弄手机,在群里聊起这个话多的司机。男生发了一条:"我再也不坐副驾了!怎么每个司机都爱和我聊天!"三个女生在群里哈哈哈大笑,说他一看就心善,还说再聊下去估计就要留他当女婿了。老刘自诩对短视频直播很有研究,逢人就爱摆龙门阵。他感觉和这几个年轻人投缘,越聊越起劲,早就忘了自赋的导游和美食大使的身份。他从后视镜看路况,又扫了一眼后排的三个女生:"你们三个女娃娃长得好乖,咋不去当网红?网红挣得多哟。"

"师傅,我们到了。"男生看到了那个高耸入云通身玻璃的大楼,提醒老刘。直到四人拿了行李下车,他们也没听到老刘推荐的饭店是哪家。

"你们就去那个醉江楼噻。"老刘摇下副驾的窗子,冲着他们的背影大喊,也不晓得他们听不听得见。他有些遗憾,还没聊过瘾就到了。

这是小城最贵的美华酒店,开业不到两年,便取代了市中心的老字号迎宾馆和一批早年修建的连锁酒店,成为一些老板、商人、有钱游客的入住首选。

四个年轻人在前台办理入住。根据身份证上显示,男生叫许昂,安徽人;短发女生叫黄艾,辽宁人;戴圆眼镜的女生叫周雨薇,江苏人。还有一个女生,有一张圆圆的脸,眼睛也圆溜溜的,像小鹿一样,笑起来或者说话的时候嘴边会露出两个酒窝,看起来很年轻,就像刚毕业的高中生。她叫叶至清,浙江人。许昂住一间,黄艾和周雨薇住一间,叶至清自己住一间。叶至清是三个女生中最漂亮的,属于普通人中的小美女,发视频做网红博主小火可以,大红不一定。

司机老刘还不知道自己其实猜对了。他们来自杭州,叶至清是一名美食探店博主,但粉丝没那么多。许昂、黄艾、周雨薇是叶至清的同事,他们的工作就是拍摄、制作、上传老刘和那些司机以及小城人每天都刷的短视频。

他们供职的这家mcn公司,老板是全网头部的美食探店博主。杭州大大小小的mcn公司不计其数,国内顶级八大mcn公司就有六家入驻杭州,其中三家就在杭州发迹。他们这家公司成立三年,因为老板的粉丝量吸引到资本,投资成立了mcn公司,下设老板深耕的美食探店频道、吃播频道、美妆频道、服装频道、直播频道。每个频道是一个部门,每个部门由主管、主播、策划、摄影、后期、宣传、化妆、助理组成。这些只是基层员工,上面还有高层,具体怎么架构分配,他们这些员工就不得而知了。

和大部分公司一样,他们也每周一开例会——选题会。老板的策划团队会先给出方案,然后各部门的出镜博主和策划根据此方案做出各自的选题,找哪些角度和老板的视频联动,制造话题,聚集流量。其中最难的是叶至清这类美食探店频道的博主,既要能制造热度,还不能和老板的重复。好在她的视频一直专注于小饭店、小馆子,也就尽可能避开了和老板的重复。其实跟老板分头行动也能解决内容重复的问题,举个例子,老板去北京,其他人就去南京。但老板有意见,说一起去一个地方可以节省经费。

四川这个选题看似简单,但说难也难。中国饮食文化源远流长、博大精深,不论是"八大菜系"还是"四大菜系",排第一的都是川菜。川菜上能在北京饭店举办的国宴中当主角,下能在全国各地掀起麻辣滚烫的火锅热,更别说那早就代表中国美食走向世界的名菜麻婆豆腐。但要说难,因为人人皆知川菜麻辣好吃,大饭店、小饭馆各有各的特色。据统计,四川有超过六十万家大大小小的饭店,其中不少饭店在资本运作下成立餐饮品牌,并在全国开设连锁店。川菜麻辣,尽人皆知,辣椒够辣、花椒够劲,混合郫县豆瓣酱增香增亮,总归尝起来味道不出大错。这是大多数人想到川菜的第一反应,包括叶至清和她的团队,策划兼文案黄艾、拍摄和造型周雨薇、拍摄及后期许昂。不过深入四川这片素来就有天府之国美誉的美食大省进行实地探店拍摄,就不能只有麻和辣,该选那些有城市特色的店,才是做内容的根本。

辣、火锅、成都、麻婆豆腐……作为策划的黄艾在本子上写下关键词。上午的阳光透过玻璃窗照射进来,有些刺眼。叶至清坐在黄艾的左边,阳光在她的半张脸上投下阴影。她一向不太喜欢杭州春日的阳光,不是太强就是太弱。她还不知道入川之后,杭州的阳光会成为她最怀念的。正当黄艾思考从哪个角度切入的时候,叶至清已经举手:"老大,这次四川的拍摄我去,还是从小馆子入手。"

没人知道四川对叶至清来说意味着什么。她是土生土长的杭州人,从出生到大学毕业参加工作没离开过市内五区。远在西南地区的四川,有一个长久以来藏在她心底的秘密。每每听到四川这两个字,她就会感到心脏在瞬间不受控制地狂跳,需要竭力压制才能抑住那种紧张感。她不敢表露出那不合时宜的紧张,怕别人窥探到那个秘密。等紧张感消退,她又感到有小虫爬进血管,钻进心脏,浑身发痒。慢慢习惯后,她开始享受这种侵袭,想和那个秘密共存。一切都悄悄地在她身体里进行,不被任何人知道。

叶至清站在酒店的窗边,十七层,这里可以将部分小城尽收眼底。远处的江水、江上的桥,葱郁的公园,弯曲的大街小路,以及藏在云雾深处的高山。现在她人在蜀地,踏在她渴望探寻已久的古老的土地上,所有的未知都躲在蜀地上空飘忽的云里。叶至清什么都不知道,什么也抓不住。

沿着酒店前的路,过两个路口就是街心公园。道路两旁种着银杏树,公园里种着大片直挺挺的水杉。顺着树干抬头,叶子挨在一起,地面一片树影,此时本就没什么太阳,绿荫里看起来更暗。走过街心公园的东门,再往前走一个路口就是小城的商业街,进入商业街右转是美食街。美食街的背面,完全是另一番景象。走过成片的五层老房子,分不清外墙有没有翻新过,混着砖色和灰色,经年雨水冲刷的霉斑,散在各个角落。没有整齐排列的树木,人行道上的砖块破的破,掉的掉,要是下雨过后稍不注意就会踩中"地雷"溅得一腿泥水。

叶至清在一家面馆前停下。红底白字的招牌已经褪了色,正是饭点,座位几乎被坐满。她找了个角落坐了下来,点了一碗肥肠面。店里的白墙不再白,收银台后面墙上挂的菜单沾了灰尘和油渍。叶至清浅浅地吸了一口气,空气中弥漫着辣椒和炖肉的香味,她感到一种安全感。这让她那颗随时可能因紧张跳动过速的心稍稍安定下来。昨夜在成都下飞机,今早马不停蹄地坐高铁到小城,如果不马上坐在这里感受市井深处的烟火气,她怕抑制不住对心底那个秘密的探寻。她喜欢这份探店的工作,喜欢在各种小店中探寻最简单质朴的美味,没有好看的装盘,没有夺目的色与形,只是最简单的海碗,盛上最普通的食物,也最抚慰人心。

许昂、黄艾、周雨薇去了距离叶至清不远的另一家店,他们到随园小馆时,是午场最后等位的客人。许昂指着门口的小黑板,不无得意地说:"这家店真的有点意思。"黄艾表示同意:"我看这家店口碑有点两极分化,试试看,不错的话今晚就来拍。"周雨薇拿出手机拍摄了一圈店门口,发现透过那面大玻璃窗能看到店内的那面半墙的玻璃。她挥手示意其他两人:"是透明厨房呀,在川菜小馆子里很少见。"等叫到他们的号时,他们正好坐在了那面大玻璃窗下。店内是和门口一致的木色装修,墙上挂的牛皮纸字条引起了他们的兴趣。许昂拿出手机查了一下,"戒耳餐""戒目食""戒暴殄""戒纵酒"出自《随园食单》。"难怪叫随园小馆呢。"三人恍然大悟。

在黄艾的笔记上,除了小吃类的面、豆花、抄手之外,还有几家小饭店,其中就有随园小馆。相比其他几家,随园小馆开业时间不算久,口碑也相对差了点,喜欢的说口味好、食材好,不喜欢的说老板装腔作势,川菜馆子竟然不以辣为主。有反差,有矛盾。职业经验告诉他们,恰恰是这种店往往能拍出爆款,才有拍摄的意义。

从随园小馆出来的三人一致决定明天带齐设备就来拍。

叶至清听完他们的描述,也对随园小馆产生了兴趣,提议晚上就直接去拍了。周雨薇却并不情愿,她其实没那么喜欢随园小馆的菜,说辣吧,没预想的那么辣,而且每道菜都离不开苦笋,吃一口觉得新鲜,一直吃就感觉没有回甘,只有苦涩。要她连吃两顿,她觉得现在嘴里还是苦的。

"好呀,我觉得清清一定会喜欢这家店。"她开口先肯定了叶至清的提议。

"那就这么定。"

"我准备一下关键词,你到时候根据情况看看怎么发挥。"黄艾是个行动派,定好的事情她总是会第一时间去做。

"但我们四个都去会不会有点浪费时间?比如,我们分头,让许昂跟你拍,我再看看别的店,这样就省了两天的时间,要是明天再先踩点,然后定拍摄,有点耽误时间。"

这才是周雨薇真正的想法。绝不直接表达自己的真实想法,是周雨薇一贯的表达方式,但是叶至清并不一定每次都能及时听出她的真实想法。他们四人同属于一个探店频道,从级别上来说,博主和其他工作人员一样,但实际操作起来大家都知道,一个博主身后跟几个工作人员,形成围绕这个博主的团队,团队核心、拍板下决定的自然是出镜的博主。叶至清流量不大,全网粉丝不到三十万,她的团队是探店频道中人数最少的那一批。

"怎么?你不去吗?你不在少了个机位,效果不好吧。"

"那家店不大,一个机位应该可以,"许昂打圆场,"或者固定机位用黄艾的。"

"我拿固定机位?大哥你搞笑呢吧,咱先不说我的技术,我是策划文案不是摄影,我干你们的活算啥?知道的说我帮忙,不知道的以为我故意表现抢功呢。"

"我没说不去,我就是提一个可以更节省时间的方案。"周雨薇依旧笑呵呵地说。

叶至清再傻也听明白了。

"那就明天拍吧,大家今天休息一下,昨天赶飞机,今天赶高铁,累死了。"叶至清伸了个懒腰,不知是真累还是假装的。

叶至清觉得更多的还是心累。带这个加上她不过四人的团队,叶至清已深感疲惫。人与人之间的沟通好像永远都隔着思想上的千山万水。她再次庆幸自己还不红,想到公司那些主播身边围着十几人甚至几十人,如果换作叶至清自己早就被卖得连渣都不剩。所以,红不红是命,命是性格,也是能力。

她躺在酒店的床上,翻了个身就睡着了。

再睁眼,天还大亮着,叶至清看了眼时间,已经晚上七点了。她侧脸看向窗外,白天里那看不见的太阳倒是在交班前出来了,在云层里留下暧昧的痕迹。叶至清努力转了转脑子,想起这里是西南,东加西减,和杭州有时差呢。她给黄艾发了条微信,问她去不去吃晚饭。周雨薇不会等她,许昂一定跟周雨薇行动。他们俩之间一定有点什么,叶至清想。不过,他们从什么时候开始的、目前到哪一步了,她不知道。

其实刚入职的时候叶至清和周雨薇走得很近,她们年龄相仿,一个来自杭州本地,一个来自邻省江苏,相似的方言,相近的口味。周雨薇工作细致,自从叶至清的账号小有流量后,每次出镜的妆容打扮周雨薇做得都很认真。公司根据叶至清的外形和个性,给她定的风格是可爱俏皮的小女生,每期开头一句"清清爱美食,大家好,我是清清"。甜美女生吃小馆子的人物形象更有看点。周雨薇也根据叶至清的视频风格精心准备服装和妆容,每次拍摄她不仅及时给叶至清调整衣服和补妆,也会拿手机协助拍摄环境。大概在前年年底的时候,因为年终奖的事情,叶至清发现她并不了解周雨薇。直到频道主管找她谈话,她才明白原来周雨薇的很多想法都藏在说过的第三句话里,听表面是一个意思,听内在是另一个意思,合起来又是第三个意思。从主管办公室出来后,叶至清被吓得汗水把衣领都打湿了,不是害怕,是后怕,还好她话不多,在涉及工资等隐私问题上她从来闭口不谈,不然麻烦恐怕不止这一点。叶至清在这之后和黄艾走得近了些,也只是近了些,方便共事,比如外出拍摄时找个饭搭子。

叶至清不是没想过黄艾会拒绝她,但好在黄艾也没吃晚饭。

去吃饭的路上,叶至清说她还是想去随园小馆看看。黄艾愣了一下,说好。她跟叶至清说了说随园小馆的情况,认为这家店以后会火,从装潢到菜单,从食材到做法,都是能让它火的理由。叶至清饶有兴致地听着,不知道黄艾心里此时此刻正笑她和周雨薇一样,话不直说,非要在路上再说想去随园小馆,不就是怕黄艾和周雨薇一样不想晚上再吃一顿嘛。黄艾心里想着,嘴上却一条一条介绍随园小馆的与众不同,她没有拒绝叶至清,是因为她和周雨薇不同。黄艾喜欢随园小馆,做了这么久的美食策划,她知道哪些店是老板的事业,哪些是情怀,哪些是坚守,哪些是热爱,而这些,她似乎都在这一家店里看到了,所以它会火。还有一点,即使自己再不喜欢,她也不会拒绝领导,尤其是领导喜欢的。

到了饭店门口,等号的队伍已经排出好远了。叶至清有些意外,"中午也这么多人吗?""我们到的时候快过饭点了,比这少,只排了一会儿。"黄艾说着拿了号,年轻的女服务员忙得像个陀螺,店里转一圈,店外转一圈。她们站在队伍中间,看着前面乌泱乌泱的人,"你饿吗?"叶至清其实饿了,中午那碗面早就消化完了。"估计要排一阵子,你饿了咱们就换一家,明天中午我早点过来。""也好,明天来直接拍。"叶至清走到门口,那个年轻的女服务员正在叫号,叶至清问她排到她们还要多久,服务员看看排队的人数说至少半小时吧。走的时候,叶至清看了眼那面玻璃窗,店内灯火通明,把厨房照得清清楚楚,她看见了那个让周雨薇感到惊奇的透明式厨房,主厨就站在靠窗的位置上用猛火炒菜。

当闹钟再次把叶至清从睡梦中叫醒时,房间的电话也在响个不停,她半睁眼睛,不知道是因为闹钟还是电话醒了过来。昨晚她前半夜失眠,后半夜做噩梦,好不容易睡踏实,似乎没过多久就被叫醒了。打电话的是周雨薇。"清清起床了,我过去给你化妆,小艾说我们今天早上去拍那个豆花店。""嗯,你十分钟后过来。"叶至清拢了下头发,起身下床。

周雨薇挂了电话,收拾东西。"拜托,今天早上拍豆花是昨天订好的,叶至清自己说的。"黄艾的声音在她身后响起。"我就是这个意思呀。"周雨薇转头对黄艾笑了一下,继续收拾她的化妆品。黄艾在卫生间刷牙,喉咙咕噜咕噜,将一大口水吐进水池,也把周雨薇连带她的祖宗呸了个遍。他们这个团队合作两年多了,没有因为时间越久越默契,反而因为时间越久越有隔阂。大家都知道叶至清怕早起,每次早起都有点"起床气",为了团队和谐,通常谁都不会在早上出工的时候主动叫她。周雨薇那句"小艾说",就是在叶至清最迷糊的时候告诉她,让她早起的人是黄艾。黄艾弄不明白周雨薇怎么总喜欢耍这点小把戏,低劣的挑拨离间谁看不明白呢?

谁都看得明白,包括叶至清。她知道周雨薇故意这么说,也知道黄艾弄不明白的:周雨薇之所以喜欢耍小把戏就是想搞垮叶至清的团队,早点解散她就能早点去更火的博主手下工作。叶至清是美食探店频道吊车尾的博主,粉丝量在全公司排在中下。周雨薇也好,黄艾也罢,都想着将来能去流量更大的博主那里,叶至清也知道。她掬了捧水泼到脸上感叹,人哪。

等周雨薇给叶至清化好妆,叶至清笑嘻嘻地露出两个酒窝:"谢谢小薇,今天的这个妆造格外好看。"

从酒店坐出租车大概二十分钟,穿过钢桥过江,再走过小城新楼林立的新区,就到了小城西边最有名的竹湾菜市场。菜市场门口有一排小吃店,其中最有名的是一家开了二十年的豆花店。没有招牌,但是人们都叫它小林豆花。叶至清他们原以为只有这家豆花店没招牌,到了却发现,那一排门市小店都没招牌,而且卖豆花的还不止一家。早饭时间,每家店前人都不少,他们一家家地看,很快就找到了。客人多是前提,没吆喝没服务,老板忙得找不见人。当然还得是那种味儿,多年老店的味儿。

"清清爱美食,大家好,我是清清。"叶至清专业地对着许昂的手机镜头说出了自己说过无数遍的开场白,"今天我们来的地方可就厉害了,当当当,是座菜市场,"周雨薇的手机镜头已经拍下了竹湾菜市场正门的全景,"竹湾菜市场,据说它是四川鼎鼎有名的几大菜市之一,到底为什么有名,清清带你一探究竟。不过进菜市场之前,我要先把今天的早饭解决了。没错,就是我身后,看不到招牌是吧?哈哈,就是没招牌。"叶至清转身进店,许昂的正脸机位转成在她身后跟拍,"人好多哦,牛肉豆花,肥肠豆花,哦,还有肥肠豆花,我真是第一次见!朋友们,现在是北京时间7点28分,一大早上来碗肥肠豆花不知道是种什么感受,来吧!老板,来碗肥肠豆花!"

随着黄艾好不容易找到一个座位,叶至清坐了下来,许昂的手机也开始扫向店内,忙碌的老板,排队等豆花的人们。"老板在里面磨豆子做豆花,外面加料的这位是老板娘,看这么多的客人,清清口水都要流下来了。我跟你们说,我吃过那么多美食,真的,就我这个鼻子,就是尺,我一闻,"叶至清夸张地做深呼吸的动作,"就是这个味儿,绝对的美味。朋友们,我真的是第一次在早上吃肥肠,哈哈哈。"叶至清动作夸张,表情丰富,实际声音并不大,探店视频主打真实记录,动静太大被人围观就失去了真实感。

"肥肠豆花一碗。"老板娘的叫声也被拍了进来,叶至清端着一个大碗入镜。乳白色的豆花中藏着淡棕色的肥肠块、浅绿色的大头菜粒、淡绿色的芹菜末、翠绿色的香葱末、深绿色的香菜末,再配上红色的花生米。"看这个料,我从来没见过这种豆花,有的地方叫豆腐脑,妈耶,能加这么多料的吗?我先尝一口。"配上灵魂熟辣椒油,叶至清喝下一口,"豆花好滑,豆香十足。我尝口这个肥肠,嗯,朋友们,绝了!这个肥肠绝了,卤过的,就只有肥肠那个特殊的香味,没有一点腥臭或者那个内脏的怪味,关键它还不抢豆香。我再喝一口,这个肥肠给看起来平平无奇的豆花添了不一样的风味。好吃!"叶至清对着镜头竖起大拇指,"唤醒了整个早晨。朋友们,早起吃肥肠,绝了,哈哈哈!不行,我没吃够,它家牛肉豆花是主打,我再来份牛肉豆花,嘿嘿。"

豆花店不大,他们的拍摄渐渐引起了其他顾客的注意。没人注意也不行,开始主打安安静静地介绍和吃,后面随着其他人的热情加入,就会加进来很多聊天内容。"我吃了十多年,每天早上都得来一碗。""好吃,那肯定好吃。""他家主要是豆子好,你看老板在里面泡的那个豆子。""为啥子叫小林豆花?哈哈,他二十年前叫小林,那时候还有招牌,写的小林豆花,后来牌子摘了,我们都叫习惯了。""叫老板娘跟你说嚷,老板娘,采访你哩,要火咯!"笑声从熟客嘴里发出,传给前后忙碌的老板娘,继而传遍整个店里。

叶至清身后那桌、正对着许昂手机镜头的位置,坐着一个年纪不大的男人,他一直低着头专心喝豆花,喝两口豆花,吃一口包子。他对他们的拍摄没有任何好奇,甚至在察觉到许昂正在拍摄的手机后,皱了皱眉,转过身子有意不让镜头拍到。

老板娘林嫂对叶至清他们的拍摄感到非常高兴,本来手上就忙个不停,现在嘴巴也跟着说个不停,一直和叶至清介绍他们的店用料有多好,卤料用什么,熬制多久,老板老林煮豆子做豆花多辛苦,坚守一家店二十多年不容易。

店里以林嫂的料台为中心,旁边站着叶至清和许昂,以及其他凑热闹的人。其他地方相对冷清,除了那个转身不让镜头拍的男人,所有客人都围了过去。他吃完豆花和包子,看到林嫂和他们聊得正欢,他缓慢地起身,刻意避开镜头,扫了二维码,跟林嫂喊了声付过了,然后离开。

"走了嚷?都是我们的老顾客。就那个小伙子,哎呀,他走了,他也是开店儿的,做得好嚷!他不走我让你们采访他,他做菜可厉害了……"有时老板不爱讲话叶至清他们就要拼命多找素材,有时老板太爱讲话后期就要剪掉很多。林嫂身上有川渝女性独特的热情豪爽,在叶至清埋单时说什么也不肯让她付钱,差点把贴在墙上的付款码撕了。"两碗豆花算个啥子,只要你们把视频传到网上,小林豆花还能多赚二十碗、两百碗、两千碗。"每次遇到这种老板,遇上这种时刻,叶至清都感到心中涌上一股热流。她喜欢这份工作,不仅是因为喜欢美食,还喜欢人与人之间的这份温情。

直到他们拍完要离开时,老板,年轻时的小林,现在的老林,才抱着一桶刚做好的豆花从里间走出来,被林嫂嫌弃磨蹭劈头盖脸骂了一顿。许昂的手机适时记录下这一刻。当然,林嫂的骂声要修掉,之后换成"清清爱美食"的片尾曲来结束这期探店视频。

大甜酸、小甜酸

> 乃使有伊之徒,调夫五味。甘甜之和,芍药之羹。江东鲐鲍,陇西牛羊。籴米肥猪,麷秜不行,鸿猣䊈乳,独竹孤鸽;炮鹑被纰之胎,山麋髓脑,水游之腴,蜂豚应雁,被鶂晨凫,戳鸠初乳;山鹤既交,春鴹秋鹇,脍鲛龟肴,秔田孺鹜。形不及劳,五肉七菜,朦厌腥臊,可以颐精神、养血脉者,莫不毕陈。——汉·扬雄《蜀都赋》

川人懂吃会吃,古已有之。汉赋名家扬雄在《蜀都赋》中不仅记载了巴蜀地区的丰富物产,还描述了相对复杂的调味方法"乃使有伊之徒,调夫五味。甘甜之和,芍药之羹"。东晋时期地方志著作《华阳国志》卷三《蜀志》记载了蜀人"尚滋味、好辛香"的饮食特点。清中叶,辣椒由东南沿海沿江而上传入四川,红色小果如星星之火,点亮了整个巴蜀。民国年间,川人俗称的"海椒"也就是辣椒早已和蜀地特产的花椒合并,"双椒"至此统领川人的餐桌,开启了现代川菜的篇章。

恐怕谁也没想到,辣椒作为外来的和尚如此好念经,以至于人们提到川菜就是辣,无辣不欢,连不少四川人自己都忘了辣椒进入四川以前的巴蜀饮食风格。如同很少有人记得在有智能手机以前,人们的生活是什么样。

没有辣椒以前的四川,会是一种什么样的饮食生态?这是魏欢想过无数遍的问题。没有智能手机以前的日子,是什么样的生活状态?魏欢还在尽力保持。当毛毛抓住各种空闲时间刷手机看视频逛购物平台时,魏欢不是在备菜就是在研究新菜。他曾胸怀壮志要恢复辣椒入川以前的川菜样貌,这就是为什么随园小馆的主打菜没有一道是辣的的原因。魏欢在成都厨师烹饪学校系统学习过三年,他知道辣椒对于川菜和川菜厨师意味着什么。"味为川菜之魂",川菜厨师尤其要会调味。没有一道菜会是单独的一种味道,复合味是川菜令人流连忘返的秘诀之一。但没有了辣椒,复合味将少了很多的排列组合。魏欢曾尝试过把辣椒全部剔除,发现复刻辣椒到来以前的清淡香醇的川菜风味不是一件仅凭雄心壮志就能实现的事情,究其根本在于,经过几代人的延续,川人已经将吃辣刻进了DNA。如果贸然丢弃辣椒,还会失去现代川菜中的经典糊辣荔枝味、鱼香味等。虽然随园小馆主打不辣的川菜,但魏欢知道,辣椒终究是他的底气。

有些事物一旦改变,就再也变不回去。辣椒之于川菜如此,智能手机之于人们的生活也是如此。人们享受被当下的,甚至遥远的讯息包裹,却没有时间去思索、去回忆。于是发呆成了一种奢侈。

当随园小馆的午场开门迎客时,黄艾作为第一拨客人进店,找了四人位坐下。毛毛一眼就把她认了出来。

"欢哥,欢哥!"虽极力压制音量,但毛毛的兴奋之情溢于言表。她走进后厨小声和魏欢说,"我说对喽!他们真的又来了。"

"谁们?"方洋放下手里的活凑过去问。

"我那天不是说了吗?那三个人是美食探店账号的工作人员,那个女的,看见没?坐在墙角靠窗的,"毛毛指着黄艾坐的位置,"她肯定是来占座的,一会儿那个博主来了,他们一定会拍我们,然后上传到网上,我们店就会被全国的人看到,我们就火了!"

"来人了,去前面看着去。"魏欢对毛毛的兴奋无动于衷。

"欢哥,你不高兴吗?这是多好的事情嘞。"

"你去前面看店我才高兴。"魏欢催毛毛快走。

"你就装吧!哼,我不信那个博主来了你不高兴。"毛毛气呼呼地走了。她走到黄艾身边,笑意盈盈地问她几个人用餐,想吃点什么。黄艾接过毛毛递来的菜单,菜单是用牛皮纸订成的簿册,毛笔字写的菜名,和墙上的那四张纸条像是一起写出来的。黄艾翻了翻,川菜的经典菜都有,也有她没听过的。"我先看看,等我朋友来再点。""那我先不打扰了,小姐姐你慢慢看。"

方洋在玻璃窗前看到毛毛变脸比翻书还快:"啧啧,欢哥,你说毛毛是不是学过变脸?这变得也太快了。"

"你不干活,我比她变脸还快。"

"哦。"方洋不情不愿地应着,余光偷瞄外面的情况,不知道毛毛说的那个博主什么时候来。

"你要是把手切了可不算工伤,耽误了今天的生意还要扣你工资。"魏欢的话像盆冷水,让方洋一激灵。

毛毛躲在柜台后面,拿出镜子悄悄补妆。粉盒的小圆镜把她的脸照得很清楚,她先压了压鼻翼,补了点粉,又用余粉拍了拍脸颊,再拿出口红涂抹嘴唇,之后上下嘴唇碰在一起抿了抿。

叶至清、周雨薇和许昂就在随园小馆的街对面。小街不宽,他们甚至能看到黄艾就背对着他们坐在落地玻璃窗边。

"清清爱美食,大家好,我是清清。"隔了一条小街,叶至清在这边对着镜头说起开场白,"这次清清来到了咱们的美食大省,四川。听说我要来四川,身边的朋友给我推了好多家店,各种面馆,什么担担面、肥肠面、铺盖面、鸡丝凉面,等等,我怎么觉得我在报菜名?光是将这些面馆吃完就要一个月吧?面肯定要吃,你们还有哪些推荐记得给清清留言哦!吃面之前,我要先下馆子,哈哈!来四川怎么能错过那么一大堆的川菜名菜呢,今天,清清要尝尝地道的川菜馆子,看看会有多好吃。"叶至清招了个手,向对面跑去。

"这家店我必须先卖个关子,因为它的客人超级多。朋友们,真的,我昨天晚上七点半过来,一听排队要一个小时,我就……行吧,咱今天早点来,给大家看,现在是北京时间 11 点 48 分,看到这些人了吗?"手机镜头跟着叶至清的话转到随园小馆的门前,先给了门口小黑板的特写,接着正好拍到陆续进店的客人,然后摇到玻璃窗,推近镜头可以看到店里基本坐满了。

"我要赶紧进去了,再不进去又要排队了。"随着叶至清进店,镜头摇到木门上方的招牌——随园小馆。

叶至清和黄艾坐在靠窗的一边,黄艾挪了挪椅子,方便镜头只能拍到叶至清。叶至清翻看菜单,只有四页,没有按照冷菜热菜、荤菜素菜划分,而是按照味道来分的:第一页是咸鲜篇,第二页是糖醋篇,第三页是五香篇,第四页是麻辣篇。这是一份从装订到内容都很有趣的菜单。叶至清把它拿在手里,对着镜头。

"随园小馆,就是这家店啦。之前我看过他们家的评价,怎么说呢,它给我一种很神奇的感觉,因为这家店主打菜是不辣的。川菜不辣,认真的吗?麻婆豆腐、钵钵鸡、辣子鸡,哪个不辣?但是给你们看这家店的菜单,"叶至清对着镜头翻菜单,"除了麻婆豆腐、宫保鸡丁,好像不辣的菜很多。到底味道怎么样?我来尝一尝,服务员你好,点菜。"叶至清对着门口收银台的毛毛叫道。

毛毛最烦的就是每天被叫无数遍服务员。但是这一刻,她觉得从那个女生嘴里发出的甜甜的一声"服务员",是她听过最美的声音。毛毛转身前悄悄整理了一下头发,按了按脸上出油的地方,换成她能摆出的最标准、最诚挚的笑容:"您好,您几位想吃点什么?"

"我看你们店很不一样哎,连菜单都与众不同,有什么推荐吗?"

"小姐姐你眼光真好,我们这个店儿别看小,但是生意好得很,就因为我们老板菜做得好,食材选得好,而且非常新鲜,绝不过夜。当然,因为我们生意好,所以晚上经常卖完了就提前打烊。"毛毛说得认真,眼神还时不时瞄向许昂正在拍摄的手机。

她过于认真的样子,让叶至清四人忍不住想笑。这个服务员小姑娘估计知道了他们是来拍探店视频的,刻意摆出表演的样子。她还不知道自己并不会入画,只有声音能出镜而已。

"我看门口还有个小黑板,那上面写的为什么菜单上没有?"叶至清找话题想让毛毛放轻松,忽略他们正在拍摄。

"那是我们的当季新菜,老板根据季节调整,每个季节都不一样,所以菜单上没有。现在是春天嘛,苦笋刚上市,很嫩,你们是吃苦笋烧排骨还是咸烧白?我们的咸烧白可不一样呢,素菜底是苦笋。"

"那就来一份咸烧白。我看你们的很多菜和别的川菜店都不太一样,好多都是不辣的。"

"小姐姐你是美食家吧,太厉害了!我们店的特色就是不辣,我们老板说了嘞,哪个说川菜一定要辣,川菜有辣好吃,不辣也可以很好吃!"在给叶至清戴了高帽子后,聊到店里的特点时,毛毛终于放松下来,不再是一副表演的状态。

"那你推荐哪些不辣的菜?"

"小姐姐你们是外地来的吧?来我们这一趟肯定很不容易,当然要把我们店儿的经典菜吃一遍嘞,宫保鸡丁、鱼香茄饼、盐煎肉、芙蓉鸡片。"毛毛丝毫没有意识到在介绍菜品时她从容又自信,这份自然流露比起先那种演出来的状态更让人感到舒服又信服。叶至清稍稍侧下身,用菜单挡住自己的脸,在毛毛身后镜头看不到的地方给许昂做了个手势,许昂转了下视角,拍到此刻专注无比的毛毛。

"这几个菜都行,要是觉得鸡肉点多了,可以把宫保鸡丁换成宫保大虾,都很好吃呢。"

"好,这几道菜都要,再来一个你们的推荐菜,那个加苦笋的咸烧白。我看到你们这里还写了糖醋扳指,这又是什么?扳指不是戴在手上的吗?"

"小姐姐,这道菜你真是问对了!这是我们四川的特殊叫法。扳指长这样,戴手上,"毛毛在大拇指上做了一个戴的动作,"这道菜叫扳指,取了外形和扳指的相似,其实是肥肠切成段,就像一个扳指呀。"

叶至清看着毛毛空无一物的手,好像真的看到了外皮金黄酥脆内里白嫩的大肠,像一节黄玉扳指。"哈哈,你这么一说,我都想点一份戴在手上看看呢!我觉得你也是你们店的特色,哈哈,你们老板应该给你加工资。"

"那小姐姐一会儿你跟我们老板说噻。"毛毛指了指透明玻璃的后厨。

叶至清顺着毛毛的手看到灶台前站着的男人,看背影年纪应该不大,似乎还有点眼熟。茫茫人海中,我们总会在某些时刻从一个人身上看到另一个人的影子,像的或许不是他者,而是产生相似感的主体。

从餐桌到后厨,仅仅十几步,毛毛欢快的步伐压都压不住。掀开布帘的同时,她的声音跟着响起:"欢哥,真的来拍了!"比魏欢先反应的还是方洋。"哪呢?""那,坐窗边的四个人,那个最好看的是主播,其他三个就是我说的昨天来的工作人员,刚才他们叫我点菜,我看到了那个男的拿着手机一直对着主播拍。"毛毛和方洋假装在玻璃窗下的木架子上找东西,偷偷观察外面的叶至清一行人。

"他们点了什么菜?"

"啊?哦,单子,我激动得差点忘了。"

魏欢看到单子上的前四道是大部分新客的必点菜,咸烧白是最近的主打菜,糖醋扳指,倒是不像新客点的。"你推荐的?""是啊,我厉害吧!那个博主小姐姐人可好呢,还说我推荐了一堆菜让你给我加工资。"

"晓得了,出去忙吧。"魏欢没接毛毛的话。

后厨灶台和外面玻璃窗下的座位在一条直线上，只要转头就能看到。但魏欢对身后的情况并不关心，他好像是刻意不转头、不去看，板板正正地站在灶台前颠勺、加料。

出菜、上菜，后厨的魏欢、方洋，前面的毛毛每天都在重复这样的动作，逐渐形成了肌肉记忆。但毛毛今天上菜时格外郑重，感觉自己无论做什么，都无法忽视角落里叶至清的存在，她说话的声音不大，再经过店里各种声音的干扰，毛毛什么都听不到。但是那种感觉就像领导视察，不，应该说是考试时监考老师的巡逻，让人感到压迫、紧张。毛毛的脑子里浮现了很多自己出现在镜头里的样子，担心自己的声音假不假、动作僵不僵、端菜的样子丑不丑……可实际上，许昂的手机镜头就没离开过叶至清。脑中的一切画面都只是毛毛的臆想。

"最后一道，糖醋扳指，你们的菜齐了。"伴随毛毛的声音，镜头给了这道棕红色糖醋扳指特写。

糖醋口味不仅常见于川菜，也是全国其他地区和菜系的重要调味方法，比如浙菜和粤菜都有糖醋里脊，苏菜的松鼠鳜鱼。川菜中的糖醋口味又分为大甜酸和小甜酸，小甜酸又叫荔枝味儿，整体的甜酸度要比大甜酸淡了很多。有的菜要做大甜酸口味，比如糖醋鱼花、糖醋脆皮鱼；有的菜要做小甜酸口味，宫保鸡丁、锅巴肉片就是典型的荔枝味儿小甜酸。

叶至清的这桌菜正好把"大甜酸""小甜酸"各点了一道。"我感觉我是真不会点菜，哈哈，糖醋扳指是酸甜口味的，宫保鸡丁也是。有没有吃过这种肥肠做法的朋友？欢迎在评论区和清清留言互动哦。看过我视频的朋友一定知道，清清是肥肠爱好者，没想到糖醋扳指竟然是糖醋肥肠，哈哈哈，但是要叫糖醋肥肠档次一下就降了很多！扳指，真的一下子把这道菜'升华'了，提高了好几个档次！等下菜来了我看看能不能戴手上,我就套在大拇指上,像吃妙脆角一样。今天清清是酸甜女孩,酸酸甜甜就是我。"叶至清对镜头说完,夹起一块糖醋扳指,像模像样地往大拇指上套。"哈哈,像扳指吗?套不上,这是真肥肠,假扳指。话不多说,我先吃了。"

一块先油炸再裹满糖醋汁的肥肠被叶至清吃进嘴里,酸与甜的配比不多不少,咬下去,外酥里嫩,外皮酥脆,内里软弹。只有处理得干净且新鲜的肥肠再经过初步卤制,成品的内里才会有轻微爆汁的口感。阴差阳错,最后点的菜竟真的是压轴菜。这是叶至清的第一反应。

她正要开口对镜头描述吃到美食的激动心情时,停留在口腔中的酸与甜,让她有些发蒙。她快速调整自己的状态,笑着说:"太好吃了!先让我再吃一块。"第二块肥肠入口,她用舌头包裹住,没咬,只是不停地品尝外表的酸甜汁。大甜酸调味比小甜酸荔枝味儿重,加上内脏的特殊味道,这道菜入口的味道要比宫保鸡丁重一些。第二口肥肠还含在嘴里,叶至清迟迟不肯咀嚼,外表的甜酸汁水已经被吸得差不多,白色的肥肠马上就要显露原形。叶至清发现了这一点,又夹了一块,贪婪地把肥肠粘上更多的糖醋汁,还是不嚼,只裹吸外表的甜酸汁。

许昂的镜头拍摄下了叶至清吃这道菜时的反常举动,黄艾也看出好像有点不大对劲,便拍了拍叶至清的背。叶至清反应过来,笑对镜头把两块肥肠一起咀嚼咽肚。这个甜酸的味道,留在她的口腔,让她感到浑身一震,她清楚地感知到那个被她压在心底的秘密在跃跃欲试,扑通、扑通,心脏加速跳动,血液快速流动,紧张感传遍全身。味觉细胞和神经传入大脑,刺激大脑皮层,唤醒了她脑中一系列与这个味道有关的记忆。她对着镜头笑,大脑快速闪过那些画面:餐桌上的糖醋排骨,厨房玻璃门上透出的阴影,散落一地的调料瓶,杭州饭店的假山花园、宽敞忙乱的后厨……为什么会吃到这个味道？为什么和她父亲当年做的一模一样？为什么她会在距离杭州千里之外的四川小城，吃到和她父亲多年前做的糖醋排骨一样的味道？

叶至清以为自己可以控制心底的冲动，她用美食去缓解、转移注意力，甚至逃避。可是，给她那段记忆打上烙印的也是美食。她不过是用同种事物替换，伏特加代替二锅头。糖醋的酸甜味道刻录着她过往的记忆，连她自己都未曾发现，这是她记忆之物，一旦开启，就像一道旋涡，把她吸进时光隧道。那也像一把钥匙，开启了她和这个味道有关的过往记忆。味道，即使行销之后依然会长期存在，附着在所有与此有关的、看得见、看不见的事物上。叶至清站在快速闪过、五彩缤纷的时光墙下，那些好的、坏的、苦的、甜的记忆一一出现。

可是为什么？为什么是现在？为什么又要在她毫无准备的时候？出现与离开，都同样给她一个措手不及。

她在回忆之旅中穿梭，那里没有时间，没有因果，一切停滞。

身穿白色厨师服的魏欢从后厨走了出来，他向来很少在营业时间走出后厨。看到他径直走到窗边的位置，大家都感到意外。毛毛正在收拾餐桌，她停下了手里的活，愣在那里。

"几位吃得还好吗？"魏欢礼貌地问。

几乎没人见过随园小馆的老板走出后厨，询问客人对菜品是否满意的举动，不仅毛毛停住了，其他熟客、新客也都放下了手中的餐具，看着魏欢。

"啊？"叶至清这才从记忆旋涡中挣脱出来。

"很好很好，你们的菜非常好吃。"黄艾先她一步打圆场。

"啊是的，都特别好吃，这个、这个、这个，这些都好吃。"叶至清指着桌上的菜说。

她仰头看他，眼前这位年轻人就是老板，比她想象中的年轻很多。他的头发剪得很短,眉毛粗长,眼睛不大,但是双眼皮很明显,还有清晰可见的睫毛。脸型是国字脸,下颌线清晰,应该不胖。她的眼睛像扫描仪,大脑像数据库,扫过眼前男人的五官,然后在大脑里搜索相关的信息。没有想到什么,第一轮扫描结束。她放大范围,甚至拉近了眼睛的焦距,看到他鼻头上的痦子和毛孔,鼻翼两侧毛孔较粗,其中还隐藏着黑头,青涩的胡楂在下巴和鬓角的毛孔中张开,隐隐约约,像一道阴影线。没有异常,第二轮精细扫描结束。他和大部分普通的年轻男人一样,没什么与众不同之处。可是为什么这个国字脸的年轻男人会做出这个味道呢?他在哪里学的厨艺?跟谁学的?难道父亲离开过四川……

叶至清就这么盯着魏欢,脑子里的问题像延时摄影下的植物生长纪录片,瞬间生发。

黄艾、周雨薇、许昂都察觉到叶至清的反常,从周雨薇的角度看,叶至清像犯了花痴,盯着人家饭店老板。丢人,周雨薇在心里嘲笑叶至清。

"感谢几位的认可,顾客的满意是对我们最大的鼓励。不过几位也看到,我这是小店,就这么几张桌,每天只能招待这么多的客人,所以无须更多的推荐和介绍。"魏欢指了指许昂手里的手机。

这下他们听明白了。黄艾拽了拽叶至清的衣角,努力提醒她现在不是神游的时候。

"老板,我想你误会了,"魏欢的话彻底让叶至清从回忆中醒了过来,"我是美食探店博主,这几位是我的同事,我们的工作是找各种好吃的饭店,把我们看到的、吃到的拍成视频,客观记录我们对每一家店的食物感受,并不是你想的……"叶至清站了起来,她的头将将到魏欢的下巴。

"我晓得,"魏欢打断了她,"我也不是想让你们说好评,这个手机,"他还指着许昂,"你们拍的都在里面吧?能把拍到的餐具、桌椅,还有环境这些去掉吗?不好意思,我不太懂你们拍摄的术语,我的意思就是不想让别人从视频上能看出来这是我的店。要是能看出来,抱歉,请不要上传。"

坐着的黄艾、许昂、周雨薇,站着的叶至清,几个人你看我、我看你,这个男老板竟然拒绝被拍摄?

叶至清做探店博主快三年了,之前也遇到过拒绝拍摄的情况。大部分是一些上了年纪的人,他们对网络的态度还停留在二三十年前,不懂又害怕。除此之外,绝大部分老板看到拍探店视频的博主都喜笑颜开,免单的情况时有发生。而眼前的这个男老板,是叶至清遇到的第一个拒绝拍摄的年轻人。她忽然就忘了那个甜酸味,忘了附着在那个味道上的记忆,和记忆带来的问题。她现在被气得有点想笑,想卷起袖子和这个男老板好好理论一番。

"我们老板的意思是,感谢对我们的认可,你们的拍摄辛苦了。"毛毛突然出现在魏欢和叶至清中间。她拉着魏欢向后厨走,路上转头对叶至清说:"不好意思打扰了,你们慢慢吃,后厨还有事。"

魏欢甩开毛毛的手,复又转身对叶至清说:"还请不要上传视频,谢谢。"

他们前脚回到后厨,后脚毛毛就像被油炸过的肉块,噼里啪啦,原地爆炸。油烟机的轰鸣声盖住了毛毛的说话声。从外面看,后厨里像在上演一出默剧,而且是单人默剧,主演毛毛。魏欢没理会毛毛的问题,还是站在灶前忙自己的活。方洋倒是想参与,但是魏欢在,他不敢。

"欢哥,你晓得你在做啥子吗?多少店都花钱请网红去拍。现在人家来了,你不感谢,还拒绝拍摄,不让人家上传视频,到底为啥子吗?"

"什么？欢哥拒绝了？"

"是啊！欢哥,我晓得你对网络有成见,但是网红带货就是厉害啊！他们是探店的网红,只要他们把我们店的视频传到网上,就能给我们带来更多的顾客,更多的生意啊！"

"我不需要那么多生意,"魏欢把菜装好盘,"上菜去吧。"毛毛被他赶了出去。

"欢哥,我觉得你这样做不对,人家来拍,说明我们店儿有人气,你直接就拒绝了也太得罪人了。要是他们在网上说我们坏话,算下来我们损失惨重啊！"

"不需要。喜欢你的人,不会轻易被负面评论影响。不喜欢你的人,即使没有负面评论,早晚也会离开。店就这么大,你昨天不是还和毛毛叫嚷活太多太累,做啥子？生意再好点你干得过来吗？"

好像是这么个道理,方洋在心里说。

又是忙到下午两点,随园小馆的午场才结束。魏欢、方洋、毛毛坐在一起吃午饭,毛毛狠狠地咬着筷子,不吃饭,也不说话,两眼饿狼一样放着绿光,死盯着魏欢。

"吃饭吧,毛毛,"方洋讨好地夹了一个鸡腿,"我特意把这个剩的鸡腿做了,今天的鸡可嫩了,欢哥从竹湾买回来的。"

"就晓得吃！"毛毛的筷子挡住了方洋悬在空中的手和手里筷子上的鸡腿,"你自己吃吧！"

"你这样没意义,"魏欢摇摇头,一口菜一口饭,嚼了几下,"不吃饱晚上哪有力气干活。"

"我减肥。"毛毛拿着自己的碗筷起身离开。

阵风随着毛毛的离开吹到魏欢和方洋脸上。方洋看看毛毛的背影,又看看魏欢,小心翼翼试探地问:"欢哥,你为啥子拒绝呢？视频传到网上被那么多人看到,不好吗?"

"不好,"魏欢停下筷子,想了想,"我知道你们觉得奇怪,但我就是这样的人。我不觉得网络传播有多么重要,我也没想把店开那么大,我一个人开一个小店,两三个帮手,就够了。宣传有什么用?出名有什么用?"魏欢没告诉过他们,之前也有其他人想来拍探店视频,但都被他拒绝了。

"可……"可是什么,方洋也说不清。

和魏欢截然不同,毛毛就想出名。方洋很早就关注了毛毛的社交媒体账号,看她每天发一些流行的跳舞、变妆小视频,看她精心回复每一条留言,感谢对方的关注和好评。毛毛的注意力、关注点全在手机上、网络上,它们可以轻松地影响她一整天的喜怒哀乐。

毛毛把碗筷交给正在小院里刷碗的阿姨,然后一屁股坐在旁边的小凳子上,拿出手机,翻找叶至清的视频账号。

他们结账走的时候,毛毛愧疚地向他们道歉。叶至清摆了摆手,表示没什么,还说老板的行为不需要员工来道歉。看着他们离开,毛毛心里被大大的失落感占据。魏欢这么做会让叶至清讨厌他们的店,她也会跟着被讨厌。她很怕被讨厌。在她的计划里,当叶至清顺利拍摄完后,她会和她合影,然后把她们的合影剪进视频里,上传到她自己的账号,编辑文字时再"@清清爱美食",等待叶至清的回复,甚至转发和关注。这不仅仅是一条有合照的、带着话题的视频,更是毛毛设想自己成为网红的第一步。

可是这些都没实现。魏欢对网络的偏见和敌意让她的全部计划破了产。

毛毛看到"清清爱美食"的置顶视频浏览量有几十万,最新的一条视频浏览量有一万多、评论数有一百多。可是这些全都与她无关,这些流量她想蹭都蹭不到。

毛毛越想越不甘,魏欢的行为凭什么牵连她?毛毛点击叶至清的头像,选择发送消息。

"小姐姐你好呀,我叫毛毛。你中午和朋友来我们店吃饭,你还问我什么是糖醋扳指。还请你不要因为我们老板的拒绝生气,他就像个老干部,比较古板,但他做菜真的很好吃,厨艺一流。要是影响了你的工作进度,我可以带你去其他的店拍,我们这好吃的店很多呢!祝小姐姐粉丝越来越多,账号越来越红!"

叶至清看到毛毛发来的私信时,正躺在酒店的床上。下午和晚上,他们又拍了一家小吃店和一家小馆子,各有各的特色,味道都不差。但是叶至清的嘴巴里、脑海里,还残留着中午随园小馆里的那个糖醋味道。那些关乎过去有形的、无形的往事早在时间里消散,唯有味道流传至今。她可以对记忆视而不见,可以隐藏自己的内心,但无法忽视那个味道。

她当然记得随园小馆里的那个年轻服务员,在她想着那个味道的时候,她点开了毛毛的主页,又翻了翻她的视频,再回到私信页面。"没事,干我们这行被拒绝拍摄是常事,没关系的。好呀,感谢你的帮助,你加我微信吧。"毛毛想当网红,叶至清他们四人都看出来了。

其实加毛毛的联系方式也没什么用,叶至清又不会一直留在小城。但是,比起拍摄,她更好奇那个味道,为什么随园小馆的年轻老板能做出这个味道?也许从毛毛那里能探出什么消息。是不是他做的其他糖醋菜也是这个味道?这个味道和自己心底的那个秘密有关吗?她该怎么做?要找出其中的关联吗?

叶至清越想心越乱。那种紧张感又在压迫着她,她四肢发烫,额头微微出汗。她腾地一下从床上坐起,拉开窗帘。路灯在夜晚散发着微弱的光,仅仅照亮它的四周,但无法点亮巨大的黑夜。远山隐藏在叶至清看不见的黑暗中,她什么都看不到,但又好像看到了什么。

除了叶至清,毛毛也没睡着。她没想到叶至清不仅回了她的消息,还提出加微信。她激动地直接从床上站了起来,在夜晚发出刺耳的尖叫。

同样没有困意的还有周雨薇。

下午拍摄别的店时,叶至清表示被拒绝拍摄也是常事,大家还是正常干活。晚上回到酒店,周雨薇依旧微笑着和叶至清道了晚安,和黄艾回到房间。她看到黄艾背对她躺在床上刷手机,她接着走进卫生间,站在门后,剪辑她拍到的叶至清中午在随园小馆看着魏欢发愣的视频,再把她下午说的话剪碎加进音轨,生成视频,最后保存。

糖醋排骨

甘受和，白受采。——《礼记·礼器》

在很长一段时间里，叶至清总是梦到杭州饭店的那个大厨房。

清一色的不锈钢设备，在灯光的照射下，反射出白亮的、刺眼的光。梦里的那个她不高，只比不锈钢操作台高一个头，看什么都要仰着头，只有操作台下面是她的天地。她喜欢在其间穿梭，垒着的塑料箱里放着各种蔬菜，蓝色垃圾桶套着黑色塑料袋，总是散发各种奇怪的味道。运气好的话她还能捡到宝贝，有时是贝类的壳，有时是一颗完整的水果，有时是动物骨头。但大部分情况下，运气没那么好，还没等到捡到宝贝，她就被某个人发现，然后被这个人拎出大厨房。她总是看不清这个发现她的人长什么样子，但那双手她记得，被拎起时的感觉她也记得，和童年时父亲的样子重合。

可是她从没梦见过他。清醒时，她不愿回忆过去，坚信人要活在当下，要向前看，活在过去是懦夫的行为。但她忽略了，连回忆都不敢的人或许更懦弱。她就这样拼命让自己不回忆过去，不回忆童年，不回忆父亲。可她又明白，想要揭开心底的秘密，就要解锁过去的记忆。所以，只有物体的碎片才能闯进她的意识。

随园小馆的那道糖醋扳指，却光明正大地，在白天她清醒的时候，闯入她的意识，强迫她回忆。

叶至清无法忽视它。因为她没有忘记它。

接下来在小城拍摄的两天里，一到晚上，她就会想起那个味道，就像上瘾的人，想要得到更多。

离开小城的前一晚，叶至清又去了随园小馆。如果不是那个味道，她压根没想过再来。可是它牵着她，勾着她，她像着了魔一样，只想跟着它走。

她走进了店里。临近打烊，店里不再有高峰期时的忙碌和热闹，好几桌的碗筷没收,地上的垃圾也没及时打扫。毛毛疲累地坐在前台后面,仿佛续命般吸奶茶、刷手机。

没人注意到叶至清的到来。叶至清喊了两声服务员后,魏欢在白布围裙上擦着手,从后厨走了出来。

他们看到了彼此,到嘴的话都走了样。魏欢原本想说菜不多了要打烊了,而叶至清想说的是她要点个菜。

"我一个人来的,想吃点东西。"

"我晓得。"

开口就变成不是起初想说的话了。魏欢还想说点什么,他张了张嘴,却只挤出一句:"毛毛,来客人了。"

毛毛这才抬头,看到是叶至清,她兴奋地叫道:"小姐姐,你真的来了呀!我以为你开玩笑呢。"

"不开玩笑,你们店菜做得这么好吃,肯定会吸引回头客。虽然你们老板不给我拍摄的机会,但不妨碍我做你们的回头客啊。"

魏欢这时已经回到了后厨,毛毛不知道他有没有听到叶至清的话。

"小姐姐,你这格局真大,"她对叶至清竖起大拇指,"别理他。"她对着后厨的方向翻了个白眼,"不过现在菜不多了,你凑合吃点,这顿我请你。"

"不,别客气。其实我还想请你帮忙,帮我问问你们老板,我可以点菜吗?"

"这不就是在点菜吗?"

"我的意思是,我想点你们菜单上没有的菜,可以吗?"

"肯定没问题嘞!"毛毛想都没想就做了魏欢的主,"平常我们自己吃饭,吃的都是菜单上没有的菜。"不过她很快想到魏欢很可能会拒绝,便又补了一句,"没事,就算欢哥不做,方洋也会做的。"

"就让你们老板做,行吗?"

"那……也没问题!"毛毛看着叶至清,后者那小鹿般的眼睛像是含着水光,被店里的灯照得格外闪亮,毛毛好像无法拒绝她的要求,"小姐姐你说,想吃啥子?"

"糖醋排骨。"

叶至清声音不大,但是魏欢在后厨听到了。也是巧了,前几天卖得很好的苦笋烧排骨,今天倒是剩了排骨。他不知道她为什么想点这道菜单上没有的菜,甚至都不算川菜。酸甜口的糖醋调味,是全国各地餐桌上的常见味道。苏菜、浙菜、本邦菜、粤菜等菜系都擅长调配酸甜口。糖醋排骨,也叫糖醋小排,是浙菜、本邦菜中的经典菜式。但在酸甜配比上,各地又有差别。

魏欢站在灶前,透过玻璃窗,看到坐在角落那张四人桌的叶至清正仰着头和毛毛说话,那个姿势、角度让他想到几天前的那个中午,她就是这样和他说话。不同的是,今天他看到她的眼睛里闪着水波一样的亮光,她专注地和毛毛说话,像一只向人类索要食物的小鹿。

"欢哥,看到没?上次被你拒绝拍摄的那个小姐姐又来了,她性格好好哦,一点都不记仇,还夸你做菜好吃呢!我说那是,我们欢哥的手艺绝对牛!"

她们的对话,魏欢全都听到了,自然明白毛毛拍他马屁的原因。

"她今天点了一道咱们菜单上没有的菜,我说不管啥子菜,就是满汉全席里的,欢哥都能做出来,是吧,欢哥?"

毛毛把话说到这份上,魏欢不好再拒绝。其实,他也没想拒绝,只是先让毛毛开口,自己再顺势而为。

"行了,我听到了,糖醋排骨,一会儿就上菜。"魏欢道。

"欢哥,你也是这个!"毛毛对魏欢竖起大拇指。

他们在后厨说话的时候,叶至清重新仔细地看了一下这家小店。

全木色桌椅、粗陶餐具、牛皮纸菜单,一切都彰显着老板的审美,有点老派,有点怀旧。叶至清转头去看透明后厨里正在掌勺的魏欢,对他产生的好奇更多了。想到他那天对探店视频的拒绝,想到毛毛吐槽他对网红的看法,是不是只有这样老派的人才能做出那个味道?

胡思乱想间,那道糖醋排骨已经做好,毛毛端到她面前。"小姐姐,请慢用。我们老板说了,这道菜他请你,算是表达对上次的歉意。"毛毛趴在她耳边悄声说。请客的确是魏欢的意思,但表达歉意是毛毛自己加的。

叶至清并没有在意这些细节,她的所有注意力都在眼前这道糖醋排骨上。从颜色上看,不是她记忆中那油亮的红棕色。从气味上闻,好像醋放得多了一点。她夹起一块排骨,小心翼翼地往嘴里送。她的右手在微微颤抖,既想赶紧吃到,又怕太快吃到。熟悉的紧张感又袭来,心脏又一次加速跳动。在舌头做出判断之前,叶至清一遍遍地暗示自己,一定不是那个味道,一定不是。

几乎就在叶至清摇摆地想放弃的时候,她尝到了。

没有想象中电流通过大脑的感觉,情绪也没有排山倒海地席卷而来。她比自己想的要平静许多,几乎是马上就接受了。的确是那个味道,汤汁黏稠,汁水适中,糖醋比例正好。她吃了一块又一块,眼前的这道糖醋排骨逐渐和记忆中的那道菜重合。

父亲的形象,在叶至清的心里和人生里是割裂的。以她的十六岁为分界线,在这之前的父亲是一个样,这之后的父亲是另一个样。起初,后者模糊,前者清晰,慢慢随着时间推移,后者渐渐压倒前者,直至统一了父亲在她心中的整个形象:抛妻弃子、不告而别。十年了,叶至清从最初的发蒙,到不理解父亲为什么会离开,再到愤恨他的决绝、残忍、不负责任,直至将他逐渐淡忘。遗忘是最好的报复与惩罚。叶至清对自己说。上大学填家庭成员信息时,她写丧父,大学毕业进公司写家庭关系信息时,她也写丧父。在聊到家庭时,她从不避讳,甚至大方地坦承自己的爸爸走了。人们为她年纪轻轻就失去父亲感到同情,更佩服她的坚强和坦荡。只有叶至清自己知道,每次听到这些,她的心里就会有一种通过报复带来的快感。她骗旁人,更骗自己,却骗不过真实存在的记忆。那频繁入梦的大厨房、被拎住后颈时的温暖触感、糖醋排骨的红亮和香气,无不在梦中提醒她:十六岁之前,她还有一个陪她成长、给她做好吃的菜的父亲。她尤其喜欢父亲做的糖醋排骨。在上海它是十大名菜之一,在浙江它频繁出现在普通人家的餐桌上。叶至清吃过无数次糖醋排骨,有饭店做的,也有别人自己家里做的,但只有她父亲做得最好吃。

可是回忆得越凶,醒来就只会越气。父亲为什么这样对她,撇下她,抛弃她,她以为的好爸爸原来竟是这样?这成了一个死结。她白天憎恶、逃避,夜晚在梦里拥抱,醒来时只会更加气愤,然后白天里继续逃避,夜晚接着做梦……这样的循环持续了多久,叶至清也说不清,直到她偶然发现了父亲的踪迹,这成了她想去探寻的秘密。

当她看到那封写于三年前,来自四川的信躲在沙发缝隙的角落里时,她本能地认为——父亲就在四川。说是信,其实那只是一页纸。没有了信封的保护,经年累月地躲在缝隙中,变得脆弱、发黄,皱皱巴巴。纸上的字迹变得很淡,大概是用钢笔写的,有的地方沾了水被晕成黑乎乎的一团。她小心翼翼地拿起,仔细辨认上面的字。她看到那是父亲的笔迹,另外还闻到了一股奇怪的味道,像是樟脑丸的香。她翻开沙发垫子闻了闻,好像又不是。接着她读到信上的内容,寥寥数语,大都是在道歉,给母亲道歉,给叶至清道歉,然后就是祝愿,希望叶至清可以健康成长,也希望母亲可以过得幸福,之前的种种就以他的离开作为结束,一切就当他欠她们娘儿俩的,有生之年还不上就下辈子再还……叶至清看完不仅没有缓解思父之情,更勾起了她的愤恨,什么叫结束?什么叫就当?离开就是结束吗?难道他这些年的缺失可以通过一封信简单地解决吗?那一刻,她前所未有地想见他,想当面质问他怎么可以这么狠心。难道真如母亲所说,他是假装爱她,假装做一个好父亲吗?她搬开了沙发,拆掉了沙发套,都没有找到信封。陈年的灰尘暴露在空气中,张牙舞爪地乱飞,一如此刻抓狂的她。长发胡乱地披在肩上,头顶的头发冲上了天,碎发粘在脸上。她狠狠地把那张纸卷成一团,扔在地上,但很快又捡了起来,再摊开。老式的红色横线信纸,左上角赫然印着两个字:四川。可是这个发现只够让她短暂激动一下而已,四川那么大,她要去哪里才能找得到?她泄了气般坐在地上,活像个女疯子。母亲这时回到家,看见叶至清的模样和家里的情况吓了一跳。叶至清这才想起,为什么父亲写信回来母亲不告诉她?她指了指地上的那张纸。母亲的脸色倏地一变,白净的脸登时红了,她快速地捡起,一目十行地扫了一遍上面的内容,然后才喘了口气,平静地说:"有什么好说的?翻来覆去就是那几句道歉,用他道歉吗?我们娘儿俩这些年是道歉能解决的吗?"母亲絮絮叨叨地说了一堆,和叶至清的想法差不多。她便不再责怪母亲不告诉她,就如母亲所说,说出来也只是徒添烦恼。

　　但是后来叶至清每每想起那天,总觉得有些奇怪。她的想法奇怪,母亲的反应更奇怪。她曾经那样恨父亲,因为她以为他只是一走了之,把她忘得干干净净。可是在那封简短的信里,父亲提到她比提到母亲多,说明他还记得她。渐渐地,她心中那股恨父亲的火烧得弱了一些。毕竟她恨的是他的决绝、狠心,恨他忘了在杭州还有这个女儿。

　　再回忆起那天,她开始逐渐遗忘,忘了那些奇怪的地方和最初的想法。就只记得四川,父亲在四川。然后开始连珠炮似的自我发问:

他在四川干吗？他为什么要去？他为什么一去不返？他为什么杳无音信还要再寄信回来？……无数的问题在无数个日夜困扰着她。这些问题伴随她工作、生活。最后，她连去四川寻找、质问父亲的冲动都没了。她仿佛是个摆锤，不断地在找到父亲问个明白和凭什么去找他之间摇摆。摆到左边，她会想起那封信上父亲写的对她的想念和祝福；摆到右边，她会想抛妻弃子的是他，做错的是他，四川也好，内蒙古也罢，他在哪都和她没有关系。就这样摆来摆去，摆来摆去，直到有关父亲的一切被她压在心底，成了一个秘密。

但她压不住这个秘密，她知道。它会在不经意间溜出来，那些心跳加速、紧张、慌乱，都是它在作祟。当听到本轮选题是去四川拍摄时，几乎是出于本能，她举了手。可是到了四川，她既没有时间，也没有勇气在茫茫人海中找寻。

她终究是懦弱的，如同她始终不敢回忆。

然而无论过去多久，发生过什么，她永远都无法否认这道菜的美味。

在距离上次吃到这个味道的糖醋排骨的十年后，在这家四川小城的小饭店里，叶至清又一次吃到了同样的味道。几乎一致的味道，十年前是父亲做的，十年后是一个陌生男人做的。如果说之前叶至清还不能确定父亲一定就在四川，那么现在吃了这道糖醋排骨后，她可以肯定，三年前或者更早之前，他就已经来到四川，至于待了多久、现在是否还在，则是另外的谜团。

一道菜串起了叶至清心里的很多回忆，然后演变成许多问题。她一时无法思考太多，她感到大脑像被潮水侵袭，一下子涌入太多，有些负荷过大。当下的问题是，眼前做出这道糖醋排骨的男老板，和她父亲之间存在着什么样的关联？泪水在毫无意识的时候盛满了眼睚,滑进嘴里,她尝出味道不对,才后知后觉地发现自己竟然哭了。耳边毛毛那不停的说话声突然变了调:"小姐姐,你怎么哭了?"然后魏欢闻声从后厨出来,接着方洋也过来看热闹。

叶至清不太记得她那晚是怎么离开随园小馆的。她只记得在回酒店的路上,她走了一路,哭了一路。她说不太清为什么哭。十年前,她莫名其妙地被动接受了父亲的离开,连哭都不知道该怎么开始。十年后,她又莫名其妙地吃到了味道和她父亲做的几乎一样的糖醋排骨,却连反应都来不及,只剩下哭泣。

第二天坐在回杭州的飞机上,叶至清一直想着前一晚,连同那道糖醋排骨,感觉一切像是一场奇遇。

她没有奢求会在拍摄中真的发现消失了十年的父亲的行踪,她甚至都不确定父亲是否还在四川。她只是想弄清楚,那里是否真的是父亲落脚的地方。她不止一次设想过,要是面对面见了,她会对他说什么。骂他?痛斥他?还是哭诉?想了太多以后她明白了,在没有准备好之前,她并不想见到他。既然他选择了离开,那就永远不要再见。

没想到这趟四川之行给了她一场关于味道的奇遇,她竟找到了属于父亲味道的糖醋排骨。这是除了那封信,她掌握到的关于父亲的最直接的信息。可是就像她看到了那封信之后没有采取任何行动一样,她也并不知道该怎么处理这条信息。她终究是怕了,怕随园小馆的男老板和父亲认识,又怕他们不认识。

她看向窗外,陆地渐渐消失,城镇、乡村、高山、林海、四川被云层掩盖。她正在离开这片土地,却仍不知拿那个味道如何是好。她忽而发现,自己不过二十六岁,却早已丧失了属于年轻人的勇敢和冲动。她告诉自己这或许只是巧合吧。她比她想的还胆怯。

毛毛自从认识了叶至清，便成了她的忠实粉丝，每天都看她的视频，和看自己的频率一样高。看到叶至清的探店视频更新后，毛毛第一时间留言评论，还转发给身边的朋友，像所有粉丝那样，给自己的偶像宣传。

店里不忙的时候，毛毛会拉着方洋一起，边看边点评："清清姐可爱吧？我都说了她人很好，性格和长的一样好。"方洋没看出什么特别，和大部分探店视频都一样，开头说两句，然后开吃，边吃边点评，有时还会做出很陶醉的夸张表情，就像不吃这家店就损失了一个亿一样。或许因为常年在后厨工作，方洋并不觉得有些食物会有探店视频拍出来的那种效果。虽然他认为这是宣传的绝佳手段，也不赞成魏欢拒绝拍摄的行为，但他实在不觉得"清清爱美食"的探店视频有什么特别之处。看到他面色平静，没有和自己一样的喜悦，毛毛不屑地说方洋和魏欢一样老套，不懂欣赏。方洋不甘示弱，他可不老土，只是叶至清的视频实在一般般，要说拍得又真实又能勾起观众食欲的还得看其他美食博主。方洋拿出手机，开始给毛毛推荐他常看的美食博主。

他们吵着吵着惊扰了后厨的魏欢。毛毛把手机架在魏欢眼前，让他评理，到底叶至清的探店视频是真实的有感而发还是演出来的夸张。方洋连忙说毛毛虚伪，刚刚还在嫌弃魏欢老套。毛毛语塞，赶紧解释她说的"老套"是魏欢常说的那个"老饕"，会吃的意思。

魏欢对他们的争吵早就习以为常。他看着镜头下的叶至清，和那晚他在店里看到的似乎并不一样。

第一次见面时，他觉得叶至清就是网上那些他不熟悉但时常听到的网红。在他提出拒绝拍摄时，他看到了她脸上的不敢相信、诧异和不屑。这让他彼时更加庆幸自己的决定。他不懂但也并不否认，他对网红有偏见。看到毛毛每天拿手机的痴迷、知道有人要来拍摄的激动、网红本人出现在店里时过于明显的殷勤,魏欢只觉得,名气让所有人都迷失,包括名人本人,也包括他们的追随者。像毛毛这样,隔着手机屏幕沾染了一丝名气的味道后,就已近乎疯狂。所以魏欢更加不喜欢网红。他拒绝拍摄,不仅是他不喜出名和张扬,而且还有对网红的偏见。不过后来魏欢也曾想过,如果是一名记者和扛着摄影机的摄像,自报家门来自某某电视台,他会拒绝吗?他犹豫了。犹豫表明他不是拒绝出名,不是拒绝被更多人知道,而是拒绝通过网络这种途径出名。想明白了这点,魏欢叹了口气。名气果然厉害,只是想想,他都觉得自己心口不一。

第二次的晚上,他一开始没有认出她来,以为只是来吃饭的顾客。她看着他,似乎担心魏欢还会拒绝她,所以一上来就说明来意。除此之外,魏欢还在她的神情、举止中发现了一些紧张不安,或许还有点惶恐。尤其是她的眼神,在看着他说话时,那眼睛里闪着期望和渴求,在灯光的照射下,出奇地亮,像含着一汪水。当在后厨看到她用这副眼神和毛毛说话时,魏欢觉得没人能拒绝这种目光,它似乎能撩动人心底最柔软的地方,让你对它温柔,对它言听计从。果然,毛毛一个劲儿地给他戴高帽子,就为了让他给她做那道糖醋排骨。他在后厨看到她的背影,开始夹得很慢,就像不敢吃一样。接着她的肩头开始微微颤抖,他以为她是吃开心了,但随后抖动幅度越来越大,连带整个后背都在颤抖。这是魏欢第一次看到有人因为吃他做的菜而流泪。绝不是因为他做的口味,而是他的菜调动了她的情绪。她藏着的紧张不安和恐慌,都因为他做的菜爆发了。魏欢站在餐桌边,感受到从她身上散发出的哀伤和脆弱。她垂着头,半长的头发遮住了脸,他看不到她的神情,但他想,那泪水一定在决堤,肯定更亮,更让人心疼。

眼前镜头里的叶至清收起了她所有的脆弱和情绪,和魏欢两次见到的本人都不同。她对着镜头侃侃而谈,时而大笑,时而大口吃东西,吃得满嘴红油说太好吃了,为了表示肯定,把圆圆的"鹿眼"瞪得更大。魏欢没看过其他人的探店视频,不懂她的表现是好是坏。镜头前的她很活泼,爱说爱笑,能说会道,一对圆圆的酒窝和圆圆的眼睛呼应,整个人看起来甜甜的。但这样的叶至清又不是魏欢在生活中见到的。镜头里的她没有第一次见面时的不屑一顾,更没有第二次见时的哀伤和脆弱。还是那副五官,那个长相,还是那对在说话时会露出来的酒窝,但少了很多他说不上来的东西。原来一个人在镜头前后的差别竟然可以这么大。魏欢还记得第二次见面时她痛哭和落荒而逃的样子,很真实,还有点可爱。所以他假设,如果生活中的她是真实的,那么在镜头前的她是不是演出来的?

"挺好的。"

毛毛和方洋等了半天,等来了魏欢的这三个字。

"你看,我说清清姐的视频好吧!连欢哥都这么说。"

"欢哥,你认真的吗?你不是很烦这些网红吗?你都拒绝了她的拍摄,说明你也觉得她拍得不怎么样。"

"哪里不怎么样?你看好了,清清是美食探店博主中活粉最多的。什么叫活粉懂不懂?不是靠花钱买的'僵尸粉'。"

"你别和我说饭圈那些词,我是不懂,那些和拍视频没关系,我们现在说的是她的视频怎么样,到底是你眼光有问题还是我老套?"

看起来他们各执一词,争论视频的可看性、真实性,实际上,他们在争面子。起因就是毛毛的那句方洋和魏欢一样老套。魏欢看得明白,却也毫不在意。

"当然是……"毛毛话还没说完就被打断。"行了,干活去。"魏欢把方洋拉回后厨,扔给他一堆活。

最新一期的"清清爱美食"视频发布后,数据平平,吸粉量有限,转发、评论、收藏数屈指可数。在公司其他博主日趋增长的流量对比下,叶至清成了频道里的倒数。上学时按成绩排名,工作后以业绩排名。以前的榜单是纸张,现在的榜单是图片。

叶至清是在下班后,窝在出租屋的沙发里时,接到了工作群里发的全公司各位博主的数据图及美食探店频道博主的数据图,有曲线图、柱状图、有效播放、粉丝增长、新增广告主等数据信息。叶至清的每一项排名都在后面。她盯了半天手机,内心说不上来是什么滋味,但要说不难过那是假的。

最直接的结果是奖金会减少。谁会嫌钱多呢?大家只会觉得怎么赚都不够。但谁让她的数据不行?就算心里再不情愿也要接受现实。真正让她难过的是,她明明觉得自己在努力工作,为什么结果不尽如人意?她其实很少会关注有关自己的负面评价,这是做这个行业的必修课之一,因为那样会影响心情。何况公司有员工会在博主们的视频下面定期清理负面评论。不过今天她破例了,似乎觉得自己的难过还不够,想寻求更多的刺激。她逐条看那些说她表演痕迹太重、拍摄的店一看就是收了钱的、推荐的菜让人根本没有食欲的负面评论。她承认自己确实被刺激到了,最先的反应是气愤,想把发评论的人从手机里揪出来暴打一顿。气过之后是委屈,明明每期视频她都在认真思考拍什么,找哪些好吃的、有特色的店铺,为什么会被冤枉是收了钱?他们这行,接广告是最重要的,也是业绩考核的标准之一,有时整期视频就是一条商业广告,有时会在节目中穿插广告。互联网上,关于在视频里打广告的问题,观众和博主之间早就形成了某种默契。很多博主选择实话实说,至于信不信,全看网友个人选择。

很多时候相信不在于真相是什么,而是选择什么。选择信就是真的,选择不信就是假的。

叶至清感到难过的正是这点。她看到了很多人因为选择不相信,所以不相信,直接断言她是收了广告费的。人们看到了什么,取决于他们想看到什么,那些真正想传递出去的东西并不会被人们一五一十地接受,甚至像插在水中被光折射后弯曲了的筷子。

叶至清拍美食探店视频的初衷很纯粹,就是因为喜欢美食。她相信美食可以抚慰人心。在父亲离开的十年里,在和母亲闹矛盾、不停地争吵的日子里,陪伴她的只有各种美食。她游走在杭州的小巷里,专找那种藏在居民楼中间,推着一辆自行车或是木轮车的小摊贩,有时是一碗小馄饨,有时是一份拌川,有时是一笼小笼包,有时是一个糯米饭团。吃完了,心情也平复了。从那时起,食物对她来说,既不是拿来填饱肚子的,也不是摆拍炫耀的,而是抚平她内心的佳肴良药。

她报以绝对的热爱,投身于这份工作。她以为,镜头前的每一口、每一句都是发自真心的推荐。美食是她的良药,她探寻美食是一种情怀,还有什么是比这更好的原动力吗?

现实是,没人会同她一样,把食物看作药物,把工作当成情怀。这会是公司里最大的笑话。

不知什么时候,她走上了街头,不用思考,让两条腿替她选择,走着走着,走到了她熟悉的那家老店门前。它曾经开在居民楼一楼,木门、木牌子,后来换成了铝合金玻璃门,再后来搬到了相对热闹的街区,地方换了,门换了,只有那个木招牌重新上色后依旧挂在门头中间。

在经济高速发展的杭州,这家店依旧保持着亲民的价格,两人花一百块钱可以吃得很好,人多请客不喝酒的话四百块钱可以吃到宾主尽欢。叶至清一个人来,有时点一道素菜,有时点一道荤菜,她最喜欢这里的海鲈鱼。今天她想都没想，点了糖醋排骨。菜上来后，她不自觉地和在四川那座小城里吃到的做了对比，浙菜颜色更鲜亮，汤汁裹得相对浓稠，吃到嘴里偏甜。糖让大脑分泌多巴胺，使人快乐。此刻叶至清嘴里是糖醋排骨的甜味，却没有感到快乐，一丝都没有。食物一向是她抚慰自己的方式，却也没有平复她今天的心情。工作的烦恼被另一种东西代替，那是没有吃到预想中的味道的失落和哀伤。家乡的糖醋排骨更地道，却不是叶至清心里想要的那个味道。

甲之蜜糖，乙之砒霜。味道和信念一样，都是选择，带有私密性的选择。叶至清在杭州和四川那座小城之间，选择了后者，她认为小城里那家小店做的糖醋排骨更好吃，非常值得推荐。如果此刻她对着镜头说出这样的话，那么发布后，一定又会被一堆口水淹没。

这是叶至清第一次没有被食物疗愈，反而在入口后，陷入了更深的迷茫和哀伤。

她因热爱而工作，因喜欢美食去探店。情怀最终不敌数据和流量。她应该看清的，她应该接受现实的，不能是因为她的口味、她的喜好，而是大众普遍选择的。

叶至清有些无力。她以为自己会一直把探店视频拍下去，粉丝量总会增长，只是时间早晚的问题，她刚加入这家公司时，粉丝少得可怜，经过两年多的时间，积累了将近三十万的粉丝。她自诩心态好，从不和公司那些粉丝多、流量大的网红比，她深耕她的小吃领域，在小店、小馆子中探寻人间烟火。

但是看到那几张图表后，她依然无法阻挡内心的失落和难过，她感到难掩的挫败感，可她什么都控制不了，不论工作还是生活。

就在她在街边游荡时，手机信息响个不停。她记得明明把和工作有关的群全取消消息提示了，一看，居然是毛毛。她连发好几条消息夸赞叶至清这期的视频，说她的讲解真实又可爱，还说连他们老板都说挺好。最后她告诉叶至清,她会永远支持叶至清。

这世界早已没有永远,连亲生父亲都会突然离开,一个来自千里之外的小女生说的话又算什么?

可是叶至清信了。她又想哭,又想笑。网络给她带来了工作,也给她带来了满满的恶意,却又在伤害她之后,给她带来了温暖。隔着手机屏幕,她似乎能想到毛毛操着那口四川口音普通话说话的样子。那个女孩子就像珍珠鸟一样,小巧活泼,叽叽喳喳,飞来飞去,有时过于吵闹,有时却是灵药。她忽然想到,先前总觉得这个收银女生和那家小店风格不搭,守旧老套的老板却雇了一个过于活泼的小女生。现在她明白了,那个男老板应该正是看中了毛毛的单纯、善良、冲动、活泼。像毛毛这样的小女生,喜恶发自内心、挂在脸上,她们对谁好是真的好,对谁讨厌也是真的讨厌。

叶至清忽而就释怀了,她很幸运得到了这份单纯的喜爱。

她又想起了那家小店。她忘不掉那个味道,因为它就下意识地点了糖醋排骨。曾经那个味道是她父亲的专属,父亲离开后,这个味道成了叶至清的记忆之物。现在,她偶然发现了这个味道的新主人,四川,小城,随园小馆,那个叫毛毛、像珍珠鸟一样的小女生,以及她那个有点奇怪、老派的年轻男老板。

又是那种紧张感,心脏怦怦乱跳,血液加速流动,蔓延到四肢百骸。叶至清觉得身体里充满了能量,是那道糖醋排骨赐予她想要去寻找的能量。摆锤再次摇到了去找父亲的这边。这种感觉她似乎已经很久没有过了。哪怕在四川那座小城时,明明这个味道的主人就在眼前,她都没有勇气去问:为什么你会做出这个味道的糖醋排骨?她几乎是落荒而逃,只敢一个人在路上哭,也不敢去寻找真相、靠近真相。

她像风一样地跑向最近的地铁口。去他的工作,去他的流量,去他的排名,抓不住的东西统统都去他的吧!曾经她也抓不住这个味道,但此刻她不知道为什么这份力量这么强大,强大到她以为这是可以抓住的,只要她勇敢,不再退却。她越跑越兴奋,越跑越激动。她告诉自己不要胆小,不要害怕,她要回到她母亲的家,回到她父亲十年前生活的地方,一定还有什么被她遗漏的信息藏在那里。

芙蓉鸡片

芙蓉鸡,嫩鸡去骨,刮下肉,配松仁、笋、山药、蘑菇或香蕈各丁,如遇栗菌时,用以作配更好,酒、醋、盐水作羹。——清·董岳荐《调鼎集》

常言说川菜无辣不欢,毕竟早在东晋时期就记载了川人"好辛香"。

殊不知辛并非辣,古代的辛指姜、花椒的味道。姜与花椒都原产自中国,而四川自古就是花椒的重要产区,其中汉源县的花椒更是被认为是最好的花椒。辣椒却是地道的外来物。明中后期辣椒传入中国东南沿海和广东,沿江而上,最终传入四川。辣椒真正作为食材融入中国人的饮食,则是在清中后期。最早对辣椒作为食物的记载出现在贵州,然后传入四川、湖南等地。古代时,对海外传来之物通常冠以"番""胡"的字样,所以辣椒又叫"番椒"。在四川,辣椒一直被称为"海椒",正是因为辣椒来自海外。

川菜因辣椒的到来,发生了翻天覆地的变化,现代川菜的形成正是在辣椒到来之后。或许因为辣椒的味道过于夺目,或许因为辣椒和四川的气候、川人的饮食习惯融合得过于完美,所以人们想到川菜就是辣。但是在没有辣椒以前,蜀地人们早已练就了一身出神入化的烹饪技术。没有辣味的川菜依旧美味,甚至是川菜中的上乘:八宝锅蒸、醋熘五柳鱼、芙蓉鸡片、樟茶鸭子、白水豆腐、软炸扳指、肝糕汤、鸡豆花、开水白菜……

四月的一天,随园小馆迎来了两位不速之客。

第一位出现在中午营业的时候。他停留在店外,先是瞧了瞧门上的木招牌,默念了一下,随后似笑非笑地踏进了店门。此时客人还不是很多,毛毛看到他,招呼他随便坐,倒了一杯魏欢新进的雨前龙井,递到他眼前。

他没有直接喝,而是先闻了闻,粗陶矮茶杯在他手里显得很小。毛毛注意到他的手又胖又大,他的人也是如此。当他进店时,毛毛很难不注意到这么个大体积的客人。他戴着深色格纹的贝雷帽,下面是一颗圆圆的脑袋,因为胖,头直接连着肩膀,看不见脖子。毛毛有点想笑,她马上想到曾经看过的一档综艺节目,里面的嘉宾就是这样把肩膀端着、脖子缩起来模仿一位歌手。

"咳,咳……"毛毛清了清嗓子,抑制住想笑的冲动,"想吃点啥子?这是菜单。"

男人一手握着茶杯,一手接过菜单。他穿着灰色麻料的衬衫,很宽松,所以毛毛无法从外表上看出他的肚子。但她猜测,他一定有个大肚子。因为他的上半身没有贴近桌子,可是明明坐得很靠前,一定是有什么抵住了,比如肚子。

"有什么特色菜?推荐一下。"他低头翻菜单,并不看毛毛。

"嗯,您想吃什么口味的?我们店每个味道都有特色菜。"毛毛不自觉地站直了些,说话也变成了普通话。虽然这个男人胖胖的,但是身上透着让她有点害怕的感觉,尤其她看到他还戴着一副圆眼镜,就像上学时她最怕的数学老师。

"味道还真是不少,但是开店,宜精不宜多,贪多只会败坏口味。"他合上菜单,又递给毛毛,"就来一个芙蓉鸡片。"他抬头带着笑意对毛毛说。

毛毛这才和他对视,看到那颗圆圆的脑袋上长着一副淡淡的眉毛和一双细长的小眼睛。

"哦,好的。"如果换作别的客人,毛毛早就推荐三四个菜了,可是这个男人不仅让她害怕,语气里还带着令她无法拒绝的强硬,虽然他是笑着说的。

毛毛大气都不敢出,直接走到后厨,像受惊的鹌鹑一样,小声说:"一份芙蓉鸡。"

后厨正在忙,油烟机的声音和锅铲声、炒菜声不分高低,毛毛的这点声音全被盖住了。

"你说啥子?"方洋扭头大声问。

"芙蓉鸡片!"毛毛走到他俩中间,有了更大声音的掩护,她才敢放大声音说。

"大点声说嘛。"方洋弄不清楚毛毛怎么突然扭捏起来。

"欢哥,我跟你说,外面那个客人好奇怪嘞。"毛毛依旧站在魏欢和方洋中间。

"哪个?"

"哎呀,你别看!"毛毛拽住方洋。外面可以把后厨看得一清二楚,她可不想让那个奇怪的胖子看到自己的丑态。

"咋了吗?"

"他,不像来吃饭的。"

"不吃饭来干吗?打游戏啊?"

"哎哟,不是,就是他好像不是只来吃饭,还有别的目的。"

"什么目的?暗访?我们又不是黑店,更不是什么三无作坊,让他查。"

毛毛和方洋就这样在魏欢旁边你一言我一语,都忘了这话是毛毛跟魏欢说的。而魏欢一句话都没说,仍旧专心做他的菜。

随园小馆开业没多久,毛毛就来当服务员了。她是魏欢一个朋友的表妹,中专毕业后就出来打工,来魏欢这里之前在小城里的一家连锁超市当收银员。她虽然话多,还做着想当网红的白日梦,但人活泼、机灵,很快就摸索出招呼客人的门道,面对什么客人可以推荐贵的菜,什么客人能成为老客,什么客人要多说好听的捧着,什么客人要少说多做。少了毛毛,随园小馆的生意估计要差点儿。所以魏欢知道,毛毛说的是真的,她口中外面的那个客人一定不是只来吃饭这么简单。至于具体的目的,魏欢隐隐能猜到大概,因为那位客人只点了一道芙蓉鸡片。

芙蓉鸡片,因做出来的成品形似白芙蓉花而得名。这道菜成名于民国年间,人称"一代儒厨"、开创"黄派厨风"的川菜名家黄晋临把这道芙蓉鸡片做到了登峰造极的境界,当时的社会名流,政界、军界、商界、文化界都对这位川菜儒家赞赏有加。1958年,成都开了一家主打芙蓉菜式的高档川菜酒楼,其名就叫芙蓉餐厅。除了最有名的芙蓉鸡片,还有芙蓉鱼片、芙蓉杂烩、芙蓉鱼翅、芙蓉鸭子等。

这道菜可以说是川菜中不加一点辣的名菜之一,常见于各种档次的川菜饭店,但是价格相差很大,只因高档饭店和大众餐厅的做法非常不同。随园小馆的这道芙蓉鸡片的价格比很多高档饭店都便宜,却比很多大众餐厅都贵。懂行的食客一看价格就知道,小馆子里藏乾坤。

魏欢的芙蓉鸡片的确用的是古法,先把鸡胸肉去筋,捶成细蓉,加水、蛋清、盐、胡椒面、湿淀粉调成糊状。魏欢试了一下浓稠度,舀了一勺高汤,慢慢加入鸡糊中调成鸡浆。另一边,方洋已经备好火腿片、丝瓜皮和鲜菌片。等鸡片成形后留底油入锅与配料一起烩匀,加入高汤,再勾上薄芡,一道芙蓉鸡片就做好了。

毛毛给那位客人上菜时,似乎觉得不够正式,补了句:"请您慢用。"要是方洋看到毛毛半躬着身子说了这么句话,一定笑得腰都弯了。

那个男人一动不动,就这么盯着眼前的盘子。毛毛一边接待其他客人,一边偷瞄,心想他怎么光看不吃?不知看出了什么,他这才拿起筷子,挑起一片鸡肉,看了看形状后又放回盘中,再拨了拨其他的配菜。像是完成一场仪式,待一切准备好了,他终于动筷,夹了一片鸡片送入口中。他吃得很慢,像是要品尝出鸡片用了哪些配料,高汤用了哪些底料。

午场生意忙了起来,毛毛不再有闲心理会这位奇怪的客人,也不知过了多久,才听到他叫了一声"服务员"。此时店里的客人已经换了几拨。

毛毛以为他要结账,那男人开口却说:"可以请你把老板叫出来吗?"

"啊?"

他似乎一直在等客人少了的时候。

"这道菜不值这个价,你们这算欺客。"男人压低了后半句话的声音,那双细长的小眼睛里闪着志在必得的光芒。

毛毛含混地应了他一声,跑去后厨找魏欢。谁说眼睛小看不到光?那个眼神就像X光,毛毛觉得自己要被他看透一样。

魏欢没有像毛毛那样慌张,他甚至没有感到意外,就像是早就知道。他在白围裙上擦干手,走出后厨,来到那位客人的桌边。

"您好,我是老板,也是厨师。"

"在下有个问题想请教,"男人打量了一下魏欢,"敢问你这道芙蓉鸡片,是冲还是摊?"

"都不是。"

"那就是切成片炒的了?随便一道炒鸡片,敢卖这个价?小老板,开门做生意,诚实守信才是第一。"

"我并没有骗你,说谎的是你自己。你问我是冲还是摊,我如实告知。可是这道芙蓉鸡片,是你说的炒鸡片吗?"能问出"是冲还是摊",可见眼前的这个男人果然是行家。但魏欢并没有因此胆怯,不卑不亢地迎击那双小眼睛里散发出的光。

男人也没有因为魏欢的反驳而退缩,圆脸上反而绽开了笑容,像是万圣节的南瓜头,咧开嘴笑。

"嗯,有点意思。不错,这和炒鸡片没有关系,怎么看都是一道老法做的芙蓉鸡片。但是你这价格,卖的应该是传统的手艺吧?不冲也不摊却卖这价,合适吗?"

"为什么不冲也不摊就不能卖这个价格?如果我不说,请问你能吃出这道芙蓉鸡片既非冲也非摊吗?"

"小老板,做人自信是好事儿,太自信怕就要到头咯。我既然问了你,说明心中早有判断。要是你开口说的不是实话,我也不会还坐在这儿了。"

"那就请问,你觉得这道芙蓉鸡片怎么做的?"

男人没有马上回答魏欢的问题。"服务员,再来壶茶。"他看着手中的杯子,茶叶安静地躺在杯底,"雨前龙井,有品位。我只点了一道菜,这么喝茶你不心疼吗?"

"来的都是客,没有心疼一说。"

男人接过毛毛端来的茶壶,倒了一杯茶,缓缓开口道:"芙蓉鸡片,老法莫非一冲一摊。鸡浆滚进猪油中,形成片,是冲;鸡浆像蛋皮一样摊在锅中,是摊。两种做法各有利弊,冲的鸡片颜色雪白好看,但成片薄厚不一,而且浸过猪油,难免油脂味重一些。"他夹起盘中仅剩不多的一片鸡片,"你的鸡片大小、薄厚都很均匀,能冲成这样的川菜厨师怕是凤毛麟角啊。"

"我的手艺还不到家,的确冲不成这样。"

"摊倒是可以规避掉薄厚的问题,但是温度掌握不好颜色会差,没法达到那种和芙蓉花一样好看的白色,而且嫩度也不如冲出来的。可你的鸡片白嫩可口,确实与芙蓉有几分相似。要是靠摊做出这道菜,难度要比冲均匀更大了。"

"所以,你的结论是……?"

"蒸。"男人说出了他的答案,那双小眼睛里没有属于获胜者的咄咄逼人的目光,反而有一种失败者的姿态,"很多大众家常餐厅都会用蒸的办法处理这道菜,盘里抹油倒入鸡浆,成片后再改刀。不过……"

"不过啥子?"

"蒸同样也有问题,蒸出的鸡片再改刀,同样很难掌握厚度。但是你的这道芙蓉鸡片,无论是下刀的角度,还是刀法,还有最后的厚度,都很均匀。"说着他又夹起一片,"我甚至猜测,倒像是机器切出来的。"他把那最后一片鸡片吃了,"虽然凉了,但没有一点鸡肉的腥臭味儿,留在口中依旧是鲜。自我介绍一下,佟毓林,没事就爱到处找好吃的。"这个自称佟毓林的男人站了起来,伸出右手。

魏欢会意,伸出左手:"魏欢,这家店的老板和厨师。"

佟毓林从衬衫兜里掏出一张名片,双手递给魏欢。魏欢两手接过名片,扫了一眼:北京某杂志社,美食自由撰稿人。

"我知道。"佟毓林的脸上重新挂上了笑意,那双小眼睛也跟着弯成了一条缝,"成都萃华园的陈师傅推荐我过来的。"

"难怪。"魏欢点了点头。如果不是熟人介绍,恐怕很难因为一道芙蓉鸡片找来这里。

"陈师傅说,要想吃不一样的芙蓉鸡片,就得来你这里。没想到陈师傅口中的大厨,竟这么年轻,魏师傅,厉害!"

"过奖了。"

"听陈师傅介绍,魏师傅是黄派川菜陈系再传弟子,果然手艺出众!不知魏师傅能不能透露一点,为什么你的这道蒸芙蓉鸡片,薄厚、嫩度和冲出来的一样呢?"

"因为我改良了蒸法。"魏欢神秘一笑,并没有再说什么。

"明白,明白。"佟毓林点了点头,"还请魏师傅见谅,我就好个吃,再把吃到的美食写点小玩意儿,没什么大本事,就是图个乐呵。近来想写一本与川菜有关的书,所以常来四川,在成都也结交了一些美食界的朋友。"

"佟先生想写一本什么样的川菜书呢?"

"记录古法、传统川菜的来源和做法,结尾再附上我收集整理的菜品名录。可惜有的菜,只见名字不见菜,早就失传了。魏师傅有机会来北京,可一定要联系在下啊,今天多有得……"

佟毓林后面说的话,魏欢都没有听见,因为那句"只见名字不见菜"精准地击中了魏欢的内心。魏欢平时话不多,朋友也不多,更没什么兴趣爱好。非要说的话,他的兴趣就是做菜,爱好就是看菜谱。这样的魏欢,大部分时间都处于一种比较平静的状态,方洋和毛毛从没见过他情绪激动的样子,更别说失控了。但是此刻听到这句话,魏欢感到浑身的血液在加速流动,越流越快,快到近似燃烧,在他的胸腔燃烧起熊熊烈火。他的喉结滚动了一下,一口口水压不住心中的烈火。他拿起隔壁桌的杯子,倒了一杯茶,一饮而尽。

"佟先生,那你一定晓得我这家店的特色了?"

"主打不辣的川菜。但是我看菜单,鱼香、宫保、麻辣、红油,带辣的经典川菜味道一个也不少。"

"我曾经和你想的一样,复原传统川菜,你想写成书,我想做成菜。但当我真正实践后发现,辣椒早就深入川菜的骨髓,刻入每个四川人的基因了,包括我自己。不让我用辣椒做菜,就像砍了我的一只手,处处不得施展。"魏欢说着停了下来,像是想起了很久以前的事情,然后又缓缓说道,"何况曾经有个高人指点过我,做菜好吃就行,北方重香,南方重鲜,何必拘泥于哪个菜系、哪种门派?川菜可以辣,也可以甜,可以香,也可以鲜,你说是吧?"

"说得在理儿！当年湖广移民填四川，八旗子弟进成都，今儿再看，川菜中还留着当年的影儿呢！一个时代有一个时代的样儿。今天实在打扰了，"佟毓林又倒了杯茶，也一饮而尽，没再问魏欢的芙蓉鸡片是怎么蒸出来的，"我以茶代酒，向你赔罪。魏师傅年纪轻轻手艺就如此了得，前途不可限量！"

"哪里，我的这家小店随时欢迎你来。复原传统川菜，我怕是有心无力了。佟先生，你的书一定要写完，虽然很多菜已经消失，没消失的也不再合时宜，但是有些东西，总要有人记得，有人记下。关于这道芙蓉鸡片的蒸法，有机会我当面做给你看。"

魏欢在门口送走了佟毓林，等那个胖胖的身影消失在街头，他才转身进店。

"欢哥，我真怕你就这么把做法告诉他了！"

"那个胖子一看就不是好人，他那个名片都不一定是真的。"

方洋和毛毛一左一右围住魏欢，噼里啪啦说个不停。

魏欢有些疲惫。

除了春节假期，他几乎全年无休地守在灶前，长年与烟火相伴，倒也并不觉得无聊、辛苦。但是和人应酬几句，魏欢就觉得像跑了几千米。其实他并不怀疑佟毓林的话，如果不是真爱美食的人，根本不会千里迢迢跑来魏欢的小店，只点一道芙蓉鸡片，眼巴巴地等他一中午。他原本可以吃完就让毛毛把魏欢叫出来，却一直等到午场结束，就是不想影响魏欢做生意。虽然他一人占了那张四人位一中午，但是在魏欢目送佟毓林离开时，手机响起了收款到账提示1930元。还好毛毛和方洋没有听到这个金额，不然以他俩"惊抓抓"的样子，弄不好来往的路人都能听到。

真正让魏欢感到累的是这个数字。他的大玻璃杯里倒满了茶水，方洋把炒好的三个菜端上来，魏欢只是喝茶，没有动筷吃午饭，他一点食欲都没有。1930年是一代儒厨黄晋临"姑姑筵"的开业时间，严格算下来，魏欢是黄派川菜的第五代弟子。佟毓林转了这个数，一方面是表达对影响魏欢生意的歉意，另一方面是表示对魏欢厨艺师承的了解。可是但凡对魏欢学艺生涯了解深一点的人都知道，魏欢最不想提及的就是和黄派的关系。他改良这道蒸芙蓉鸡片，就是想掩饰自己的出身。佟毓林从北京远道而来，自然不清楚其中的关系，只是成都城里萃华园的陈师傅却知晓其中的因缘，他轻描淡写地将魏欢的消息告诉了外人。这背后的原因，让魏欢又心累又烦躁。

或许是佟毓林的到来和他的那笔转账，让魏欢想起了很多以前的事情。当小城又一次笼罩在午后的安静中时，他躺在床上翻来覆去地睡不着。

魏欢真正系上白围裙成为厨师，是在他十九岁的时候。高考结束后，他去了成都川菜烹饪学校，在这里系统地学习了三年。但这并不是他初次接触做菜。说到做菜，魏欢多少有点家学，只是很小就在家里给自己煎蛋、煮面的他并不知道，原来那在他十二岁时就去世的父亲，是个在川菜领域小有名气的专业厨师。直到从成都川菜烹饪学校毕业后，进入成都鼎鼎有名的萃华园工作的时候，魏欢才知道：萃华园里的师父和他父亲认识，甚至头灶大厨还和他父亲是师兄弟。魏欢都快忘了有父亲的感觉，他对父亲的记忆只停留在很忙、很晚回家。印象中，似乎从他有记忆开始，父母就开了家小饭馆，他们总是早出晚归，在店里忙活。魏欢长大些后，有时也会在放学后去店里帮忙，父亲在后厨忙，母亲在前店忙。但他一直以为父亲只是个会炒点家常菜的普通厨子，怎么也没法将那个在油腻得有些发黑的后厨中忙着炒菜的父亲，和身穿白色厨师服、系着白围裙在偌大的饭店后厨镇定指挥的大厨联系到一块。他看到萃华园里的那些大厨，猛火爆炒颠勺也不见一点狼狈，可他却无数次看到父亲用脖子上的那条已经发黄、发黑的白毛巾擦拭脸上出油的汗水。在他想知道是什么让父亲从一名大厨退到一家小店的厨子时,父亲已经去世十年了,而母亲更是在父亲去世后绝口不提父亲生前的任何事情,连他去成都川菜烹饪学校上学都遭到母亲反对。其中原因也是过了很久魏欢才知道。知道后他竟然做出了和父亲当年一样的选择,辞掉成都萃华园的工作,回到家乡小城,开了这家随园小馆。

往事虽然如烟,但每次想起都历历在目。这也许就是魏欢不愿回想的原因吧。

从床上爬起来后,魏欢感到有些晕晕乎乎。整个下午和晚上,他都处于一种迷糊的状态。就在魏欢强打精神终于撑到快打烊时,他看到门口进来了一位客人。

分不清是来人身上的,还是魏欢眼前的,他觉得有些薄雾笼罩在这位客人身上。很快他看到有东西拨开了薄雾,像月光努力照亮周围的云层,那是这位客人的眼睛。她的眼睛闪着皎洁的光芒,黑夜挡不住,雾霭挡不住。魏欢觉得眼熟,似乎在哪里还见过这样一双明亮的眼睛,他眯起眼睛想聚焦看得更清楚些。

如果说佟毓林的到来是生活中无法预测的大多数,就像魏欢无法知道一天中会迎来什么样的客人,更不能预测明天的生意。那么这位在快打烊时出现的客人,则似乎是冥冥中的回响。

来人很快走到店里,找了个位子坐下,笑着说:"我一个人来想吃点东西,请问还有哪些菜?"

魏欢这才看清,不久前的那个晚上,她也说自己是一个人来的。

魏欢无法否认,这个来拍摄的美食探店博主给他留下了深刻的印象。尤其是她第二次来的那晚,也是今天的这个时候。她好像很擅长在打烊前一个人出现在店里,带着一种紧张和不安,像是误入人类世界的小鹿。她说她想点一道菜,一道菜单上没有的菜。可是菜上来后吃了几口她就开始哭,被毛毛发现后慌张地夺路而逃。

那时魏欢、毛毛和方洋被她突如其来的哭泣弄得有些不知所措,毛毛提议还是跟上去看看比较稳妥。就在方洋准备脱下围裙出门的时候,魏欢鬼使神差地说:"你们看店,我去看看。"他就这样跟在她身后,跟了她一路,看到她哭了一路。她边走边哭,时不时用手抹掉泪水,然后继续哭继续走,像一个考试没考好不知道回家后怎么面对家长的孩子。他对她产生了前所未有的好奇。是什么让她突然痛哭,以致落荒而逃?绝不是因为一道菜。那会是什么?抛去职业,他对她没有敌意和反感,尤其刚目睹了她哭泣的样子,甚至还产生了一丝同情和怜爱。他看到她侧身离开随园小馆时,那双小鹿一样明亮的眼睛里沾满了血丝,布满了泪水。直到她走进酒店,魏欢才离开。

有那么几天,每晚睡觉时,魏欢一闭上眼睛就会看到那双哭红了的小鹿眼,就这么哀求地看着他。他不喜欢这种感觉,如同他不喜欢回忆。过去了就过去了,为了忘却,所以不应纪念。时间在流逝,一切在向前。

可是就在他快忘了曾经有一晚,店里出现了一个年轻女人,点了一道糖醋排骨,吃了没几口就开始大哭然后仓皇逃走时,她又出现了。她和前两次见面以及视频中的样子又有所不同。今夜的她看起来轻松又从容,像是远走他乡多年回来看故人的游子,有些兴奋,也有些疲惫。

毛毛激动不已,拉着她的手说:"清清姐你怎么来了嘛?!"叶至清任她拉着,只笑不说话,转头看到魏欢时,点点头:"魏老板你好,正式认识一下,我叫叶至清,你可以和毛毛一样叫我清清。"

"你好。魏欢。"

"之前不知道魏老板不喜欢拍摄,给你添麻烦了,不好意思。"

"哎哟,道啥子歉嘛!哪个人不喜欢出名让更多人看到? 就是他！不用道歉。"魏欢还没回答,毛毛抢了先。

"毛毛说得对,这是我个人的问题,叶女士的确不用道歉。"

"魏老板,拜托你别叫我女士,不然我以为自己在酒店、商场或者按摩店,他们总是对我说叶女士您的房卡、您要的款式、您的余额不足。"叶至清一边说还一边学起那些店员的样子。

毛毛笑得前仰后合:"清清姐,你真是天生当网红的材料,这表演太逗了!"

方洋被毛毛的笑声吸引,走了过来:"笑啥子呢?"

毛毛赶紧把刚才叶至清的话和表演重复了一遍,他们沉浸在自己的快乐中,完全没有注意到当毛毛说天生当网红时,叶至清的脸色微微一变。还好这时方洋来了,毛毛的注意力转移到和方洋的聊天上,叶至清又瞬间恢复了自然,就像什么都没发生过。但是魏欢看到了,他看到她发愣的瞬间、尴尬的表情,以及快速闪动的眼球在掩饰内心的紧张。

"今天就让方洋下厨吧,尝尝他的手艺,我今天有些不舒服。"等他们笑够了,魏欢才开口。

"我证明,欢哥今天晚上状态真的不好。"

"要不欢哥你早点回去休息吧,交给我俩,没问题的。"

"没问题的。"叶至清笑着跟了一句。

"就是,有清清姐在呢,绝对没问题。"

魏欢换上自己的衣服后,毛毛、方洋和叶至清站在门口送他。魏欢向他们摆了摆手,骑上电瓶车离开时,他看到了叶至清对他笑的样子,似乎觉得哪里有什么不对。但他头痛欲裂,只想快点回家休息。

麻婆豆腐

> 北门外有陈麻婆,善治豆腐……其牌号人多不知,但言陈麻婆,则无不知者。——清·周询《芙蓉话旧录》

1958年秋的北京,迎来了这座古城一年中最美的时节。香山红叶层林尽染,长安街上黄色银杏叶片片飘落,南池子大街国槐树叶落满街头。秋高气爽不见一丝白云的蓝天,像一张未经涂写的画板,由落叶为它添加色彩。在东长安街紧邻王府井南口的北京饭店,后厨里,此时正上演着一场如火如荼的厨艺对决。一方是北京饭店国宴中的常驻粤菜厨师们,一方是五年前才入驻北京饭店的川菜厨师们。

1954年以前,北京饭店的国宴主角是"食不厌精、脍不厌细"的粤菜。但一年前,贺龙将军将"罗派川菜"的创始人——被称为"西南第一把手"的罗国荣大厨调到了北京饭店,任川菜部的主理厨政。这之后,川菜厨师与粤菜厨师悄然展开了一场没有硝烟的美食之战。

为了庆祝新中国成立十周年,将在全国餐饮业评选出四位特级厨师。这可是新中国成立后选拔的第一批特级厨师,其意义与含金量可想而知。各派厨师摩拳擦掌,跃跃欲试,究竟哪四位高手能脱颖而出,众人心中各有猜想。

在这个北京秋天的晚上,北京饭店宴会厅里的各位嘉宾早已入座,前菜与冷盘上过后就等热菜一一登场了。

后厨里烟雾弥漫,锅铲声、说话声此起彼伏。川菜方由罗国荣大师坐镇,掌勺的是他的大徒弟黄子云。黄大厨尤擅爆炒,今日一战,他拿出的是出自民间看似简单的家常菜——麻婆豆腐。只见他一手握住大锅,另一手快速翻动炒勺,颠锅的速度和炒勺的速度完美结合。加入了豆瓣酱、豆豉和海椒粉的锅里油亮红润,微微冒泡之际,黄大厨将一旁的豆腐块从沸水中捞起,甩掉多余的水分,轻轻放入锅中,再下高汤。黄大厨的眼睛时刻不离锅,一见锅中的水泡变得越来越大,便立马舀起淀粉水下锅勾芡。三分钟后,一道麻婆豆腐出锅了。白色的景德镇顶级骨瓷汤碗盛着鲜红欲滴的麻婆豆腐,让人看着就垂涎三尺。罗大师始终在一旁观看,待装入盘后,他才点点头说:"形整而不烂。要得,要得。"

麻婆豆腐上桌后,得到了嘉宾们的一致好评,有些北方宾客甚至因第一次吃到这种做法的豆腐感到十分新奇。红亮的辣椒先勾起味蕾,以为入口很辣,实则辣度刚好,更多的是鲜和麻,淀粉水裹得恰到好处,既锁住了浓稠的汤汁不会让豆腐出水,还维持着刚出锅时烫口的热度。正所谓心急吃不了热豆腐。据说有位老领导吃过这道麻婆豆腐后久久不能忘怀,甚至后来还把罗大师、黄大厨请去,专门做了一次麻婆豆腐。

等到了第二年,也就是1959年的评选,这一年的评选以川菜获胜而告终。在1959年评选的四位特级厨师中,川菜的占了两位,其中一位自然是罗大厨。后来北京饭店的同仁们笑称,川菜以一道平民菜四两拨千斤,的确是高。

不过当时人们还想不到,麻婆豆腐的影响远不止于此。后来川菜走出四川、享誉全国,冲出亚洲、火遍世界,靠的都是这道麻婆豆腐。

如今,川菜厨师考核必做的菜品中打头阵的就是麻婆豆腐。

当魏欢像往常的早晨一样,从竹湾菜市买完新鲜的菜回到随园小馆时,他发现卷帘门下还有一个人。她蹲在那里,似乎等了一阵子。

"早啊。"魏欢没开口前,叶至清先和他打了招呼。

"你怎么在这?"

"先进店里再说吧。"叶至清自然地去拿魏欢放在电瓶车上的菜,

"你每天都买这么多菜吗?"

魏欢蹲下开锁,拉起卷帘门,满腹狐疑地看着身后的叶至清。

"快点嘛,你买得真多,好沉。"

魏欢把卷帘门拉开,接过叶至清手里的塑料袋,说了句"不用你拿",便没再理她,径直走向后厨。

叶至清跟在他身后。昨晚她和毛毛、方洋将店里仔细打扫干净才走的,晨光不强,透过整面玻璃窗照进来,原木色的小店里一切看起来温馨、和谐。

如果不是身后跟着的叶至清,魏欢也觉得这是个不错的早晨。他昨晚睡得不错,把前一天的疲惫一扫而空,以为可以干劲满满地迎接新的一天。可是身后的叶至清,让他感到不自在。

"你每天都这么早来,然后收拾这些菜吗?"她掀开写有"一菜一味,百菜百格"的布帘,也站在后厨里,看着魏欢分拣食材。

"嗯。"魏欢把肉菜分开,"找我啥子事?"

"我找你没事啊。"叶至清走到水台前,"菜都要洗吗?"

"你这么早来就是为了做这些?"

"算是吧。"叶至清停了下来,没有魏欢的吩咐,她的确不知道怎么洗,"严格来说,我找你有点事。"

魏欢看着她,一副"我就知道"的表情。

"从今天开始,我来做店里的服务员,可以吗?"

"啥子?"

叶至清第一次看到魏欢这么激动,虽然她也才认识他没多久。但就连魏欢自己都觉得他从来没有这么激动过。

"我知道你不信,但我是认真的,毛毛告诉了我做服务员的流程和一些注意事项,钱不都是实时转到你支付宝上吗?一共就六张桌,我不会算错的。"

"她连这个都告诉你了?"

"对啊,我和毛毛昨天算是工作交接吧,以后我就是咱们随园小馆的服务员了,我和方洋搭班子,我们三个就是随园小馆的新班底了。"

"等会。"魏欢有些蒙,一时不知道该先听哪个消息。他脑中快速运转,如果叶至清来店里,那毛毛干吗去了?她就真的把工作让给叶至清,自己不干了?可叶至清是外地人,她能在这里待多久还不知道,要是她这样心血来潮地说来就来说走就走,损失的是魏欢,是随园小馆,也是毛毛。这个女娃不能总想一出是一出。他拿起手机拨毛毛的语音电话。

"毛毛这个点还没起呢。"

现在还不到八点,毛毛最早也要九点半起床。魏欢拿着手机看叶至清,那脸色分不清是黑还是白,或是黑白相掺的灰。

"你可以放心,我既然来了就不会走,当然也不能说永远不走,这世上哪有永远呢?我保证短期不走。另外毛毛的工作我安排好了,不会让她没钱赚。"叶至清像是看透了魏欢的所有顾虑,两句话就解决了他的大部分担忧。

"等晚点方洋来了你问他,昨晚他也在。魏老板,眼下就是这么个情况,你不用我的话,今天的生意就要开天窗了。"叶至清轻描淡写地摊了摊手。

她的话听起来句句都从魏欢的角度出发,前前后后的解决办法都给他提供了。但魏欢觉得自己好像进了一个圈套。他就这么盯着叶至清,那双他数度以为无辜的、带着祈求般的小鹿眼,现在怎么看都闪着狐狸一样狡黠的光。

"你这么看着我也没用嘛。毛毛能做的我也能做,而且你看,我比她来得早多了吧,我还能帮你择菜、收拾呢。怎么样?雇我是不是很划算?"叶至清说着就去洗菜,"都洗了吗?要不要留一些到下午再洗?"她回头看还愣在那里的魏欢,"你不说我可都洗了啊。"

"洗,全洗。"魏欢从后槽牙里挤出来三个字。他不信自己找不到毛毛。

随园小馆开店以来,在早晨的后厨里,第一次有除魏欢以外的人,还是他不太熟的一个女人。魏欢感到不自在,无论做什么都无法忽视叶至清的存在。她没有再说话,似乎在专注地洗菜,除了哗啦啦的水声,再无其他。可是魏欢怎么都不能专注,连后面的事情都想不起来。

"魏老板,你每天来这么早就是为了站着发呆?"叶至清把洗好的菜放在滤篮里,再用抹布把水渍擦干。昨晚只是打扫了店里,这还是她第一次走进随园小馆的后厨,这么近距离观察。正对着的那面玻璃窗的墙上开着两扇小窗,阳光只能隐约洒进来一些,远不如身旁那面玻璃窗带来的光亮。水池和菜墩在一边,白色瓷砖墙上架了三排磁铁片,吸着各种刀具。小窗下是不锈钢台面,魏欢在那里背对叶至清站着。后厨四面墙都贴着白色瓷砖,叶至清摸了摸,没有一点油渍。水泥色的地面只有灰色,没有垃圾杂物,也没有饭店后厨里常见的经年污垢。

"我洗好了,接下来做什么?"

该做什么,连魏欢自己都忘了。他低头看塑料袋里的各种肉类家禽,接下来应该是给肉分类,等方洋来了该改刀的改刀,该下锅的下锅,还要把各种调味料补上,还有高汤,每日的高汤要在早上煨好。脑子里这么转了一遍,魏欢总算回过神来,但他马上又想到今天或许将面临的种种问题,想到中午就要开门做生意,怕是这个女人连四川话都听不懂吧?他想不通,她给毛毛灌了什么迷药?难道毛毛有什么把柄在她手里?

"分料头,可认得?"魏欢故意说起了四川话。

"你问我认不认识这些干料吗?"叶至清站在魏欢旁边,指了指他打开的一个袋子,里面分装着各种颜色的调味料,"干吗这么看我?分完放哪里呢?"

魏欢陷入一种自我的情绪中,思维和反应变得极慢。

叶至清也不理他,自己在后厨找,她看到了玻璃窗下面的木架子,一排排罐子整齐地摆在一起,叶至清挨个打开,和手里的调料对比,看颜色大小,再拿出一个闻闻,确认无误后再倒进去。待全部装好,她看着木架子,多少有点成就感。这份工作比她预想的更有充实感,而她自己也比预想中更适应这里,更适应这份工作。

既然已经决定,那么这次来四川,她就必须要查到父亲的下落,哪怕是蛛丝马迹,哪怕是最坏的消息。当然她不相信是后者,直觉和那个味道,或者说那个味道的直觉,都告诉她,父亲一定在四川,而魏欢一定与他有千丝万缕的联系。只是想从魏欢身上直接得到消息,怕是没那么容易。直接问他不会有结果,拐弯抹角地问也不一定会有结果,那么想从魏欢这里问出答案,她就必须留在这里。度假也好,放松心灵的旅程也罢,她迫切地需要换个环境,换种方式生活。杭州的一切让她失望,让她厌倦,让她恶心。在她那晚撞到母亲和那个男人时,在她那天被领导叫去办公室时,决心就是在那些时刻暗自许下的。

曾经她没有勇气,不敢回忆,不敢面对,不敢寻找。那是因为她觉得自己有退路。她无数次地告诉自己,不告而别的是他,不是我,是他不要我,我为什么要去找他?这也是母亲无数次跟她说的。叶至清没法不相信。人总要信点什么才能活下去。两个里面她总要选择一个相信,既然一方不在,她只能选择相信在的一方。何况这些话她听了十年,早已从相信变成思维方式了。她们母女总算在一件事情上达成了一致,这就是关于她父亲的评价,虽然她们的出发点截然相反。叶至清知道母亲的想法,她从来都知道,父母之间没有爱。对于父亲的离去,母亲更多的是自我夸奖式的炫耀:"看吧,我说过吧,他就是这样的人,那些都是他装的,他就是自私、冷血、重男轻女,妈妈苦啊,谁让妈妈没给你生成男孩呢?"可叶至清不这样想,她选择把与父亲有关的记忆封锁,就是因为不敢相信那个从小带她去大厨房,给她做各种美食的父亲会是那种人。只有相信父亲是坏人,才会减轻她的痛苦,既减轻她猜不出想不透的痛苦,又减轻她想去寻找父亲又不敢的痛苦。听到得越多,她越担心,要是找到了父亲,结果和母亲说的一样怎么办?那些童年里的快乐是不是要统统画上叉?就连记忆是不是也要化成灰?这些年她一直这样自我麻痹。有些创口下的组织早已溃烂,如果贸然揭开,将是连皮带肉地剜除腐肉,还不如忍痛让它们存在。

但是她的退路忽然断了,身后空无一人,只有断了的吊桥和万丈深渊。向前是未知的高山,向后是可怕的悬崖。比起摔死,她宁愿爬向山顶,也只有那里还有转机。十年里,她不是没有过动摇、怀疑。明明小的时候父亲那么疼爱她,母亲却总是一副冷冰冰的样子。就连回忆起过去,也大多与父亲有关,她的记忆之物是父亲做的糖醋排骨,她的梦境是父亲工作的那个大厨房。而关于母亲的回忆,却少之又少,且大多是争吵,是被打翻在地的碎片,是她听不懂的咿呀婉转的越剧曲调。上周的那个晚上,叶至清终于拾起了冲动,想回家再找找父亲的信息。可是家里撞到的那一幕让她错愕,更让她恶心,还有深深的背叛。她这才意识到信错了人。别说再找什么消息,就连三年前的那封信,父亲仅存的那点线索都没了。原来母亲不告诉她父亲来信,是想故意塑造父亲的恶劣形象。甚至现在从一个成年人的角度看,她都怀疑父亲的离开是母亲逼的,也许母亲早就出轨了。想到这些,她使劲地砸响家里的门,母亲看到她折返回来,脸上挂着尴尬又温柔的笑意,嘴巴张了又张,想说的话还没说出口就被叶至清堵了回去。她自己都不知道自己的眼神有多冷,语气有多硬,她问母亲:"我爸是不是知道你出轨了才走的?"

叶至清忘不了母亲那天的神情。尤其在她接住了母亲扬起来的手后,她预料到那没有落下的巴掌。她紧紧握住母亲的手腕,紧紧盯着母亲的眼睛。母亲的手很细,眼睛很漂亮。她从小就知道母亲是个美人,而父亲是个大老粗厨子。所有人,连她自己都知道,母亲是一朵鲜花插在牛粪上了。可是,鲜花也有凋零甚至腐烂的一天。

之后的几天,叶至清一边承受来自公司的狂轰滥炸,一边被迫接受母亲的掏心掏肺。她猜到举报她的是周雨薇,也知道母亲解释的目的。但她不想报复周雨薇,也不愿再相信母亲。小孩子才想着报复,才需要相信他人。现在,一连经历两件烂事的她,使自己成长得更快了。真相,要掌握在自己手里。她要去四川,要找到父亲,不仅仅是问个明白,而且是自我成全,十年里那些一直盘旋在她身旁的为什么是时候问出口了。

他们两人不能都这样对她,不能。是他们把她带到这个世上,却一个不告而别,一个另寻欢。她早认定在现实中失去了父亲,现在又在事实上没有了母亲,她彻底没家了。既已孑然一身,还有什么可怕的?

早上的小城,弥漫着温暖慵懒的气息。上次匆匆而来,叶至清没来得及体会属于这里的生活气息。去随园小馆前,她在上次来吃面的那个老市场里吃了一碗豆花、一张牛肉饼,心满意足地擦掉嘴角的红油。从出门到吃早饭,再到随园小馆门口,不过半小时。小城果然有小城的好,等魏欢的时候她想。

洗菜、分调料，瓶瓶罐罐、柴米油盐，眼前的这些工作给了叶至清意料之外的纯粹和充实。饭店的工作是常言中的体力活，是家长们教育孩子不好好学习长大就只能端盘子、当厨子的"负面典型"。可这些看似简单的体力劳动、看似底层的工作性质，却让叶至清体会到了在 mcn 公司几年里都没有的纯粹，和人与人之间的真诚。她因热爱而选择，但也知道，有人的地方就有江湖，那些不同的底层小店老板带给她的人间温暖，终究抵不过玻璃大楼里的明争暗斗。

"这些是什么？"叶至清装好调料，看到旁边的坛子，伸手想去打开。

"别动！"

魏欢终于不再站着了，腾地一下转身抓住叶至清的手。她蹲在地上，他弯着腰，她的右侧脸挨着他的左胸口。她下意识地抽动鼻子闻了闻，有洗衣粉的香味，没有在后厨工作的人身上的那种油味。她想到了父亲身上的味道，每次回家他身上总带着饭店后厨的味道，小时候她喜欢这个味道，油油的、香香的，闻着闻着好像也吃到了父亲做的那些菜。但是母亲不喜欢，她讨厌他身上的油味，她总是指着卫生间淡淡地让父亲去洗澡，然后父亲平静地走去卫生间，一阵水声过后，换上干净的衣服走出来。

"这里是泡菜，没到时候不能打开。"魏欢把叶至清的手拿开。

"哦。"叶至清回过神，"都不能打开吗？"

"这两个可以，其他的不行。"魏欢说完有点后悔，为什么要说那么多？

"好的，我记住了，不会乱动。"她笑了笑。

他们还保持着挨得极近的姿势，魏欢看到她眼里的笑意，那双眼睛还是圆溜溜的、黑亮亮的，还是像小鹿一般，再看不见狐狸似的狡黠。他有点看不懂了，到底眼前的她是什么样的人？为什么一定要留在他的店里呢?

"你们在干啥子呢?"方洋刚才在门口时没看到后厨有人,觉得奇怪,掀开布帘,看到魏欢和叶至清蹲在泡菜坛子前,挨得那么近。

方洋突然的一声吓了他们一跳,这才反应过来,他们挨的距离远超过男女之间的安全距离。两人有些尴尬,只是碰巧看泡菜坛子而已,被方洋这么一叫,倒像是做了什么见不得人的事。魏欢没说话,起身去忙。叶至清蹲着看方洋,依旧笑眯眯地说:"看泡菜坛子。"

方洋看了看叶至清,又看了看魏欢,不太相信。他和毛毛都知道魏欢是个跟不上时代的"老干部",早睡早起,没有娱乐,也不谈恋爱,可刚才他挨叶至清那么近。难道是因为之前没遇到过喜欢的美女?骨子里的魏欢是个闷骚男?

叶至清看到方洋的表情,猜到他肯定在胡思乱想。她站起来,大声说:"方洋,欢哥有话问你。"

魏欢被方洋刚才突然的那一声吓得都忘了要找他算账的事。"对,我有事要问你,跟我来。"他绕过叶至清,去了小院儿。方洋不明所以地看叶至清,她耸耸肩,摊摊手。

叶至清听到小院儿的那扇门打开又关上,接着传来一阵噼里啪啦的四川话。她开心地在后厨里无声地傻笑,不用偷听都能猜到一定是魏欢把方洋一顿骂。

"清清姐,你把毛毛叫来吧,我是说不清了。"方洋沮丧地从小院走了回来。

"魏老板,方洋和毛毛事先都不知道我来的事情,昨晚你走后,我问毛毛你们店里还招不招人,方洋以为我在开玩笑。"

"就这样吧,赶紧干活。"魏欢不想再纠结这件事了。

不管叶至清出于什么原因非要留在店里,只要不影响生意就行。至于毛毛,她是成年人,做什么是她自己的事。走一步算一步吧,叶至清肯定是待不长的,不行再找个服务员就是了。

"我干什么?"叶至清问。

"收拾干净,摆好餐具,冲好茶水,门打开,有啥子就干啥子。"魏欢烦得很。

"还有一个。"方洋小心翼翼地提醒。

"什么?"

"写小黑板。"

"对。"魏欢觉得自己一团乱,脑子不是一片空白,就是嗡嗡嗡响个不停。罪魁祸首就在旁边站着,他还不能说什么,连赶走都不行。

"今日推荐菜,麻婆豆腐。"

"就这一个?"

"欢哥,买到牛市坡的花椒了?"方洋问。

"嗯。"魏欢简单的一个字,同时回复了他们两个人。

叶至清好奇地问什么意思。魏欢自然不会理她。方洋告诉她,四川最好的花椒产自汉源县清溪镇,其中尤以牛市坡的花椒最为顶级,古时都是进贡到宫里给皇上享用的,所以又称"贡椒"。虽然现在花椒的产区扩大了非常多,但牛市坡的顶级花椒依然非常难买。要是能买到新鲜的刚晒好不久的牛市坡花椒,魏欢当日一定会做麻婆豆腐。

"其实现在也不是花椒成熟的好时候,等到七月份之后,花椒进入成熟期,果子又圆又饱满,到那时牛市坡的花椒也相对好买了。"

"废话真多,"魏欢把洗好的大块牛肉扔给方洋,"去把牛肉剁了。"

叶至清知道魏欢其实是对她有意见,便不再说话,出去忙她的了。

随园小馆门口的小黑板又摆了出来,工整的楷体字下面简单几笔勾勒出了麻婆豆腐的图案。叶至清往后站看了看,觉得少了点什么,又加了两笔,变成一盘冒着热气的麻婆豆腐。

店内准备妥当,午场营业时间也到了。叶至清后知后觉地感到了紧张。第一次做服务员,点菜、上菜、算账,以前以为这是最简单的工作,但好像实际操作起来并不容易。她心里没底,不停地摆弄已经摆好的餐具,查看泡好的茶水。还没有客人上门,她开始有点担心会不会有客人看到换了服务员掉头就走。

胡思乱想间,挂着铃铛的那扇木门响了,门被人推开。叶至清赶快从收银台后面站了起来,一看,原来是毛毛来了。

"这个门要打开,不然一会儿客人来了不方便。"

叶至清点了点头。

"清清姐,这个就戴身上吗?"毛毛摆弄着一个随身的摄像头。

"对。"叶至清帮她别好,毛毛的手机连着镜头,她们看着手机里的画面调整镜头视角。

"欢哥能同意吗?"毛毛指了指后厨。昨晚听了叶至清的提议后,她最担心的就是魏欢不会同意。

"没事,主要是你的主观视角,剪的时候把客人、环境这些都虚化,这样看起来还真实。"

昨晚关了店门后,叶至清和毛毛沿着随园小馆的那条小街往前走。在下一个路口右转就离开了热闹的美食街,世界像是突然间就安静了下来。叶至清说,她可以帮助毛毛成为网红,最快一个月能"挂小车",最慢半年就能接到价格较低的广告。毛毛惊讶地叫出声来,尖叫声划过安静的夜空。不过也不是免费帮忙,叶至清想留在店里做服务员,需要毛毛带着她,而魏欢应该不会再出一份工资,所以毛毛要从她的工资里匀出一部分给叶至清。她用她的流量带毛毛的账号,给毛毛打造一个十八线小城"00后"女服务员的人设,视频记录一名普通服务员的日常。她们都来店里上班,毛毛一边带叶至清熟悉做服务员的流程,一边用随身摄像头记录,剪辑的时候再加入旁白和拍摄的其他生活画面。叶至清没想让毛毛马上答应,虽然她吃准了毛毛想当网红的心理,但她这么突然出现,又说了这样一番话,任何人听后都不免会产生怀疑。毛毛在脑子里快速算了一笔账,她不知道网红能挣多少钱,那么在不挣钱的时候要拿出多少工资分给叶至清呢?也许是为了打消毛毛的顾虑,叶至清先开了口,不管毛毛一个月工资多少,她只要一千五百元,而且在毛毛的账号有收入之前,她不会离开。毛毛听完直接欣然同意,虽然她有些不太明白叶至清为什么放弃了在杭州的网红工作,莫名其妙地来到小城,要和她一起做服务员。毛毛自然不知道叶至清的真实计划。在来四川前,叶至清已经想得很清楚了,想从魏欢嘴里问到父亲的消息不是一时半会能办成的,那么留在他的店里则是最快捷有效的办法,既能接近魏欢,又能有点收入。实现这些的前提是要搞定毛毛,让她同意让出服务员的工作。好在毛毛想当网红的心比叶至清想的要坚决,她们就这样一拍即合。

"毛毛,过来。"后厨里传来魏欢的声音,打断了叶至清和毛毛的对话。

她们互相使了个眼色,毛毛故意大声回:"来了。"

后厨里,方洋从没见过魏欢这么难看的脸色,明明还是那张脸,但黑得像锅底。

"说说吧,你想做啥子?"

"我想当网红。"

啪地一下,魏欢丢下手中的大勺,连前店的叶至清都听到了。接着,他压着嗓子说:"你不想干了可以提前跟我说,三条腿的蛤蟆不好找,两条腿的服务员有的是。你连招呼都不打,就这么把人带来,你是老板?"

"欢哥,你别这么气噻,你之前不是也想再招个人吗?现在有人主动来了,多好!而且你看清清姐长得又好看,又有亲和力,说话还好听,还是个网红,有她在,对我们店只有好处没有坏处啊。再说了,我当网红和留在店里工作不冲突的噻。"

"啥子意思?"

"意思就是以后店里有两个服务员,我和清清姐,并且我们两个人只用你出一份工钱。欢哥,你赚了噻!"

"两个人一份工钱?她和我说你不干了,她来做服务员。"

"清清姐不熟悉业务嘛,我先带她。欢哥,我们不给你添麻烦,还是一份工钱,但你等于雇了我们两个人,划算吧!"

魏欢一时没有算明白这笔账。到底是毛毛拿工资还是外面的叶至清?或者反过来?难道她们俩平分?

"好了欢哥,你就别管我和清清姐怎么分钱的,总之,欢哥,老板,这对你只有好处没有坏处。虽然我志不在咱们店儿,可是毕竟我干了好几年,早就把店里当家了,把你当亲哥了,我咋个能害你的嘛!"

"毛毛你可真行!"方洋竖起大拇指,"刚才欢哥狠狠地骂了我一顿,我哪为知道你们俩咋说的,我还以为她就是随便来耍耍,哪知道是认真的。你们都谈了啥子?"

"和你无关,好好做饭。欢哥我去忙咯,你放心,有我在,我肯定会和清清姐一起让咱们店儿的生意翻倍。"说完毛毛就溜出去了。

"欢哥,我觉得挺好,不然忙起来的时候是真的人手不够。"

是挺好,除了一份工资两人分。魏欢从不相信天上掉馅饼。那个叫叶至清的从杭州来到他们这个小城,在他的小店里做服务员,还和毛毛拿一份工资,怎么想都不符合常理。他不知道她的目的是什么,但肯定另有所图。好在魏欢并不纠结想不通的事,他就是这样,关注眼前,专注当下,做好每天的菜,经营好每一天的生意,才是正经。

有了叶至清,午场忙起来时的确轻松了不少。叶至清主要负责上菜、收拾桌子,毛毛招呼客人点菜。她看到毛毛很会给客人介绍菜,尤其是在适合客人人数的前提下让他们尽量多点几道菜。叶至清不禁想到她第一次来随园小馆时,毛毛就是这么让她加菜的。这些年探店博主、mcn 公司工作的经验告诉她,或许毛毛真的能在分享日常的这条赛道上脱颖而出。

有熟客发现多了个服务员,和毛毛开玩笑说他们老板终于肯多雇一个人了。毛毛附和着说再铁的公鸡也有掉漆的时候。一些新客看到了门口小黑板上画的麻婆豆腐很形象,纷纷拿出手机拍照。

午场忙碌过后,毛毛把她的"宝座"让给了叶至清,她要抓紧回家看拍好的素材。之前她并不知道拍摄和剪辑有很多门道,听了叶至清的讲解后,难以抑制那颗跃跃欲试的心,恨不得拍完就马上剪出来。叶至清想告诉她别着急,素材拍完一起剪效果才好,但毛毛早就一溜烟跑没影了。魏欢照例回家休息,在门口时他看到了小黑板上的画,寥寥几笔勾勒出了麻婆豆腐的形象,弯曲的几道线条就像是刚做好时冒出的热气。他嘴角不自觉地向上翘了翘,即使心里还厌烦着这个女人,但这幅简笔画让他不得不承认,大城市来的就是不一样。

叶至清躺在单人折叠椅上,听到魏欢的电瓶车离开的声音,闭着眼睛睡不着。在她的整个计划中,搞定毛毛是第一步,取得魏欢的信任才是更重要的一步。她需要认识他,走近他,然后某一天,比如一个轻松的上午,他们在后厨准备食材时,她轻描淡写地问魏欢:"你是不是认识浙菜厨师啊?为什么你做的糖醋口味和浙菜那么像?"然后生性不爱说话的魏欢会脱口而出,告诉她想要的回答。她希望这一天可以尽快到来,因为她不知道自己会在这里停留多久。不过来到四川后,那种曾经缠绕她很久的紧张感再没有出现,她感到一种久违的放松,就像现在她躺在陌生的折叠床上,看着陌生的天花板和周围,不仅毫无困意,而且心里意外地踏实。

躺在家里床上的魏欢也睡不着。他无法不去思考叶至清留在店里的目的,她到底想做什么?可这又不是魏欢能想明白的。这让他烦躁。他很少去思考无法控制的事情,毕竟没人知道明天和意外哪个先到来。在魏欢小时候,他承受过突如其来的意外,只是那时的他还不懂意外的分量到底有多沉重。直到随着年龄的增长,他逐渐意识到自己经历的是生命中不可承受之重。所以他强迫自己活在当下,不去做无谓的思考,不去掌控无法控制的事情。可是,叶至清像卡在喉咙里的鱼刺,让魏欢吞也不是,咽也不是。如果忽略她的动机,他不得不承认叶至清是个很好的服务员,尤其在看到那幅简笔画后。

毛毛在家琢磨怎么剪视频,根本没心思午睡。除了方洋,叶至清听到小包间里传来时断时续的鼾声。她睡不着,坐起来编辑自己新开的账号。离职后,"清清爱美食"的账号也交给了公司,虽然离职的合同上规定她不可以再经营以及利用这个号的流量,但是这些年的粉丝不是白积攒的。当叶至清换了个平台,新开了"清生活"的账号后,很多老粉第一时间找了过来,甚至粉丝黏性更强了,不少粉丝留言说,比起探店视频,他们更喜欢分享生活的叶至清,她的文字真实、干净,她的照片清新、文艺。裸辞去小城寻找自我的文艺女青年是叶至清给自己立的新人设,这是她给自己营造的安全区。在她的生活中,没法掌控的事情太多了,所以才更需要握紧点什么。她把那张麻婆豆腐的简笔画上传,并配上文字:"无论身在哪里都要好好生活,好好吃饭,一碗麻婆豆腐,送给漂泊中的每一个人。"

等叶至清回完私信,木门上的铃铛也响了,她从收银台后面探出头,看到魏欢来了。她站起来和他打招呼,魏欢象征性地点了点头,叫方洋起床。

方洋懒洋洋地起身,一看时间:"我……已经三点了吗?"

"你说呢?"

"来了,来了。"

不一会儿,后厨里传来了菜刀剁肉的当当声。叶至清收拾好店里,隔着那半面布帘看到方洋站在灶前,一手握着炒锅,一手拿着炒勺,旁边站着魏欢。一边的沸水里滚着白嫩的豆腐块,锅里响起嗞嗞啦啦的油声,接着一阵豆瓣酱混着辣椒、豆豉的香气扑鼻而来。叶至清听到魏欢说:"注意看,不能炒过了,要一直这样咕嘟着。"方洋应声而做。魏欢又说:"下豆腐,再下牛肉,加高汤。"方洋依次照做。"好,注意了,豆腐起锅三道芡。观察水泡,水泡变大说明水分要跑了,就得打芡。"

方洋专注地盯着锅,魏欢认真地看着方洋操作,谁也没注意到身后站着的叶至清。

"三分钟,天冷的时候最多五分钟,就要出锅。"

"最后撒花椒粉,这个我晓得嘞。"

在魏欢的指挥下,方洋做好了一盘麻婆豆腐。

"怎么样欢哥?看着还行吧?"

"麻婆豆腐讲究麻、辣、烫、鲜、酥、嫩,还要形整而不烂,你这个,从卖相看很一般,至于味道,让外面的那位尝尝再说。"

外面的那位自然指叶至清。她听完并不尴尬,而是大方地说:"我就在你们后面呢。"

魏欢一愣,好像在问她你什么时候进来的。叶至清也不在乎,拿起勺子说:"那我就不客气啦,尝尝我们方大厨的麻婆豆腐。"

其实叶至清觉得方洋做得还不错,和她吃过的麻婆豆腐都差不多,没什么明显的差距。但如果按魏欢说的那六个字来衡量,的确没有"六"面俱到,起码不够烫。

"我觉得很好吃哎。"

"清清姐不愧是美食博主!识货!"

魏欢跟着尝了一勺,说:"你觉得很好吃?"

"跟你做的肯定没法比。"

"你自己尝尝,看少了什么?"

方洋也吃了一口:"少?我第一次这么做麻婆豆腐哎,我觉得真的好吃,欢哥你莫要要求太多噻!"

魏欢看方洋那副洋洋自得的样子,心想一时半会他是出不了师了。

"非要说少的话,我觉得不够烫。"叶至清顺着魏欢的话把想法说了出来。

"听到了吗?"魏欢看着方洋说。

"清清姐,你莫要当墙头草,刚刚不是还说很好吃吗?"

"是好吃啊,不烫又不代表不好吃,你真的第一次这么做吗?我觉得很厉害啊。"

"麻婆豆腐不烫,味儿就不对,必须锁住热度,锁住水分,也就等于锁住了味道。"

"啥子锁?"

"是因为勾芡吗?我刚才听你说豆腐出锅三道芡。"

魏欢挑挑眉,一方面在想她怎么什么都听到了,一方面没想到她在做菜上的悟性还真不低。

"高手做出来的麻婆豆腐哪怕是到了第二天,照样形整而不出水,关键就在这个芡的把握。芡的多少关系到豆腐的嫩和烫,刚才让你勾三次芡,其实你每次的量都没掌握好。"

果然,只过了一会儿,汤底便渗出了水,魏欢指给方洋看:"现在尝尝吧。"

水稀释了味道,连豆腐的豆腥味也跟着跑了出来,方洋皱眉,没想到只过了一小会儿菜的味道就大打折扣。

叶至清看出来方洋的失落:"没关系,我们自己人吃一样的,这个就是我的晚饭啦,你们不要抢哦。"她把盘子从方洋要倒进垃圾桶的手里拿了过来。

魏欢没再说话,只自顾自地干活。叶至清随后走出后厨,魏欢轻轻侧身,看着她在店里忙碌的身影,心里想着,眼前这个女人比他想的更懂行,甚至很有做菜的悟性。他不知道是她有天赋,还是她有学习厨艺的背景。他对她一无所知。想到小黑板上的那幅画,魏欢好像再也狠不下心让她走了。

宫保鸡丁

取鸡脯子,切骰子小块,入滚油炮炒之,用秋油、酒收起,加荸荠丁、笋丁、香蕈丁拌之,汤以黑色为佳。——清·袁枚《随园食单·鸡丁》

不知道从哪一天开始,荔枝突然就上市了,好像一夜间,小城里大大小小的水果店和摊位都摆出了挂着绿叶的鲜荔枝。

魏欢穿过竹湾菜市的水果区时,看到了荔枝那用绿叶点缀的棕红色果壳,有的上面还沾着水珠,留在粗糙的果壳上等待蒸发。他拿起一串,个别的荔枝带着青色,显然成熟度还不够。魏欢向来喜欢买个新鲜,他对竹湾菜市里的食材和自己的后厨一样了解,第一批上市的东西都逃不过他的眼睛。他挑了一串最红的,走出竹湾菜市,骑车回店。没多久,木玻璃门上的铃铛就响了,是叶至清来上班了。

不知从什么时候起,魏欢似乎有点期待她每天的准时出现。在这个荔枝悄然上市的时候,他猛然发现自己已经习惯了每天有叶至清的小店,习惯了每一个有她在后厨的早晨。他对她作息的了解就像对毛毛、方洋一样。叶至清大多数时候只是和他打个招呼就不再说话,两人各忙各的,好像都感受不到对方的存在。

至于那些开始时对她的抵触情绪,也不知在什么时候荡然无存了。他不得不承认,叶至清是个得力的服务员,工作能力和态度都远胜毛毛,即使大部分时间里依然是毛毛负责点菜,但偶尔魏欢听到她给客人介绍菜品以及让客人多点菜时表现出的亲切、老到,就像一个做了多年的饭店服务员。他不知道她们俩是怎么分工的,明明叶至清早就可以独当一面,但点菜的工作还是交给毛毛。他也不知道来自大城市的她为什么甘愿待在他们这个小城做一名服务员,关键他从她的行为举止中看不出一点厌烦、嫌弃或是不情愿。她似乎很享受这份工作,享受在随园小馆做一名普通得不能再普通的服务员。

魏欢曾一度坚定地认为事出反常必有妖，但是渐渐地，她让他放松了警惕，甚至习惯后他开始有点担忧。他认为她一定会离开，而且他相信她自己也知道她会在某天离开，但是他不知道那是什么时候。这就像有一把达摩克利斯之剑悬在自己的头上，他一面不希望叶至清走，一面又等着她走的那天。可他又实实在在地获得了叶至清带来的好处。有了叶至清，不仅他们三个人的工作都轻松了很多，连生意也更好了。那每天出现在小黑板上的简笔画成了随园小馆的新招牌，即使魏欢不上网也知道有很多客人因此慕名而来。这让本就话不多的他在面对她时更沉默了。他不知道怎么开口。语言是心灵的折射，他既不善言辞，又不会掩饰，还不能直接问她什么时候离开，好让他有个心理准备这样的话。最后他发现自己唯一能想到的就是发工资时给叶至清和毛毛各发一份。他不想欠她什么。

叶至清拎着一袋刚从那个老市场买回来的荔枝走进后厨。

她把手里装着荔枝的塑料袋递给他："吃吗？刚上市的。"

她没想让他回答。在做服务员的这些天里，她仔细回想，发现魏欢和她说过最多的话竟是在第一次见面，他拒绝拍摄时。好在经过这段时间的相处，叶至清对魏欢的性格有了基本的了解，就像现在，他指了下不锈钢台面上的那堆食材，叶至清看到在大大小小的袋子中也有一袋鲜荔枝。

"巧了，"叶至清笑着剥开一颗荔枝，塞进嘴里，"你喜欢吃荔枝？"果肉占据了口腔的大部分空间，让她的声音变得支支吾吾。

"不是。"

"那为什么买？"

"做菜用。"

"哦哦，荔枝也是食材？"

"算是吧，配菜。"

叶至清点了点头,脑子里浮现出圆溜溜的透明的果肉摆在盘子里的样子:"其实我也不喜欢吃荔枝。"

魏欢愣了一下,放下手里的食材,转头看叶至清,粗长的眉头向里靠拢。

叶至清知道他这个表情是想问什么意思。她笑了一下,和他说话就像在和聋哑人沟通。他似乎总是指望对方领会他的心意,把他想说的说出来。刚来的那几天,她的确被他的过于沉默弄得几度抓狂,想问的还没问出口,就遇到了意想不到的困难。她设想过很多困难,最多的是,要是她没法和他成为朋友,他会说实话吗?可是万万没想到,最先遇到的障碍竟然是他实在不爱说话。后来她发现其实他为人简单,没几天就掌握了和他沟通的方式。毕竟他不是真的不会说话,他不说话她就问到他开口为止。

"我买荔枝有别的用途。不过在我告诉你之前,你能帮我个小忙吗?"

魏欢马上低头不再看她。似乎可以追溯到他们的第二次见面,魏欢就发现了,他最受不了她的眼神,委屈,哀求一般,不断触碰他心底最柔软的地方。她问他,点菜可以吗?我可以留下来吗?帮个小忙行吗?……这些眼神如出一辙,在他的眼前晃悠。可他哪里有拒绝的勇气呢?魏欢嗯了一声,算是回答。

"这种坛子有不用的吗?或者罐子也行。"她指墙边的那些泡菜坛子。

"不能动。"

"哎哟我知道,泡菜坛子嘛,川菜厨师的看家家什。我是问你有没有没用上的,备用的,或者小一点的都行。"

魏欢不看她,她就低头看他,身体抵在不锈钢操作台上,头向前探,凑到他摆弄着的那些食材上方,把圆圆的眼睛睁得更大、更无辜。

魏欢越不爱说话，她就越想逗他开口；他越不看她，她就越在他眼前晃。

"我找找。"他有意躲开她的"逼问"，掀开布帘去小院里寻找。

叶至清笑着看他离开，拿起一颗荔枝剥开，塞进嘴里，心里有一种欺负老实人得逞的恶趣味。

趁魏欢找坛子的工夫，叶至清左一颗右一颗地剥荔枝，圆溜溜的、白得近似透明的果肉堆满了一小盘，像是稀有的特大颗珍珠。魏欢拎着一口玻璃坛子回到后厨，那比泡泡菜的坛子小了几圈，却正是叶至清想要的大小。

"这个可以借给我吗？就放在店里，不拿走。"

"做啥子？"

"做好了告诉你，"叶至清神秘地笑，"要不你猜猜？"她认真地刷坛子，不再逗他。

魏欢在水池旁边分菜、备菜，两人又恢复到各干各的、互不干扰的状态。

叶至清洗好了坛子，想找个合适的地方晾干，看了一圈，觉得水池上方的木板上正合适。她伸长手臂，踮起脚尖，努力向上，却总是差一点。这时，她倏地感到背后有人，魏欢在她身后接过她手中的坛子，稳稳当当地放在木板上。要是从后面看，只看得到魏欢，叶至清整个人全被他挡住了，只能在他双腿之间看到她的两脚。叶至清这才觉得原来魏欢这么高。她好像从未在意过他的身高、长相，虽然第一次见面时她就像扫描仪一样端详他的五官。但那只是走程序，就像把工具扫描入库一样。对，工具，她好像一直把他当成工具，谁会对工具上心呢？除了匠人。很多手工匠人一辈子与手里的工具打交道，工具成了亲人、朋友，成了陪伴他们最久的伙伴。叶至清感受到身后的魏欢身上的温度，以及那股洗衣粉味。她被他的两臂夹在中间,她的头顶只到他的下巴,就像是被他从身后抱在怀里。那一刻,叶至清产生了匠人的心理。

"喂,"方洋又一次突然出现,"你们……咳咳……"他故意大声咳嗽。

也难怪方洋想多了,这实在是个暧昧的画面,无论从哪个角度看,都像是男人在身后拥女人入怀。

坛子放好了,魏欢转身忙自己的。他依旧不言语,但心里着实有些尴尬,解释好像会越描越黑,干脆还是沉默吧。

方洋凑到魏欢跟前,小声说:"欢哥,别装了,我早就晓得了。"方洋也觉得叶至清不错,自从她来到了店里,减少了他很多的后厨工作。何况她还每天都早早来,这可是毛毛做不到的。方洋和毛毛私下说,要是叶至清真做了他们的老板娘其实也挺好。毛毛狠狠地打了一下方洋,说魏欢才配不上她的清清姐,她也不信叶至清会愿意一直留在他们这里。

"你晓得个锤子,"魏欢指了指那些食材,"赶紧干活。"

"欢哥,你这就没劲了,敢做就要敢当。"

"我做啥子了?她想泡酒,我把坛子放上去。要不下次等你来了,你放。"

"你猜到了?"

叶至清开始没说话。她刚对"工具"产生了不一样的心理,方洋就进来了,就像做坏事被抓包一样。还好方洋的注意力在魏欢身上,没看到叶至清的神色。但她知道自己的耳朵、脸,甚至整个后背都在发烫。所以当魏欢回撑方洋时,她默不作声。只是没想到,他竟早早猜到她买荔枝是要做什么了。

"你怎么知道的?"她好奇地追问。

"就那么知道的。"然后魏欢又陷入了沉默,不理他们,默默做自己的事。

他心里很烦,越这样他越沉默。方洋的突然闯入让他尴尬,但归根到底,是他心里有鬼。他好像没法再做到无动于衷,就像上次,他们蹲在那里看泡菜坛子也被方洋看到,但他不觉得有什么不好意思或是被人看到了不该看的。但是这次,他承认,他心虚了。

"猜到就说说呗,有什么不能说的?"叶至清拿出对付魏欢的策略,刨根问底。

"就是,你要是不说,我觉得你……"方洋在一旁添油加醋,话还没说完就被魏欢打断。"行了。买那么多荔枝又不吃,还要坛子,不就是泡酒吗?"魏欢拨开方洋,去灶台前煨高汤。话是对叶至清说的,却全程不看她,反而拨动方洋的手下足了力道,疼得方洋吸了一口气:"又不是我要泡酒,打我做啥子?"方洋捂着胳膊叫。

"可以,魏大厨就是魏大厨。"叶至清对他摆出一个六的手势,晃了晃,"每年这个时候,我都会泡青梅酒,今天看到荔枝上市了,就想试试泡荔枝酒。"

"清清姐你才是这个。"方洋学着她的样子也比了个六,"你打算用什么酒泡?"

"我一般用白兰地,烧酒也行。不过好像这里白兰地不太好买,荔枝泡酒应该也用不到这个,你有什么好的推荐?"

"我?我不懂,就乱喝。这个你得问欢哥啊,他对咱们四川的酒了解可多咧。"方洋走到魏欢背后,手掌放平,做了请的手势。

"真的呀!魏老板你可不能藏私哦,快点告诉我。"

"等坛子干透了再说吧,还有那些荔枝,剥那么多干什么?"

"我吃啊,"方洋拿一个放进嘴里,"是清清姐你剥的吗?谢谢,我最喜欢吃荔枝了。"

"你说做菜用,我就顺手剥了。"

"用不了那么多,荔枝要吃鲜,现在才几点,等客人来了早变味了。"魏欢语气中透着些严肃。

"哦。"叶至清不知道自己哪得罪他了。他那张脸基本上一天都没什么情绪变化,说话做事都淡淡的,现在又不知道抽什么风突然就严肃起来。叶至清知道魏欢不想理她,现在她也懒得理他,转身走出后厨。

"回来。"

"哦。"她以为他回心转意,要介绍四川的白酒。

"今日推荐煳辣荔枝味儿,主打菜宫保鸡丁、宫保虾球。"

原来叫住她是为了这个。她想着怎么画小黑板,但是不明白宫保鸡丁为什么用荔枝,便问:"宫保鸡丁需要荔枝吗?"

"不用,在我们川菜里,宫保味的菜又叫煳辣荔枝味儿。"方洋告诉叶至清。

"荔枝味儿……我明白了,宫保鸡丁甜甜酸酸,荔枝也甜甜酸酸,所以用荔枝比喻这个菜的味道。"

"清清姐,要不说你是这个。"方洋自诩彩虹屁功夫一流。

"现在荔枝上市了,所以欢哥想到在摆盘的时候加上两颗荔枝。这么说来,的确有些饭店宫保口味儿的菜会用荔枝点缀。"叶至清想到自己之前吃过的宫保口味。且不提计划的进展,这些天在随园小馆的后厨,她的确是快乐的,有一种久违的感觉似乎回来了。当年在杭州饭店后厨的时候,她每天都在那里穿梭、发现,现在她觉得自己仍旧是那个在大厨房里寻找新鲜玩意儿的小女孩。

魏欢手上忙碌不停,耳朵却一字不漏地听完了他们的对话,心中再次感慨叶至清的聪明。她在做菜上、对食物的味道和调味上,似乎有着非凡的天赋,一点就透。这是做一名好厨师的可遇不可求的能力。自从随园小馆开业以来,方洋就开始给魏欢打下手,可惜他从未在方洋身上看到这点。倒是这个从大城市刚来这里没多久的年轻女孩,身上有着吸引魏欢想好好培养她的特质。他在心里叹了口气,天赋这种东西,果然弄人。上学的时候,总有些学霸随便学学就能考年级最高分,而大部分人每天学到深夜却只能缓慢提高。

"现在你知道剥多了没用吧。"想到她就是那种天赋极高的学生,魏欢就像惜才的老师,不自觉地想多点拨她几句。

"嗯,我明白了,你们忙吧,我也出去忙了。"

"我们四川名酒很多,五粮液、泸州老窖、剑南春、郎酒、沱牌曲酒,这些有名的你估计都听过。在我们这里,泡果酒一般用高度白酒,不用在乎牌子和价格,随便找家店,买五十度左右的就行。"魏欢没有回头,声音不大,像是自言自语。

"我知道了,谢谢欢哥。"叶至清笑眯眯地走了。虽然不知道魏欢为什么又愿意告诉她了,但总归得到了想要的回答。

她一面收拾店里,一面想,距离和魏欢成为朋友差得还有点远。经过观察,她发现他没朋友。这着实是个坏消息。叶至清努力搜索她的朋友网,没有一个人像魏欢这样,没朋友没社交,不爱说话不爱笑,工作狂,还时不时地板起脸做出教训人的样子。难怪毛毛叫他老干部。

叶至清已经在这里快一个月了,小城的安逸和简单似乎让时间静止,杭州发生的一切,竟像是过了很久的前尘旧梦。而曾经那种一想到四川就心脏怦怦乱跳、浑身像爬了蚂蚁一样的紧张感再也不见了。虽然她享受这种慢生活,也适应这份工作,还意外找到了小时候每天都待在大厨房里的感觉。但她始终没忘她的计划,再喜欢,这里都不是她的家。家——叶至清猛地感到胸口一阵痛。杭州也没有她的家。那一幕的后劲绵长,这一个月里,每每想起家里的那个男人和来自母亲的背叛,她依旧感到恶心。叶至清向来信奉女性主义,认为

"Girls help Girls"。原来只是没摊在自己身上罢了。她沮丧地发现,她的精神并不强大,也不自由,那种美好的呐喊,只停留在上嘴唇碰下嘴唇的口号,以及事不关己的事情上。同事的背刺、母亲的背叛,她的第一反应竟不是还击,而是本能地想逃离。她以为的坚强独立,不过是事情没有一股脑地压下来。在没有父亲的日子里,即使和母亲时常爆发争吵,她却始终以为,她那冷淡的母亲还是爱她的,哪怕不多。但这一个月里,她想明白了,或许大部分母亲都爱孩子胜过自己,但她的母亲不是。谢敏女士爱的只是她自己。寻找父亲只是她给自己找的借口,逃离那个让她伤心的环境才是根本。这么一想,她又泄气了,深感自己的无能。她以为她终于鼓起勇气面对十年的谜团,只身一人来到四川,去寻找那缥缈的答案,她多勇敢啊。可这不过是又一个骗局罢了。她就这样从一个自欺欺人的骗局再到另一个。有人靠希望活着,有人靠信仰活着。叶至清悲哀地发现,自己竟是靠骗局活着。她烦躁地丢掉手中的粉笔。画了一遍又一遍的宫保鸡丁,怎么看都是一堆乱七八糟的小方块。宫保鸡丁画得不像,她自己也不再像叶至清。这一刻,她竟找不到自己了。不行,必须找到父亲。她不敢作任何不好的猜想,这是她最后的希望了。看来需要再加把劲,魏欢不喜社交不好相处,那就要在他身上找其他的突破口。

叶至清在小黑板上写下今日推荐菜,画好了荔枝,拿手机拍完照,毛毛才姗姗来迟。

毛毛给了叶至清一个大大的拥抱,又撒娇又讨好地打招呼:"清清姐!"

毛毛最近很开心,她坚定不移地相信叶至清就是她的福星、她的贵人。自从叶至清给她重新开了账号,立了人设,粉丝数每天都在稳步上升。她已经开始设想红了之后的生活,她要离开小城,去成都,去重庆。她要给自己租一间有大落地窗的房子,挂上白色的纱帘,铺一张地毯,摆上白色的毛毛虫沙发,配上一个有氛围感的日落灯。夜晚她会和新认识的网红朋友去酒吧喝酒,在成都最热闹的太古里,在重庆江边最高的楼上,女生们穿着不同类型的漂亮衣服,化着各种好看的妆容。毛毛和她们站在一起,拿着酒杯,以夜色为背景,拍下一张张美丽的照片。一切都是那样惬意、美好,这才是真正的生活。只要想到这些,毛毛就难掩心底的激动。

叶至清习惯了毛毛近来的热情。她能理解这个小城女孩看到自己的账号不断涨粉的激动。她刚做探店博主那会儿,粉丝量达到五位数时,也是这么激动。脑子里会不自觉地幻想等粉丝多了之后,她会不会像明星那样走到哪都会被认出来,再探店时会不会被人们热情地喊出名字,要合影。当然,这些基本上只停留在最初的畅想。人总是下意识地相信美好,却忽略幸存者偏差。各行各业都是一座金字塔,能登上塔尖的人少得可怜,但底下的大多数人都认为自己也可以登顶。现实却是,每爬一步都要比想象的困难得多。叶至清也曾是抱有这种想法的底层的一员。当遥望那触不可及的尖顶时,她觉得站在高位上的那些人也不过如此:有的农村出身没文化,有的视频低俗,有的只是赶上了好时候。风口浪尖猪都会飞,她只是还没遇到自己的那阵风罢了。当然,现实终究会教她认清自我,看清自己的位置,那么多人都渴望从底层爬到顶上,凭什么那个人就是她呢?过了很久,她才知道她的粉丝有一部分是公司买的,探店不是想拍哪家就拍哪家,选题不会次次通过,重要的是比起出去拍摄,公司里的人际才最让人头疼。数据好了会被嫉妒,被嫉妒就会被人偷偷在背后造谣;数据不好会被瞧不起,被瞧不起就会任人宰割,同组的同事都可以算计对方。周雨薇就是这样对她的。现在,叶至清再也不会有那样的想法。也许是经历过了,也许是离开了才看得明白。有些事要早经历,有些梦要早做。那时她也是二十岁出头的年纪,不比现在的毛毛大几岁。她很理解毛毛的心理,但不打算叫醒她。叫不醒的除了装睡的人,还有正在做梦的人。

比起毛毛,叶至清其实对毛毛的吸粉量是有预期和规划的。她的清生活账号要慢慢"养",毛毛的小城女服务员短期可以实现几条小爆款的目标。很多人都对这个在小城里做着服务员努力生活的年轻女孩抱有好感。大城市中的人,无论年纪大小,都在为生计奔波。在流行拒绝内卷的当下,人们最想看到的就是质朴的、自然的生活状态,田园乡村的日出而作、日落而息,所以乡下生活的账号也很受欢迎。没有职场人际以及被 KPI 困扰的小城生活,也是大家喜欢看的类型。

毛毛身上的摄像头早就戴好,她对着叶至清画好的小黑板说:"马上到午场营业时间啦,今天我们的神仙姐姐画了什么呢?是荔枝。最近荔枝上市了,所以我们店今天的推荐菜是荔枝口味儿。不是真的荔枝哦。在川菜里,荔枝味儿就是大家知道的宫保鸡丁的味道,嗯,咋个说,学名,应该是这么说,学名叫宫保味儿。但我也不晓得哪个大师用了比喻,把宫保的调味儿比喻成荔枝的味道,其实还真的蛮像的嘞,都是甜甜酸酸,但宫保味儿和一般的酸甜味儿不一样,因为加了煳辣椒,所以应该叫煳辣荔枝味儿。你们喜欢吃宫保鸡丁吗?除了宫保鸡丁,宫保大虾也很好吃。好啦,我要先去忙了噻。"

叶至清在一旁看毛毛娴熟地说着台词,和开始时非要一字一字写出来照着念比,现在的毛毛俨然是拍视频的小行家了。她更加不忍心告诉她,小红接广吃饭没问题,大红就别想了。她拍了拍旁边的木板,示意毛毛坐。

毛毛坐在她身边,把手机里的视频给她看:"清清姐,马赛克还是那么打吗?"

"嗯。"叶至清微笑地看着她,心里有些复杂。她抢了毛毛的工作,把她想当网红的梦想照进现实。但她只能陪她走一段路,路的终点就是她从魏欢那知道想到的答案的时候。

起初毛毛对给视频中的环境打马赛克的行为感到不解,叶至清神秘地告诉她,遮比露更重要。果然,有了一定流量后,不少人抽丝剥茧,找到了随园小馆,给店里带来了不少生意。

"好的,我还这么剪。"

"你进去看看还有什么要做的,我在这歇会。"

叶至清把刚才拍好的荔枝简笔画加了滤镜上传,配上文字"有梦可以做的年纪真好"。

毛毛的账号粉丝量虽然不大,但是粉丝黏性很强,尤其是同在四川的,很多人通过她的视频扒出饭店的名字和位置,特意从外地专程来随园小馆打卡,令小店的生意更好了。她们以为魏欢不上网不知道,其实魏欢早就发现端倪,虽然他不知道叶至清具体怎么操作的。她在他不知道的网上,利用网络的影响力推动了小店的生意,却又嘱咐毛毛只字不提,既是保护魏欢的颜面,也为走近他增加砝码。她相信,在她开口问他的那天,即使看在真银白金的进账上,魏欢也不会对她隐瞒太多。

叶至清坐在店门口,小街背阴,挡住了本就不常出现的阳光。她伸手遮住眼睛,无名指和中指间留了一条缝,寻找太阳的光芒。她从小就喜欢这样看天,看阳光,总觉得这样可以挡住大部分阳光。不过,小城的太阳不给她这个机会,没有阳光,却依旧很热,她这才回忆起杭州的太阳。五月的小城即使没有太阳,但热度不减,大气像一口巨型铁锅罩在地面,人们在里面像等待被焖熟的食物。坐了一会儿,她感到热出了汗,几个年轻人说说笑笑向着这边走来。她站了起来,走进店里。

午休过后,魏欢又一次三点钟准时出现在店里。不知是忘了定闹钟,还是手机音量调得太低,魏欢来的时候叶至清还在收银台后面的折叠床上睡着。他扫视一圈没看到人,转到收银台后面,看到她闭着眼睛还在睡。魏欢很怕看到那双圆碌碌的眼睛,那里时刻都蕴含着湿漉漉的水光,稍不注意,水光就变成无数条绸带,爬进魏欢的心里,不断地向他心底最深处探去,缠绕住他的心脏,不断紧缩、紧缩。他打了个哆嗦,想起了小时候在家里那台屁股很大的电视上看到的《葫芦娃》动画片,蛇精对付大娃用的就是绕指柔的绸带。他眨了眨眼,看到那双眼睛闭上了,只看得到浅浅的双眼皮褶皱和长长的睫毛,并无其他。她睡着的样子和醒着的时候并不相同,魏欢不知怎么看出了一种憨憨的感觉,而醒着的她无论怎么看都精明无比。魏欢告诫自己不要走近她,因为他不知道那里藏着什么。

他进了后厨,一抬头就看到了水池上方的木板子和那个玻璃坛子。他把它够了下来,轻轻一摸,干干爽爽。叶至清这时出现在他身后。

"欢哥,你来啦。"她刚睡醒,言语间还带着软软糯糯的睡意。

"嗯。"他把坛子放在木架上,"晾干了。"

"我忘买酒了!我现在就去买一瓶。"叶至清说完转身就走。

"等下。"魏欢叫住了她。

"要我带什么吗?"

魏欢告诫自己不要和叶至清走近,却又总在某些时刻找到名正言顺的理由。他觉得她是个做厨师的好料子,不干这行着实可惜,他只是可惜她的才华。这么想着,他从木架子最下面那层拿出一瓶酒。

"给我吗?"

"别买了。"

"谢谢欢哥,"她把圆眼睛笑得眯了起来,走过去拿起他手中的酒,"那我就不客气啦。这坛荔枝酒分你一半怎么样?你出了坛子和酒,也算入股了。"

然后叶至清开始剥荔枝。一颗颗果肉进了坛子,直到最底下那层铺满了荔枝,她拿出糖罐子均匀地撒满一层白糖,接着再把剥好的荔枝放进去,铺满第二层再撒一层白糖。魏欢一直看着她的动作,似乎忘记了手里的活。

等到荔枝差不多填满了坛子的六成,叶至清把白酒递给身后的魏欢。魏欢打开酒瓶盖,想了想,开口问:"你一般做果子酒多久开坛?"

"起码三个月。"

"嗯。"

叶至清看着白酒一点点漫过不同白色的荔枝和白糖,一瓶酒正好倒满了整个坛子。她放下空白酒瓶,这才反应过来魏欢的话里藏着的意思。

一坛荔枝酒起码要酿三个月才能开坛,所以叶至清明白了魏欢是想问她离开的时间。三个月,是她的期限吗?她不知道,这并不取决于她,而是他,只是他不知道。虽然魏欢时常板着脸且不爱说话,但叶至清知道他已经接受她在这个店里的存在,也知道他猜到了她不会在这里久居,只是他们都没有挑明。她酿这坛子荔枝酒也不过是看到荔枝上市后临时起意的,让他误以为三个月是她的时间期。也好,荔枝酒帮她做了决定。那就三个月,无论结果如何。

"欢哥你放心,我肯定要亲口喝到咱们随园小馆酿的第一坛酒啊,我要是不喝,那不都便宜你啦?"

魏欢没想到叶至清会这么直接回应。三个月,远比他预计的长得多。有了时限,他也不会再有那种悬而未决的焦虑感。他登时感到卸掉了包袱,心情没来由地好了起来:"去把方洋叫来吧,毛毛应该也快到了。"

果然没过一会儿,毛毛就到了。看到店里没人,她直接走进后厨。不大的后厨里站了四个人,显得异常拥挤。

"跟你们说下,明天放假一天。"

"啥子?"毛毛和方洋异口同声。

随园小馆自开业以来只有过年的时候休息七天,其他时间全年无休。可是这样的魏欢,竟突然决定关店休息一天。毛毛摸了摸魏欢的头:"欢哥,你没病吧?"

"欢哥,你要做啥子?"

"没病,没啥子,就是放一天假,不愿意就来开店。"

"愿意!"

"哪能不愿意呢?"

毛毛和方洋喜提一天假期,心里美滋滋的,一心想着明天睡到自然醒后去哪玩。叶至清一直没说话,心里琢磨魏欢这个反常举动背后的原因。离开后厨时,她扫了一眼魏欢的背影,觉得他藏着一些事情。

叶至清忽然想到,或许这正是她想要的突破口。

8 雪魔芋

君不见峨眉山西雪千里,北望成都如井底。春风百日吹不消,五月行人如冻蚁。纷纷市人争夺中,谁信言公似赞公。人间热恼无处洗,故向西斋作雪峰。我梦扁舟入吴越,长廊静院灯如月。开门不见人与牛,惟见空庭满山雪。——北宋·苏轼《雪斋》

太阳照常升起,小城里人们的生活依旧有条不紊地进行着。

竹湾菜市里的摊贩们照旧出摊,门口的早餐店迎来又送走一批批顾客。差不多到了九点,人流量明显降了下来,菜市已经过了最热闹的时候,只有摊贩们的交谈声和手机播放视频声像被海浪冲到岸上的贝壳留了下来。门口小林豆花的老板老林终于可以坐下来歇歇,磨豆浆的小厨房里热气蒸腾,吊扇和立着的风扇呼呼作响,却也吹不走老林一身的汗水。他捧着茶缸喝了口早上新泡的茶,进嘴的茶叶被吐了回去,几口温热的茶水下肚,让汗出得更通透。老林想到什么,对着门口的林嫂喊:"魏欢是不是没来?"林嫂正就着剩的豆花水吃包子,想了想,的确没看到魏欢。菜市场里卖猪肉的李二哥、蔬菜摊的娘娘、干料店的刘姐、卖水产的王老汉儿、水果摊的小张,也都在闲下来时一前一后地想到,今天早上怎么没看到魏欢?

在大部分人出门上班、上学的早上,美食街却在沉睡着。各家饭店门口残留的垃圾,后门的垃圾桶、泔水桶宣告着前一晚的生意是否兴隆。今日和它一样沉睡的还有隔壁小街上的随园小馆。往常这个时候,木招牌下的卷帘门早已拉开,玻璃木门虽然没有打开,但是周围的邻居和在这里经常走动的人都知道,老板已经来了。可是今天,铝合金卷帘门却依旧紧闭着,门上贴着一张纸,纸上写着"老板有事,闭店一日。如有跑空,还请担待"。随园小馆往左过两扇窗,是一家小烟店。说是店,其实是房主自己把墙砸了,改成门,门口放一个四方玻璃柜,屋里摆两个货架,里面则还是家的样子。小城像这样由老房子改成的小店数不胜数,就这一条街上,烟店两家,小超市两家,水果店一家,面馆抄手店一家,家常小炒一家,理发店一家,修脚采耳店一家。有的店几经易手,开了关、关了开,至今还有好几家的卷帘门始终紧闭,成了小广告的天下。隔壁烟店老板老邓吃过早饭,懒洋洋地从里面打开卷帘门,向右侧身,看到随园小馆紧闭的大门,心里嘀咕着"日怪得很"。

临近中午,来随园小馆扑空的人越来越多。老邓粗略数了一下,得有二十多人。有的返回时路过老邓的烟店,买盒烟顺便问问咋个没开,老邓遗憾地表示哪个晓得。

问老邓的毕竟只是少数,更多的人跑去毛毛的账号下留言,"今天怎么没开店"占据了毛毛前两条视频的评论区。毛毛前一晚和朋友玩到很晚,迷迷糊糊摸手机看时间时,看到提示消息全是来自账号的评论,一下子醒了,打开账号发现大家对随园小馆闭店一天又遗憾又好奇,甚至有人在评论区你一条我一条地互动。有人说老板不会恋爱了吧,有人回复可能是去女朋友家提亲了,最后甚至发展成老板女朋友出轨他去捉奸了。毛毛扶额苦笑,简单的闭店竟成了网友口中的家庭伦理大戏,要不是她知情,说不定也信了。做了这些天的视频,毛毛也有了一定的网感和网络敏锐度,她觉得闭店一天是个非常好的话题。但是怎么拍,拍什么内容,她有点不确定。还是要和叶至清商量一下,她给叶至清发了个表情包。过了一会儿,毛毛又发了个"委屈""求助"的表情,叶至清还是没回。半小时后,她实在忍不住了,问:"清清姐,你现在方便说话吗?"叶至清依旧没回消息。"什么情况,还在睡觉?昨晚玩得比我还晚吗?"抱着试试看的心理,她拨了语音电话,叶至清那边的背景音乐《稍息立正站好》响起了,可爱的女声"噼里啪啦"唱了好几遍,电话还是没人接。

毛毛不知道,此时的叶至清正在做一件人生中前所未有的事情,从前没有,以后应该也不会有。从出发到现在,她一直处于紧张中,且紧张感随着环境的陌生越发加重。她的心脏始终在怦怦乱跳,她的血液在快速流动,浑身是汗,却又顾不得擦。这和之前想到父亲在四川时的紧张不同,那是可以控制的,只要她不去想。但现在,她在做一件极其大胆且完全不可控的事情,她不知道要去哪里,也不知道要在一个地方待多久,更不知道会看到什么、得到什么。但是当她来到那个禅院所在的小街时,两种紧张感竟然奇怪地汇合了。"咚咚咚""怦怦怦",她感到有电流在脑袋里闪过,无数的画面——浮现,其中包括那张皱皱巴巴的信纸。

她感到她来对了。仰头闻了闻,空气中弥漫着大量佛香、灯油的味道。这也是那张信纸上的味道。哪怕过了很久,叶至清依然记得翻到那封信时,除了褶皱和淡掉的字迹,还有一种隐隐的异香。她曾以为是家里的味道,也曾以为是在沙发中放久了。但当此刻她来到峨眉山脚下时,一切都说得通了。

叶至清坐在一条狭窄的老街口,边上是一家佛事用品店,她买了一瓶水,想了想,又买了一袋饼干。老街狭长昏暗,一眼就可以看到尽头。她守在这里,不错过任何一个来往的人。尽头的那户青砖房大门还是没开,叶至清看了下手机,时间已经过去一个多小时。或许是海拔的原因,这里的阳光比小城里的通透,天也更蓝,她除了盯着老街,就是抬头看天。她觉得自己可笑,什么都不知道,就敢这么莽撞地跟来。其实早在她丢掉杭州的一切来到小城时,这条莽撞之路就已经开启了。她仿佛身处一个没有剧本设定的游戏世界,下一步是什么,只有任务来了才知道。终于,那扇门开了一条缝,走出一个年轻男人,身后跟着一个穿着灰色居士服的矮个子女人,他们说了两句话后,男人向着街口的方向走来,女人一直站在原地,看着男人走出老街,消失在前方的光亮中才转身进去,轻轻地合上木门。

叶至清躲在佛事用品店里,隔着玻璃门看到魏欢从她眼前走过,她的心跳得快极了,脑子里想了无数遍要是魏欢看到她应该说点什么。但魏欢没有迟疑,迈着大步走出了老街,没有再回来。店主是个上了年纪的娘娘,灰白的头发一丝不苟地扎在脑后,麻布衣服上挂着一串佛珠。她没有催叶至清,也没有问什么,虽然她把叶至清的探头探脑看在眼里,但始终一句话没说,就像店里没她这个人。等确定魏欢走了之后,叶至清才尴尬地笑了笑,挑了一个木头做的小佛像。娘娘看出她不是诚心要买,摆了摆手表示不用,这反而令叶至清更不好意思了。她指了指魏欢走出的那扇门,问那是什么地方。娘娘说这里挨着大佛禅院,很多修行礼佛的人都会住在附近,那里就是给礼佛的人住的。叶至清点了点头,还是买下了那个小佛像,虽然她不信佛教,也不懂佛教,但冥冥中来到这里,也是缘分一场。

老街的路面由大块石头拼成,踩上去有些硌脚。叶至清尽力调整呼吸,大口呼气,再缓慢吐气,几个来回就走到了那扇门前,抬手欲敲门,但又放下。如果父亲真的在这里,她该怎么做?之前想过的无数种可能性里,没有一种是父亲信佛出家了。在她的记忆中,父亲是身上有油烟味儿的厨师,和青灯古佛没有任何关系。这么想,她又抬起了手,吞咽一口口水,敲响了木门。里面传来窸窸窣窣的脚步声,开门的还是刚才那个矮个子女人。

"找哪个?"

"我……"叶至清不知道找谁。

女人年纪不小,目测比叶至清母亲还要大几岁,梳着一头利落的短发,眼尾的皱纹像涟漪一样朝着太阳穴的方向荡开。

"小女娃,你是来找人的吗?"她又问了一遍,声音和语气始终保持在一个声调和速度上,令人觉得平和安静。

"是……不是。"叶至清甩了甩头,两手紧紧地绞在一起。

"没的事,进来坐坐。"

"不了,阿姨,我……"

"没的关系,你想找哪个?"

她千里迢迢从杭州入川,做了一个月的服务员,又一大早偷偷摸摸跟着魏欢来到这里,不就为了找到父亲的下落?她怎么关键时刻却要退缩呢?不行,必须开口。

"请问这里有人叫叶重山吗?"

"哪个?叶重山?"

她用四川话念出父亲的名字,语调怪怪的,显然她并不认识父亲。

这里没有父亲。

老街上空无一人,魏欢也早已不见踪影。叶至清觉得自己不是可笑,而是疯了。她早上蹲在魏欢家对面,看到他拎着一个大纸盒、一个大塑料袋出现在单元门口,然后骑上电瓶车。她赶快叫了一辆网约车,一路跟着魏欢到了城北的高铁站。她搜索了一小时内的车次,把车程两小时内的班次都买了。候车大厅人不多,很快就看到魏欢站在一楼最里面的一号检票口前,她坐在离他较远的二号检票口,看到他刷了身份证检票后也马上进了站,跟着他上了这趟高铁。他上了五号车,车上人不多,魏欢坐在中间的位置,叶至清找了靠车门的第二排坐下。到了第二站时,魏欢站了起来往车门的方向走,她赶紧把头埋下。这时高铁即将进站,车厢里响起到站的提示音,这时她才知道原来他要去的地方是距离小城一百多公里的峨眉山。她跟着魏欢出站,看到他上了一辆出租车,她跟着上了后面的一辆车,又一路跟着他来到禅院后面的小街。空气中到处散发着寺庙里香火、灯油的味道,禅院里烟火很旺,灰烟袅袅升起,这让她兴奋地以为就这样找到了父亲。

等到坐上回小城的高铁时,她瘫在座位里,疲惫、失落一下子把她包裹住,这是她来四川后第一次产生这样的绝望感。支撑她的动力在这一瞬间消失了,"咻"地一下,气体一下子从气球里泄了出来,只剩一层皱巴巴的塑料皮,就像她的心。她又一次陷入对自我的怀疑中,曾经她以为自己坚强,曾经她以为自己可以。但她逃了,怯了,失去了。一切都不再有意义。她早就应该明白,强迫一个不想说话的人开口只会得到谎言,挽留一个想要离开的人只会让对方走得更加决绝。父亲既然已经走了这么多年,母亲根本不曾在乎,放不下父亲的只有叶至清一个人罢了。

魏欢这一走就是一天,回到小城已经暮色四合,天上还残存一丝暖红色的余晖,和成片的云掺在一起,随意地挥洒出一幅水墨画。

魏欢跑了一天,很累,但想到手里拎着的食材,还是决定先去店里一趟。其实是他习惯了,他已经不适应不开店不在后厨掌勺的生活。人在外面,心却一直在店里。

卷帘门上的纸还在,却被人加了几句:"老板,咱就是说,来你这吃顿饭真难。""我可是特意从重庆过来的!老板你不能这么对我。""收到,希望你明天说到做到准时开门。"大多是埋怨他的话,但魏欢心里满满当当。他曾经想过要是有一天不干了,关店了,会有多少人记得随园小馆,记得他做的菜的味道。这些留言都在告诉他,很多人记得。

魏欢打开门,店里有些昏暗,他开了灯,把食材放进后厨,又去把卷帘门拉下。一道门,隔开了店内店外,隔出了两个独立的世界。正值晚场生意的高峰期,隔壁美食街的吆喝、叫卖声此起彼伏,魏欢在他的小世界里充耳不闻。随园小馆的后厨里,冰柜发出制冷的嗡嗡声,手里的塑料袋发出哗啦声,魏欢拿出带回来的雪魔芋,掂在手里感受它的手感,凑在鼻子跟前闻了闻。

雪魔芋是峨眉山特产,生长在海拔两千多米的高山上。以前的僧侣们在寒冷的季节想吃些新鲜蔬菜是件难事,魔芋是一种草本植物,耐寒性极强,在峨眉山上很常见。但是形成魏欢手里的这种蜂窝状像北方的冻豆腐似的食物源自一场偶然。相传,在金顶的卧云庵里,一日来了一位眉毛雪白的老和尚,吃斋饭时,他看到峨眉僧侣们都在吃笋干、豆干一类的腌制加工食物。他不禁奇怪,于是说道:"峨眉自古乃是仙山,仙山自然有仙菜,你们怎么只吃这些呢?"众僧侣都很奇怪,他们在峨眉修行多年,哪里见过什么仙菜呢?可是再看老和尚,面色红润,目光深沉,两道浓密的白色眉毛垂到了眼角,怎么看都不像是打诳语的样子。于是僧侣们向老和尚虚心请教,老和尚指了指外面的山上说,仙菜自然在仙山上。此时正是冬季,大雪覆盖了整座峨眉山,别说仙菜,连野草都不得活。第二日,老和尚带领众僧侣翻越了一座山,来到一座山坡上,他指了指地面,说仙菜就在这里。大家面面相觑,除了厚厚的白雪,再不见其他。这时老和尚拿出了一面铜镜,对着雪地这么一照,阳光从镜中反射出来,一如春日暖阳,融化了整个山坡。雪水消融,变成潺潺小河,露出了嫩绿色的土地,只见地上长有一种圆形的根状物,老和尚将其拿在手里说,这就是仙菜。之后老和尚指挥大家把这种根状物带回卧云庵,先是磨成浆,过滤后再放进锅里煮,一块块形似豆腐的灰色东西形成了。老和尚又把它们放在山上的雪地上晾晒,过了一夜,经过低温冷冻,形成了蜂窝状的冻豆腐模样。老和尚命大家把它们收集回来,放到干净的水中泡软,再下锅或煎或炒。众僧侣一尝,果然美味,当得上人间仙菜。众僧侣再看老和尚,他却不知何时消失得无影无踪了。

传说只是故事,但是给这种俗称"黑豆腐"的食物增加了一丝神秘色彩。现实是因为山上寒冷,只有魔芋才能生长。打成浆冻成块,泡好再入锅烹饪,和北方的冻豆腐有异曲同工之处。烹饪后的雪魔芋的确美味,加入各种肉类是荤菜做法,加入笋干则是素菜做法。魏欢这次从峨眉买回来的雪魔芋将成为明日随园小馆的主打菜。

不过魏欢想先给自己开个小灶,跑了一天,在后厨里为自己做一道菜,实在是身与心的双重放松。他把雪魔芋泡在温水中,另找出一根黄瓜、一根胡萝卜、几粒大蒜瓣。黄瓜、胡萝卜各切成片,再把大蒜剁成蒜蓉,只等雪魔芋泡好后再切片,一道简单美味的凉拌酸辣雪魔芋就做好了。

给雪魔芋切片的时候,魏欢听到了卷帘门上传来咚咚的声响,也许是路过的调皮男娃娃吧,魏欢没放在心上。可是门上的声音越来越响,咚咚咚,像是有人要从外面破门而入。魏欢放下手中的刀,习惯性地在白围裙上擦了擦手,走到门口从里面拉开了门。

门外站着叶至清。她双眼通红,头发胡乱地散在肩头,像一只愤怒的小兽。

叶至清看到卷帘门一点点地被从里面拉开,愣了一下,收了腿。她并不知道店里有人,还以为开门的是方洋或者毛毛。

她只是想发泄一下情绪。叶至清想到的办法是发泄,发泄在魏欢身上。想着想着就觉得要不是魏欢个性奇怪不好打交道,她何至于像个傻瓜在陌生的小城里当服务员,想办法从他嘴里问出真相?又何至于像只无头苍蝇跟着他,妄想能找到父亲?如果他是个热情开朗的人,她早就直接开口问了。

回到小城后,她找不到魏欢,电话不接,短信不回,她便想到去店里,在他心爱的小店门前使劲踢几脚,就当是发泄了。

"你做啥子?"魏欢看着这个模样的叶至清吓了一跳,她像是受过刺激、发过疯,不知从哪里来的那么大力气,把门踹得咚咚响。

叶至清看着卷帘门一点点拉上来,露出了魏欢的脸,惊诧又尴尬。早知道他在店里,她干吗还忍着痛踢门呢?可是她又想到刚才发疯似的又踢又蹦,便觉得自己理亏。

"我……"她一时竟不知是骂他还是道歉。想到先前对他的责怪,不过就因为那没说出口的一句话,几个字。别再拖了,横竖都要有一个结果。她的喉咙蠕动了几下,浅浅地吐了口气。"魏欢,我问你一句话,你要老实回答。"她瞪着红如兔子的眼睛问他。

这双眼睛显然是刚哭过不久,眼睛红着,眼皮肿着,不再像小鹿,像被抢了食物的小狐狸。魏欢见过她哭后的样子,上一次的她被失落笼罩,这一次的她被某种他不知道的负面情绪包围。他想起她是那么突然地出现,第二天又突然地说留下来做服务员,这背后的原因他怎么都不曾猜透。现在,他有种异样的直觉,他感到她好像是要告诉他了。

"你说,如果我晓得。"

"好。"

隔壁美食街人声鼎沸,伴随着各种快节奏的神曲,震耳欲聋。

"进来说。"魏欢被这个声音吵得心绪不宁。平常这个时候,他都在后厨里忙活,说来奇怪,他能接受油烟机的声音、锅里的油声、锅铲大勺的碰撞声,但就听不来这种快节奏的音乐,每一声、每一下都仿佛震在他的心脏上。

他们进了店,魏欢关上玻璃门,拉下卷帘门,门里门外又是两个世界。美食街的快节奏音乐被隔绝在外,只隐隐传来些鼓点,像是遥远的天外之声。

"要不坐下说?"魏欢指了指座位。

他们之间总是叶至清发问,魏欢作答,很少有今天这样由魏欢牵起话头。

"给我杯水吧。"

魏欢从冰箱里拿了听可乐给她。叶至清接过,咔嗒一声打开,一口气喝完了一听,随着可乐罐子轻轻地落在桌子上,叶至清开口了。

"魏欢,你认识姓叶的吗?"

"你不就是吗?这是你要问的那句话?"

"不是。"叶至清有些沮丧,准备好的话到嘴边时又变了。她本来想直接问他认不认识叶重山。但是看着魏欢的脸,她想到了白天里的那个矮个子女人,他们的脸在她眼前竟然重合了。叶至清低头揉了揉眼睛,耳边回响起那个女人用四川话重复父亲名字时的语调,想起她听过之后那种瞬间的失望。人站在平地却轰地下坠,像是向下冲的跳楼机。原来失望也会带来失重感。叶至清最不喜欢失重感,她讨厌那种倏地上下时心脏的紧缩。想到白天里的失落和失重,她不想再经历一次。

"除了我,你就不再认识其他姓叶的吗?"

"没有,我认识的姓叶的就你一个。"

"你确定吗?要不要再想想?"

"确定没有。你到底要问我哪句话?"

"重、山,这两个字你听过吗?"

"没有。"

"真的?"

"真的。你已经问了三句话,虽然我不晓得你想问什么,但我说的都是实话。"

"你听过叶重山这个名字吗?"叶至清看到魏欢又要张开嘴巴,赶紧截住他,"不要着急回答,仔细想想再说。"

"你先问我认识其他姓叶的吗,又问有没有听过'重山'这两个字,为什么不直接问呢?"魏欢不知道她的想法,只觉得她这么绕弯子有点可笑,"我不认识其他姓叶的,也没听过叶重山这个名字。这就是你要问的那句话吧,我如实回答了。"

从魏欢嘴里说出的父亲的名字和那个女人说的语调并不一样,可能因为他和她说的是普通话。但他也告诉了她同样的答案。他们都不认识父亲。父亲不在这里,他做出那个味道的糖醋排骨只是偶然。做菜的调味虽然各个菜系都有自己的独门特色,但又殊途同归,南与北、东与西,各个菜系之间互相借鉴融合,哪有什么味道只专属于一个菜系、一个厨师呢?叶至清觉得自己是天底下最大的傻子、最蠢的人,竟敢凭借一个味道确认别人知道父亲在哪,她不应该待在饭馆,而是去医院,看脑子、看心理,不是脑子有问题,就是心理有问题。

她低头这样想着,长发挡住了整张脸,从对面看活像鬼片里的女鬼。但魏欢并没有从她身上感到任何恐怖的气息,他看到她的肩在抖,她的头在一顿一顿,她在默默无声地哭泣,不再有刚刚在门口时的气焰,泪水扑灭了心火。她哭的样子和上次一模一样,上次他在后厨的玻璃窗里看到她哭时的背影,这次他面对她,看到她哭泣的正脸。这是他生平第一次看到一个女性在他面前哭。以前母亲哭的时候总是背着他,哪怕脸上还有泪痕,母亲只是拍拍他的头说自己没哭。魏欢有些不知所措,拿起桌上的纸巾递给她,不知道是不是因为被长发挡住了视线,她没有接。魏欢的手就这样尴尬地停在那里,不知道还能说些什么。

过了一会儿,叶至清抬起头,脸因为哭泣和充血红扑扑的。她没注意到魏欢拿着纸巾的手,直接从纸盒里抽了几张纸,擦擦眼泪,擤擤鼻子。

"那你为什么可以做出那个味道?"她的声音因为哭过听起来软软的。

"哪个味道?"

"糖醋排骨的味道。"

魏欢这才想起,那天晚上她点了一道糖醋排骨,吃完之后也莫名地哭了起来。

"我是厨师,会做这道菜有啥子问题吗?"

"全国那么多饭店,那么多厨师,只有……"她没想好要不要和他说父亲的事,毕竟他说他不认识,"但是你做的糖醋排骨味道很独特你知道吗?你调出来的糖醋口味和别的地方、别的厨师不一样,我……我就是要找这个味道!"

终于,叶至清说了出来。她虔诚地看着魏欢,情绪真诚,神情渴望。

魏欢这时也明白了过来,她突然来到店里要做服务员,原来是因为这个味道。不过是一道寻常的普通家常菜罢了,味道有什么特殊吗?需要她千里迢迢从杭州来到这里,还要在做了一个月的服务员之后才开口问?可是看她的样子,一会儿疯疯癫癫,一会儿哭哭啼啼,现在又一脸真挚。而他一向不忍心拒绝她。即使不知道背后的原因,也看得出这菜的味道对她很重要。

"嗯,你说得没错,我做的这个酸甜口的糖醋排骨确实是跟别人学的。"

"谁?"叶至清猛地坐直了身体,眼睛睁得更大了。原来她没错!她的直觉没错,她来对了,做对了,在经过一天的起起伏伏之后,答案就在眼前,"你跟谁学的?"

"其实我也不晓得他是谁。那时我正在……"想到往事,魏欢停了下来,他一向不愿回忆,更不愿对人提及,"成都。"他想了想后用这两个字概括,接着他又说,"算是一次出差吧,我认识了他,共事了一段时间,他告诉了我一些做厨师的心得,还有一些调味的配比。我试过,觉得很好,就一直用到现在。"

"你还记得他的样子吗?"叶至清追问,预感来得如此猛烈:与魏欢共事的那个人就是父亲。

他的样子,魏欢一直没忘,现在想起还历历在目,甚至恍惚间觉得坐在眼前的不是叶至清,而是他。魏欢轻轻转过去,闭上眼睛,再睁开,坐着的又是叶至清了。可是再看叶至清,她的模样慢慢叠加了那个人的轮廓。"他四五十岁,瘦瘦的,脸形明明是圆的,但是下颌骨的地方有棱角,嘴巴两边向里凹了进去,这里。"他指了下嘴边说,"有点像你,但没有酒窝。"他看着叶至清缓缓地道出那个人的样子。"说话不是四川口音。"魏欢脑子里想着那人的样子,但眼前坐着叶至清,令他有点分不清自己说的究竟是那个人还是叶至清。

"是这种口音吗?"叶至清说了一句杭州普通话。

"对,差不多就是这样。"

那就是父亲啊!一天的奔波,那些起伏的情绪,那些在希望与失望、自我肯定与否定之间的摇摆,十年的逃避与遮掩、冲动与胆怯、憎恶和恐惧、迟疑与坚决……十年之于一天,都在这一刻得到了答案。

叶至清松了口气,背靠在椅子上,却又不知道该说些什么。魏欢的回答只是证明了她的猜想,但并不能给她指明方向。她依旧不知道父亲此刻在哪,更不知道去哪里寻找父亲。她还需要知道当年魏欢是在哪里遇到的父亲,只有去了那里,这趟入川的目的才算真的达到了。

他们面对面地坐在餐桌两边,各自陷入沉默。魏欢的眼睛透过她落在门口的收银台上。一个月前,那里只有毛毛,现在那是叶至清的工位。毛毛只在午场、晚场营业的时候出现,其他时间那里都坐着叶至清。魏欢想到那坛子荔枝酒,三个月后开坛,叶至清说她要喝到第一口,然后她就会离开了吧。他告诉自己,三个月时限,不管毛毛到时候是否继续干,他都要再找个新的服务员。还未到时间,他已经着手应对离别。他经历过很多次离别,有猝不及防的,也有仔细策划的,无论哪一种,他都需要用很久才能消化。按照今天叶至清说的,她知道了她想要的答案,告别的时间恐怕要提前了。既然她来这里是想问他糖醋排骨的调味跟谁学的,那么现在她知道答案了,也就没有留下来的意义了。魏欢感到心里空空的,低头一看,空空如也,只有看不见的风。送别的话说不出口,挽留的话更说不出来。虽然他此刻无比确认他不希望她离开,出于对一名得力员工的认可也好,或是某种他自己也说不清的私人情绪也罢,他的右手渐渐握成了拳。

叶至清想问他们是在哪里遇到的,魏欢先说话了:"其实你如果只是想知道这个,可以一开始就问我。"

"啊?"

叶至清一直沉迷于自己的情绪和寻找父亲的执念之中,忘了魏欢早就看出了她的意图。"我……"她不知道该说些什么,想问的最后一个问题卡在喉咙里怎么也问不出口。她还想说些什么,张了张嘴,却一个字也没说出来。

"我去忙了。"魏欢又恢复了一贯的沉默,走向后厨。

透过那面玻璃窗,叶至清看到魏欢在后厨里背对着她,仿佛看出了一些他想说但没有说出的话。她知道,他其实想问她知道了答案,是不是就要走了?她想起了那坛荔枝酒,她告诉他三个月后要喝到第一口荔枝酒,那是他们无言的约定。

要走吗?叶至清暂时还想不到这些。从什么时候起,她的生活中只剩下寻找父亲这一件事。从厌烦杭州的工作开始?从对母亲的所作所为感到恶心开始?还是从最开始,父亲走的那天开始?她想起了那句歌词:"我要我要找我爸爸,去到哪里也要找我爸爸。"二十六岁的她现在竟然是个找爸爸的小女孩儿。

泪水不知道什么时候又流了下来,滑进嘴里,已经不觉得咸了。

她要找爸爸,是想找回从前被爱、被呵护的感觉。她不止一次想过,如果父母两人中挑一个,她更希望不告而别的那个人是母亲。

一阵香味从后厨里飘了出来,肚子比脑袋先做出反应,叶至清这才感到饿。她走进后厨,看见魏欢捧着一盘黄绿红相间的菜,正准备夹起送进嘴里。

他看到门口的她,放下了筷子,把那盘菜递给她,就像他们每一天在后厨上菜时那样:"你拿出去吃吧。"

"哪你呢?"

"我不饿。"

不饿为什么要做?叶至清突然发现,其实魏欢只是不善言辞,而不是不善解人意。在他不爱说话的后面,却总能判断出对方的需求,不用言语说明,只用行动证明。在此刻极度饥饿的叶至清面前,魏欢那些不爱说话的缺点统统变成了少说多做的优点。

"一起吃吧。"叶至清把那盘菜端到外面,拿了两双筷子。

这盘凉拌雪魔芋着实不够两个人吃。叶至清这一天除了那一袋饼干就没吃过别的食物,筷子一动就狼吞虎咽地往嘴里塞。她都忘了,自己除了前两次是来店里吃饭,等做了服务员之后再没吃过魏欢做的菜。对于一个很饿的人来说,哪怕一碗清汤面都是人间美味,何况是魏欢的手艺。她吃到满嘴红油,很快一盘子见了底,这才抬头看对面的魏欢,他的那双筷子纹丝未动。

"对不起,我太饿了。"

"没关系。"魏欢很少有这样的机会看别人吃自己做的菜。他看到叶至清吃得停不下来,其实比他自己吃更有满足感。他想到学艺的时候,有老师傅做完菜不动一筷,只是看别人吃。开了店后,他常年在后厨里忙,没什么机会看客人大快朵颐的样子。叶至清吃得这样满足,他看得更满足。

一盘吃完却是意犹未尽,叶至清擦了擦嘴:"要不我给你做一盘吧,你教我。"其实是她还想吃。

魏欢没说话,但站了起来,叶至清会意,跟他进了后厨。"切片会吗?"他把一根胡萝卜、一根黄瓜放在她眼前。"什么样的片?""你会几种?""嗯,圆片、菱形片,不过还是要看食材形状吧。"魏欢有些惊讶,他知道叶至清有天赋,没想到她还真的会做菜。"你就看着切吧。"魏欢把切片的工作交给叶至清,然后在一旁又泡了一块雪魔芋。灰中透白、白中透黑的方块浸泡在水中,让所有的孔洞注满了水,慢慢地舒展开。魏欢看着它的变化,琢磨叶至清的来历。她是那样看重糖醋排骨的味道,在做菜上又是那样有天赋,甚至还有尚算熟练的刀工。他用余光看她握刀、下刀的样子,不比现在的方洋差多少。他突然想到她问还认识别的姓叶的吗,知道叶重山这个名字吗,以及他们的五官重合在一起的样子……突然,一道电流在他的脑海中"啪"地一下接通了。

"你会做菜?"

"家常便饭算吗?"

"我觉得你刀工不错。"

"你别忘了,我是美食博主,肯定喜欢吃啊,爱吃的人基本上都爱下厨,我在杭州的时候……"想到杭州,叶至清停住了。她有多久没下厨了?工作后的第一个月,她就租了房子离开了家,除了因为和母亲的争吵,还有就是为了能好好在厨房里施展从父亲那里继承来的厨艺。这也是她们母女争吵的原因之一。母亲总是遗憾且不满,为什么叶至清没有遗传她的越剧天赋,却继承了厨子的基因。叶至清同样不理解,越剧有什么好听的?为什么母亲要在她很小的时候就逼着她学那个破三弦?做饭不好吗?民以食为天,没有父亲做菜,越剧唱得再好的母亲也只能喝西北风。

"啊!"想得太多,叶至清走神了,刀锋一滑,切到了手,指腹被划开一道深深的口子,鲜血顺着手指滴到了砧板上,染红了切好的黄瓜片。

魏欢在听到那声叫后心知不妙,走到她身边查看她的伤势。他迅速抓住那根手指,使了点力气按住下面一节,拉着她往外走。她疼得龇牙咧嘴,伤口处的神经跳跃地疼痛,一下一下地,和大脑相连。药品在收银台右边的抽屉里,魏欢拿出碘伏、棉签、纱布,用棉签蘸满了碘伏,"忍着点",不等她回答一下子对着伤口抹了上去。"啊啊!"她叫得撕心裂肺,眼泪都跟着蹦了出来。他像是听不到,只是对着伤口不停地吹气。慢慢地,她感到疼痛减弱,他又说再来一次,然后又把蘸着碘伏的棉签抹在了伤口上,再接着吹气。鲜血沾满了三根棉签,直到第四根,他才不再用力挤压伤口处的血,而是用倒满碘伏的纱布敷在伤口处,然后用干净的纱布绑好。

叶至清就这样看着魏欢帮她处理伤口,然后包扎。他依旧话不多,但在每次涂伤口的时候专注地吹气,"呼呼、呼呼。"小时候她身上受伤了,父亲也是这样做的。分不清是疼的泪花还是回忆的泪花,或者是感动,总之泪水和汗水混在一起,糊在她的脸上。她这一天实在糟糕,又发疼又失控,一会儿倍感失望,一会儿重拾希望,倒是这阵伤痛,让她安静了下来。包好后足足有两根手指粗的食指突兀地立在叶至清的左手上。想到被弄脏了的砧板和毁了的菜,她感到又抱歉又丢人。

"对不起,我把菜板弄脏了,菜也毁了。"她坐在椅子上,看他处理完沾着血的棉签然后把药品放回抽屉。

"没关系,洗干净就行了,你坐着吧,我去收拾一下。"他专注于手里的事情,连说话都没有看她,便又回了后厨。

她跟上去,站在他旁边说:"我不是故意的,说来你可能不信,这是我第一次下厨切了手。"

"嗯,我信。"

"为什么?"

"因为你会做菜,只是刚才走神了。"魏欢把砧板仔仔细细洗了一遍,又用热水冲了一遍,再用干布擦拭,把鼻子贴上去闻了闻,翻出一个土豆,去了皮后放在砧板上切丝。

"对不起,我知道厨师都不喜欢沾了血的菜板,我明天买个新的吧。"

"不用。"他切丝的手速度极快,"咚咚咚"的声音有节奏地响起。切完半个土豆,他摸了摸菜板,把切好的丝倒进垃圾桶,接着再切另外半个。

叶至清感到鼻子又在发酸,她都不知道今天哭了多少次。"你在生我的气吗?我不是故意的。"

"我没有生气。"

"那你为什么一直不看我?从我切了手开始,你就一直低着头,"她一边抽噎一边说,"我知道你觉得我来店里当服务员奇怪,但我怕一开始问你你不会跟我说实话,我们互不相识,谁会对陌生人说真话呢?所以我就想留下来当服务员,跟你成为朋友,这样你就能跟我说真话了。"

魏欢没想到她是这么想的。倒退回他们刚认识的时候,她应该是在那晚点名吃糖醋排骨时吃出了味道的相同。要是那天她问他,你为什么可以做出这个味道的糖醋排骨?你是跟谁学的?你认识叶重山吗?他会跟她说实话吗?他不敢保证。也许他不会,任凭哪个不熟的人这样问,他都会沉默不语。但他也许会,那多半是因为那双眼睛。这也是他一直不看她的原因。他实在受不了那双哭红了的眼睛,让他脆弱,让他心软,他从没见过这样的自己。没见过就会失控,他讨厌失控。

"我真的没有生气。"他缓缓地吐了口气,僵硬地抬起头,两眼正好直视那双红红的溢满泪光的眼睛。要命,求你别再哭了,他在心里说。

"那你为什么把土豆丝扔了?"她又转移到切手的事上来。

"去血气。"他看着她说,心里的那个声音却在说:别哭了,别再流泪了。

"你还会同意我留下来吗?"

"这取决于你自己,"魏欢笑了,"我没让你来,你自己来了,我没让你走,但你知道了答案,不就要走了吗?"

"我没想走。"

"哦。"他又笑了,但这次是开心地笑,不过他转念又想到,她迟早都是要走的啊。微微上扬的嘴角还来不及放下就僵在了那里。

"不是还有三个月吗?而且我还没找到我想找的人。"她的声音很小,像是做错了事的孩子,她知道现在实在不是问他最后那个问题的好时机。

但魏欢还是听到了那声音极小的后半句。是啊,要找到那个人,她还需要从他这里知道他们相遇的地方。魏欢没想过原来人与人之间的缘分如此玄妙,真的就像有一根无形的线在拉扯,五年前偶然认识的那个人,竟然是叶至清要找的人。也许不应该再称他为那个人,他是叶至清的父亲,也算魏欢的师父。

她不哭了,只是安静地站在一旁。她用那只没受伤的手帮他收拾。他们谁都没再说话,只有刀切砧板的响声。

有些问题总算是解决了,有些事总算说清楚了,还有一些隐藏在深处的,已经开始萌芽了。

夫妻肺片

这种用五香卤水煮好，又用熟油辣汁和调料拌得红彤彤的牛脑壳皮，每片有半个巴掌大，薄得像明角灯片，半透明的胶质体也很像；吃在口里，又辣、又麻、又香、又有味，不用说了，而且咬得脆砰砰的，极为有趣。这是成都皇城坝回民特制的一种有名的小吃，正经名称叫盆盆肉，诨名叫两头望，后世易称为牛肺片的便是。——李劼人《大波》

魏欢知道了叶至清来小城的原因，不禁对她有了新的认识。又想到她是故人之女，而他对她先前却没有一点关照，不免心里又产生了一丝愧疚。

他这一夜睡得很不踏实，过去的事情总是反反复复地出现在脑海里。他先是想起了小时候，父亲还在时，家里经营的那个小饭店。红色塑料底的招牌上写着白色的字，魏家小炒。将透明的塑料桌布铺在塑料桌上，这是魏欢长大后去店里帮忙常做的事。整个店是个长方形，地上铺着大块瓷砖，小时候的魏欢经常低头数它们，竖着数到连接后厨的铝合金门前是六块，横着从这边墙数到那边墙是四块。墙上也贴着一半瓷砖，他刚去店里时只到砖墙的一半，再后来和砖墙一样高，接着高出砖墙一头。然后，时间就永远地停在了这里。那一年是2008年，魏欢十二岁。那场灾难带走了他的父亲，也将小店和他量身高的砖墙封存在了时间里。父亲去世后，母亲关了店，在十几公里之外的城东机床厂区门口开了家小吃店，专卖夫妻肺片。调味配方是父亲留下来的。

如果说叶至清想起的父亲的味道是糖醋排骨的甜酸味儿，那魏欢想起父亲的味道就是各种辣椒味儿。父亲在的时候，小店的厨房里总是传出炒各种辣椒的味道。魏欢学厨后知道了那些辣的味道其实各不相同，有时是熟油辣椒，有时是炸制煳辣，有时是炒泡辣椒。

之后这个味道交由母亲接棒,她天天在家里的厨房煎红油、炸干辣椒。魏欢离开小城去成都前,整个童年、少年都被这个味道包裹,以至在成都烹饪学校学习时,老师让他们闻味道辨别辣椒的制作方法和调味,魏欢总是答得全对的那个。

想到父亲和父亲的味道,魏欢又从对过去的回忆转到叶至清来小城这件事上。想不到当年那个只以口相传他做菜心得的师父,竟然是叶至清的父亲。他又想到了五年前,那时他已经从成都烹饪学校毕业,在萃华园工作,跟在头灶大厨后面学习。能去成都川菜饭店中数一数二的萃华园上班,表面上是成都烹饪学校老师的推荐,其实还是因为魏欢的父亲。也就是这个时候,魏欢才知道,原来父亲师承黄派川菜,按辈分来说属于第四代传人,在回到小城开小饭店之前,他掌勺的地方就是萃华园。而成都烹饪学校里的很多老师、师父,要么和魏欢父亲是旧相识,要么是两辈以内的同门。他们的关照让很早就没了父亲、仅靠母亲开小吃店养家的魏欢受宠若惊。那时候的魏欢产生了一种使命感,好像父亲早早为他安排好了这一切,让他来到成都烹饪学校,再进萃华园,接过他的衣钵。但如果不是五年前春节过后的休假,他去峨眉山顶的寺庙看母亲,得知了父亲离开萃华园和葬身于那场意外的原因,那就没有现在随园小馆的老板魏欢,而应该是成都萃华园的魏厨师。父亲去世后母亲就信了佛,魏欢去了成都后,母亲关了小吃店,来到峨眉山做了俗家弟子。那年魏欢一直在成都工作,全年都没抽出时间去看望母亲,于是忙完春节那段时间就请了几天假。母亲整日跟着寺庙里的僧侣礼佛做功课,魏欢便在后厨帮忙做斋饭。正是在那时,他认识了叶至清的父亲。

寺庙里的人来自五湖四海,没人会在意对方的来历和过往。众生皆苦,各有各的难处。现在魏欢知道了,叶至清的父亲或许是不告而别,或许是离家多年杳无音信。虽然魏欢并不知晓她的过去,但她似乎已经寻找很久了,他对她感到同情,没有父亲的滋味他再清楚不过,另外也对她远赴四川寻找父亲的行为非常佩服。如果换作他,他不一定会有她这样的勇气,只身一人来到陌生的城市,只为一个模棱两可的线索。他的父亲离开他十五年,她的父亲离开她十年,两个人是同病相怜。

这是魏欢第一次思考别人的生活。他原本很少考虑自己生活之外的事情,这个世界太大又太复杂,父亲的突然离开让魏欢从此不敢奢求明天。他只关注眼前和可控的当下,比如做菜和开店。过于关注自身也有不好的一面,容易忽略细节。叶至清的到来是那么突然,而魏欢只是从自身和店里的角度综合考虑后同意她留下,就再没做他想。现在回头看,这是一桩多么明显的意外啊。

这一晚魏欢回忆了太多,远超出他平常的份额。当躺在床上翻来覆去时,他猛地反应过来她的到来,既牵扯出了他的过往,又在他平静的生活中扔了一块石子,随后荡开层层涟漪。意外来了,事情就不再可控了。

第二天早上,随园小馆木玻璃门上的铃铛准时响起,后厨里的魏欢知道叶至清来了。此时他正拿着手机发呆,短信编辑框里收件人是叶至清,内容一片空白。他其实想让她休息一天,可是信息编了删、删了编,就这么犹豫着,她人已经来了。

魏欢看到她左手的纱布拆了,换了一个透明的创可贴。

"早,欢哥。"叶至清熟门熟路地站在水池前准备干活。

"不用。"魏欢拿过她手里的菜,把她刚打开的水龙头关上,"这两天你晚点来吧,后厨没那么多事。"

叶至清还没弄明白他的意思,魏欢补充道:"别沾水,手养好了再说。"

"没事，伤口已经不怎么疼了。"

"你出去吧。"魏欢挡在水池前不让她动。

"那我干什么？来这么早不做事很无聊的。"于是叶至清绕过他去择菜。

"所以你不用来这么早。"魏欢跟过去挪开不锈钢操作台上的食材。

"可我来都来了。"叶至清转身面对他，有些泄气。

"嗯，我应该提前告诉你的。"魏欢重新把食材放好。

"什么？"

"我应该把短信发给你，让你别来。"

"短信？我没收到啊。"

魏欢没再说话，手里忙着事情。

叶至清站在他背后，圆圆的眼珠转了转，笑盈盈地说："那你为什么没发给我？"

被她这么问出来，魏欢有些窘迫，但又不知道该怎么回答，只好继续沉默，汗珠悄悄爬上了两鬓。

"欢哥，你说嘛，为啥子不发？"叶至清凑在他旁边用生涩的四川话问他。

魏欢觉得她故意似的，粘着他，盯着他。"那个，忙忘了，你快出去坐着吧。"他让叶至清出去，自己倒先掀开布帘出去了。

叶至清背靠不锈钢台面，看魏欢在外面假装忙这忙那。他小幅度地转过头，余光看到叶至清在后厨里笑着看他，那圆脸上写着得意。魏欢更感尴尬，只好转个身，目不斜视地路过后厨，打开门去了小院儿。

这是叶至清来到随园小馆后过得最轻松的一天。魏欢很多事都不让她做，上菜不行、收拾桌子不行。一天下来毛毛忙得快起飞了，叶至清就扫扫地、算算账。午休时,毛毛一边大口扒饭,一边吐槽魏欢的不公,魏欢还是老样子,能不说的不说,说不清的更不说。叶至清赶紧打圆场说自己手指头破了,不能沾水。

毛毛看了看叶至清的手指,又看了眼低头吃饭的魏欢,说:"他晓得你手破了?"

"就是噻,欢哥,我早发现你不对头。"方洋在一旁帮腔。

"哪个不对头?你发现啥子了?咋个没听你说嘞?"

"我早上来跟他说的啊,"叶至清及时止住了这个话题,"方洋你要是早点来,你也知道了。"然后她又给毛毛夹了块肉:"今天你辛苦了,多吃点肉。"叶至清笑眯眯地弯起那双圆眼。

魏欢像听不到似的,吃完便起身。等到了小院儿,他才捂住胸口连喘了几口气,好像真的做了什么见不得人的事。

晚上打烊时,离店前,魏欢叫住了她们。毛毛有些不情愿,她和叶至清约好了,下班后去她那规划账号之后的发展。

叶至清经过思考,还是婉转地告诉毛毛,要学会独立运作账号,等她离开小城后就无法再帮毛毛了,尽管她之前承诺毛毛在账号有广告收入前不会离开,不过毛毛的账号数据涨势很不错,积累了不少原始粉丝,接到广告指日可待。毛毛虽然也想过叶至清会有走的一天,可当叶至清跟毛毛说起时,毛毛心里还是忍不住不舍。不仅是叶至清对她的帮助,而是她真心喜欢叶至清这个人。她满足了毛毛对大城市女性生活的憧憬,有见识、有能力,还经济独立,就像网上那些视频呈现出的那样。关键她本身还是个网红,虽然粉丝不算很多,但也足够毛毛佩服她、欣赏她。而且在相处中,她又没有高高在上瞧不起小地方人的傲慢,总是笑眯眯地和大家说话,温和又开朗,不管是对毛毛还是方洋以及魏欢。毛毛抱着叶至清说不想让她走,让她再多陪陪自己,叶至清拍了拍她,说目前不会走的。新的计划已经在叶至清心里生成。今天她故意试探地问魏欢和自己的父亲是在哪里认识的,但魏欢并不接话。叶至清心里隐隐觉得,也许那地方没么好找,或者没有熟人进不去。而她也不想问了。她的新计划是让魏欢带她去。昨天跟着魏欢去峨眉山的经历告诉她,在陌生的地方找人就是大海捞针。还有三个月,她还有时间。再说了,她已经察觉出魏欢对她的态度有了微妙的变化。

毛毛揽着叶至清的胳膊打了个哈欠,问魏欢还需要做啥子。店里基本打扫干净了,只等最后把后厨的垃圾搬到门口一件事了,晚些时候垃圾车会来把它们都运走。

魏欢把白围裙从身上解下来挂到墙上,洗干净手,从裤子口袋里拿出手机。

"咋? 欢哥你是要和我们加微信吗?"方洋打趣道。

魏欢的那个入门级智能手机在他们看来就是个摆设,要不是为了收钱方便,他估计连支付宝都不会使用。

"今天发工资,你不要的吗?"

"对哦!"

"我真是个憨憨儿,咋个忘了嘞!"

方洋和毛毛这才想起今天是发工资的日子,他们埋怨自己怎么那么笨,把这个大日子忘了。

"欢哥!"他们激动地大叫魏欢的名字,方洋差点抱着魏欢亲了一口,还好魏欢反应快躲开了。

手机上的数字告诉他们,他们的老板魏欢给他们涨工资了! 毛毛和方洋又是欢呼,又是雀跃。

"你的支付宝是手机号吧?"魏欢对叶至清说。

"工资还有我的?"叶至清没想到魏欢会给自己发工资。她之前算过,每个月能从毛毛那里分来一千五百元,加上新号的零散收入和之前的积蓄,足够在生活成本不高的小城生活了。

"劳动就要有收获。"魏欢低头输入了叶至清的手机号,看到收款账号是"清清"知道没输错。

工资实时到账,叶至清看到自己的那笔工资,有些不敢相信。"这,太多了吧?"她也没顾及旁边的方洋和毛毛,直接脱口而出。

"你们工作量一样,自然拿一样的工资。"魏欢倒是坦诚。他看了看他们三人说:"你来得最早,走得最晚,拿一样的钱没问题吧?"这话明显是说给毛毛和方洋听的。

"有啥子问题?"

"清清姐早来晚归,多不容易,我们没意见。"

其实他们俩也没觉得有什么,发钱的是魏欢又不是他们。魏欢给叶至清发工资,毛毛是最开心的,这样就不用从她的工资里再分了。方洋也无所谓,叶至清来了之后,魏欢给他减轻了不少工作,一些基础的备菜最近都交给叶至清做了。

"我们店这个月客人多了很多,你们也晓得。原因嘛,"魏欢停了一下,看着毛毛说,"我晓得你在拍视频。"

"欢哥,我……"

"没事,我要是不同意,早就说了。"

毛毛自从身上戴了 GoPro 相机拍摄后,就把去后厨上菜的工作交给叶至清了,主要就是怕魏欢看到。他对在网上发视频是什么态度,他们几人都再清楚不过。现在他说"早就",说明他很早就知道了。毛毛和叶至清互相看了一眼,有些心虚。虽然她们都不认可魏欢对网络的看法和态度,但魏欢毕竟是老板,她们在老板的店里拍摄,自然要得到老板的同意。

"欢哥你?"

"嗯,我确实早就晓得,店里的生意应该也是因为你的视频才会这么好,好事呀。"

"欢哥,我的亲哥嘞,早晓得你这么开朗,我啷个至于偷偷摸摸,像个贼娃子,"毛毛吁了一口气,"但你放心,我的视频绝对没有拍到店里的东西,包括顾客,是吧清清姐?"

"啊,是的。"叶至清没想到毛毛会说到她身上,有些尴尬。

"拍了就拍吧,但是客人的确要注意,不是有个词儿叫肖像权吗,我也不懂,你们自己把握吧。"

没人会跟钱过不去。即使多雇了一个叶至清,又给毛毛、方洋涨了工资,店里的净收入也还比上个月多。魏欢不是那种虚伪的人,不会得了便宜还卖乖。想到当初阻止叶至清的拍摄,他多少有点后悔。现在他明白了那是她当时的工作,他不喜欢可以不出现,或是要求她把店名、招牌隐去,但那样大庭广众下拒绝她,多少有些不给人家面子。

"我不懂得网络,你们都晓得,那时我也是不明白,你别介意。"这话是对叶至清说的。

"哎呀欢哥,我都辞职不干啦,没得事嘛。"她故意说了句四川话,在场三人都笑了,包括魏欢。叶至清看到他上扬的嘴角,微微露出一点白色的牙齿,他笑起来其实挺阳光的,和沉默不语的时候反差很大。她发现她挺喜欢他笑的样子,他要是能经常这样笑笑,店里的氛围会更好。

难得有一天随园小馆打烊时是四个人一起,还是一片欢声笑语。不过主要还是毛毛和方洋在说话,叶至清偶尔附和两句,魏欢则还是静静地听,但嘴角始终挂着笑。方洋涨了工资约朋友去喝酒,叫毛毛一起去,毛毛想着和叶至清约好了聊视频的事有些犹豫不决。

"去吧,明天上午咱们店里聊,"叶至清看了一眼魏欢,"欢哥不都说了让我们自己把握。"

"对嚯!那我去 happy(快乐)啦,方洋等等我。"毛毛朝着方洋的背影跑了过去。

店门口就剩魏欢和叶至清。五月夜晚的风已经带着一丝夏日的气息,隔壁美食街依旧喧闹不止,人声伴随着快节奏的音乐声,衬得随园小馆的这条小街更加安静。老房子改成的那些小店几乎都关了,只有路口挨着美食街的那家小超市还亮着灯,守着吃完饭喝完酒的人们。

魏欢的电瓶车就停在旁边,他骑了上去对叶至清说:"我送你吧。"

叶至清瞪大的眼睛正好被路灯照亮,虽然她在克制自己的惊讶,但还是被魏欢捕捉到了。他的关心在她看来是这么反常的事情。魏欢的确不擅长这些,连他自己也觉得有些不好意思。每天他都是最早来最晚走的那个,仅有的一次还是他先走,方洋、毛毛、叶至清关的店。这是他们俩第一次一起关门下班。现在已经是夜里快十点,即使再不擅长,魏欢也知道他不能就这样骑车先走。

"嗯,你住得远吗?"在尴尬的对视中,他竭力思考应该说点什么。

"不远。"叶至清回答完就毫不扭捏地跨上他的电瓶车后座,"前面那个老菜市你知道吧?"

"哦。"魏欢转动了车把。

坐在电瓶车上看小街两边的景象和走路时并不一样,虽然速度不快,但那些树和店还是很快从叶至清眼前闪过,被甩到了身后。她两手抓住车后座,不好意思贴他太近。他穿着一件黑色 T 恤,晚风迎面吹来,把他身上的味道吹进了她的鼻腔。除了她惯常闻到的洗衣粉味道,还有她更熟悉的后厨里的油烟味,那也是父亲身上的味道。

叶至清喜欢这个味道。小的时候父亲回家后,她扑到父亲腿上,父亲把她抱起,她会闻着这个味道问爸爸今天是不是又做了好吃的。然后父亲会抱着她坐在沙发上、餐桌边,把当日做的菜一一说给她听。她其实听不懂,但闻着父亲身上的味道再想着菜名,似乎看到了那些美食就在眼前。再后来父亲就经常带她去后厨,那里的味道和父亲身上的一样。大部分孩子童年最喜欢的场所是游乐园,而叶至清最喜欢的是父亲工作的大厨房。等到父女俩带着同样的味道回家后,母亲像拎着一只小动物一样把叶至清拎进卫生间,从头到脚打了两遍沐浴露才算洗净那股油烟味。那是母亲最讨厌的味道。叶至清从长相上来说像母亲多一些,父亲的轮廓里盛着母亲的五官。但也因为没有全像母亲,所以没有母亲好看。从小她就知道母亲是大美女,她是小美女。可从喜好和兴趣上来看,叶至清更像父亲。也许是因为美食,也许是因为频繁出入那个大厨房。叶至清还记得儿时的第一幅画就是她穿着白色厨师服在后厨里做饭。偏偏母亲最讨厌叶至清遗传了对做饭的热爱。如果说童年中最幸福的是和父亲一起去大厨房,那么最不幸的则是被母亲拉着学三弦。错一个音打一下,错一首曲子练一整天。母亲每次都坐在她旁边,右腿搭在左腿上,右手拍着右腿,微微摇晃身体,跟着音乐数拍子,错一下母亲手中的竹尺子就会落在叶至清的肩上、腿上,两根手指粗的竹尺子打在身上立马出现一道红印。很多时候叶至清自己都还没意识到错,母亲的竹尺子就已经落下。小的时候,每次被打她都哇哇大哭,叫着、躲着喊,妈妈我错了我好好练。年纪大了之后,母亲再打她,她咬着牙忍着疼一声不吭,但是该错的地方还错。她不哭了,反而激起了母亲的怒火,她越不吭声母亲打得越狠,竹尺子一下又一下落在叶至清的身上。身体的伤一周就好了,但是心上的伤长久地留了下来。大约是小学六年级的某一天,母亲的竹尺子又一次落下时,叶至清吭的一声把三弦摔在了地上。她看着母亲发愣的双眼,那是和她一样的圆眼,但里面藏着和叶至清不同的对越剧的执着,她说她不弹了。唱越剧是母亲的职业并不是她的,重回越剧舞台也是母亲的梦想而不是她的,她就算是跟着父亲去饭店做厨子,也不想和母亲一样上台当戏子。然后就是一巴掌,落在叶至清的脸上,比竹尺子来得更狠、更直接。这不是母亲第一次挥巴掌,但是叶至清最疼、印象最深的一次。母亲发疯似的去了叶至清房间,把那些父亲在大厨房里给她做的面点小动物全都扔在地上,扔一个踩一个,边扔边骂。叶至清用这一巴掌和那些垃圾桶里的面点小动物换来了以后再也不用弹三弦。

之后叶至清再没去过大厨房,也再没在父亲身上闻到过那个味道。她长大了,不能再像小时候一样扑在父亲的腿上,父亲也不能再像小时候一样抱她,而他也总是在回家后第一时间走进卫生间洗澡。

魏欢身上散发的洗衣粉混着油烟的味道,让叶至清沉迷。每天早上在后厨的时候,他们距离彼此最近,他们安静地忙着各自手中的事情,她只闻得到他每天新换的衣服上洗衣粉的清香。现在,她把鼻子轻轻贴到他的后背,闻到了更重的油烟味,像个犯了烟瘾的人,大口大口地闻,大口大口地吸。

魏欢感到后背传来一阵温热,尴尬僵硬地挺直了背,一动不敢动。他不敢去想背后的叶至清在做什么,可是又忍不住。在后视镜里,她的鼻子抵着他的背,像小猫一样闻着嗅着。一时间,他呆了,好想就停在这一刻。他骑得不快,像是在有意放慢速度。过了一个路口后,在又一个路口下坡时,他没减速,她的整张脸"咚"地一下撞在了他的背上。

"哎哟。"她的鼻梁撞得有些疼。

"没的事吧?"他停下来回头问。

"没事,我刚才没注意。"

"我骑慢点儿。"

他真的骑得更慢了。但她像是被打扰了美梦,不再靠在他的背上。他渴望的那种身体接触的温热感没有再到来,后背上几分钟前的那种感受全被晚风吹散了。

到了那个菜市场,安静的夜晚再次热闹起来。红棚子下各种摊位前聚集了很多顾客,说话声、铁板、炒菜、炸串、拌菜发出的声音混合成一首夜晚菜市的交响曲。叶至清之所以选择住附近,就是看上了这个菜市场的全天无休。早上有早点摊,晚上有消夜摊。每天晚上回来,她都会被那些香气勾起馋虫,在这家买点卤味,去那家买点串串,再来一碗甜甜的冰豆花,在天气热的时候喝上一口那叫一个巴适。

"就到这儿吧,"叶至清从电瓶车上下来,"谢谢。"

菜市两边的老楼隐在了夜色中,灰色的外墙和黑暗混成一片,只有一楼和二楼借着营业铺位的灯光隐隐可见。魏欢有点不敢相信叶至清住这里。他是小城人,知道这里的房子最早也是二十世纪九十年代盖的,遇到雨水大的年份,这里就是小城必被淹的地方。

"你住这儿?"

"不是啊。"

"哦。"魏欢没送过女生回家,这本就是他不擅长且从未做过的事。他以为会送她到楼下,然后看着她的背影消失在楼道,但眼前是菜市夜晚的灯火。"你回家吧,我走了。"魏欢说完却看着叶至清没有动。

叶至清盯着魏欢,那双圆眼仿佛要看穿他的后脑勺:"欢哥,你今天咋回事嘛?"

"我,没事啊。"魏欢脸红了,好不容易鼓起勇气对她表示关心没想到却并不顺利。

夜色吞没了魏欢的神色,叶至清没有注意。她有她的想法。每晚她从菜市的这头走到那头,等离开时手上已拎满了袋子。回到家,从冰箱里拿出一罐啤酒,把食物和酒杯摆在茶几上,拍好照片,再传到网上,标题是"小城的今日份消夜"。这是她每天必做的事情,是运营新账号的需要,也是生活的记录。等到离开小城的那一天,再看这些照片文字,她依然会记得这段有点离奇但又充实平静的生活。但今天身后跟着魏欢,她不知道要不要开口请他一起。

"好吧,其实我是想去买点消夜吃。"

"哦,那你去买,我在这等你。"

叶至清摇了摇头说:"一起吧,欢哥。我请你吃,感谢你给我开了一份相当可观的工资。"

在老菜市另一头的街边上,有一对中年夫妻摆的烧烤摊,叶至清隔三岔五就会在这里买上一些打包带回家。

"我还是第一次坐在这里吃,刚烤出来的味道一定更好。"

"嗯。"相比叶至清的翘首以待,魏欢有些局促。夜晚的喧闹向来与他绝缘,叶至清说她是第一次坐在这里吃,魏欢却是第一次在这个时间吃东西。

"你没吃过这家吗?他家的烧烤特别好吃,怎么说呢,我来了之后发现,四川的烤串不是北方那种大块大块的,一串上的肉都不多,不论串卖,而是论把卖。味道和我吃过的北方的、西北的都不一样,感觉是腌制的用料不同吧……"说到吃,她又开始两眼放光,滔滔不绝,"对不起,我这是班门弄斧了。"

魏欢不禁想到她在视频里介绍美食时的样子,眼前的她要比视频中生动、真实得多。如果是现在看到她介绍这家烧烤的视频,他一定会来尝一尝。

"你说得很好嘛,应该拍下来,传到网上一定好多人来吃这家。"

魏欢还不知道叶至清离开 mcn 公司后就停止了美食探店的拍摄工作。

"咦？欢哥,你不是最讨厌拍摄视频再传到网上吗？"

"又不是拍我,也不是我的店儿。"魏欢笑了。

她也跟着笑了："想不到你是这样的欢哥,不过没毛病。"

"那你再说一遍,我拍下来。不过我好撇,你也晓得。"

"拍啥子嘛,我都不干了啦,"她看着他疑惑惊讶的表情,"我没跟你说？我辞职了呀,不然怎么能来四川,怎么在店里待着不走？"

老板陆续将一把把串串端了上来,叶至清给魏欢一把,自己拿了一把,一口"撸"掉一串："这才是撸串对吧？北方的串肉太大了,'撸'不动,只能一口吃一块。"

魏欢拿着串没动,平时这个时间他其实已经都洗漱好准备睡觉了。生物钟提醒他要睡了,但他没有一点困意,也许是因为环境,也许是因为叶至清的话。原来,她为了寻找父亲付出了这么多。

叶至清看他沉默得像个雕像,知道他一定想问很多问题,但又不愿开口。"你想问我为什么辞职对不对？觉得我为了找一个人就放弃工作很不值得,对不对？"

"对。"

"对你就开口问我噻。欢哥,你晓得不？你总是这个样子,做啥子都要人猜。"喝了两杯啤酒后,叶至清话多了起来。

"对不起,我不太会说话。"

"欢哥你是对不会说话有什么误解吗？你听好：能把拍到的餐具、桌椅,还有环境这些去掉吗？这叫不会说话？还有,'我虽然不懂你们拍摄的术语,但是从视频上不要能看出来是我的店',这话谁说的？"她手里拿着一根木签子,说一句话便点一下签子。

"我……"他没想到当时自己说的那些拒绝的话被她记得这样清

楚,"对不起,是不是因为我不让你拍,你没完成任务,被领导……"想到可能因为自己让她丢了工作,魏欢又自责又后悔,手里不知什么时候握住了叶至清给他倒的啤酒,一使劲,黄色的液体从塑料杯里洒了出来,为了掩饰尴尬,他直接一口喝光了。

"被领导开除吗? 欢哥,你想多了。"她看他的酒杯空了,又给他倒了一杯,"这事吧,说和你有关,的确有点关系,但其实也没什么关系。主要还是职场斗争,欢哥你知道职场斗争吗?"

魏欢点了点头。

"简单说就是有人看我业绩不行,数据不行,不想在我这组干了。但她又不是主播,就是个化妆师,偶尔再拿手机拍另一个机位,就这么点活儿。可架不住她心气高啊,就想去流量大的博主那里。问题不是她想去哪个组就能去的,谁不想去千万级粉丝博主的组? 我还想呢,得公司安排才行啊。这大姐就一直在想方设法给我使绊子,你,就是她给我下的那个绊子。"一口气说了很多,叶至清有些渴,一杯啤酒"咕咚咕咚"很快喝完了。

"我?"

"对,你。"叶至清把酒杯推到魏欢面前,"欢哥你行不行啊? 怎么总让女孩子给你倒酒,你要给女生倒酒啊。"

"别倒了,我们都别喝了。"

"不行,你还想不想听后面的了? 快点。"她拿着酒杯碰他手里的酒瓶催他。

魏欢不想让她再喝,但又想听她把后面的讲完,一抬头正好看到那双圆溜溜的小鹿眼。不知道为什么,似乎一到晚上这双小鹿眼显得格外晶亮。他赶紧低头倒满了眼前的两个酒杯,拿起自己的那个,一口气喝完。

"这还差不多。我那天中午去拍探店视频时,点了一道毛毛推荐我的菜,糖醋扳指。说真的,我第一次吃到这种做法的大肠,好吃两个字都不能形容它的味道。但当时我被这道菜的糖醋调味吸引了,对,所以后来我又去店里点了糖醋排骨。你做的糖醋调味,和我爸爸当年做的一模一样。但是他已经离开我十年了,不是离开人世,只是离开我,离开那个家。"

"所以你来,是为了找他?"

"对,为了找爸爸,就像歌里唱的'我要我要找我爸爸'。"这是叶至清第一次对一个人讲起自己的寻父之路。平常任她自己怎么想都不觉得有什么,但是当她对着另一个人这么说出来时,泪水也跟着涌了出来。"你能想到我当时吃到那个味道有多震惊吗?我就只知道他三年前在四川,但是具体在哪、现在在哪我根本就不知道。我以为我肯定不可能找到和他有关的任何线索了,但是你做的那个味道,真的就和我爸做的完全一样。"她接过他递来的纸巾,擦掉已经流到下巴的泪水,"然后你就走出来了,说不能拍摄。我那时完全傻了,我甚至以为走出来的会是我爸。我就那么盯着你看,脑子里想你是谁,为什么能做出和我爸一样的味道?不会是他的私生子吧?"说完他们都乐了,她又接过他手中的纸,"真的,你别笑。我看着你,发现你长得和他完全不像,私生子估计不可能,难道是徒弟?反正应该就是我盯着你看的工夫,被我那个同事拍了下来。对,那天她也在,不过估计你没注意到。"

"挨着你坐的那个?"

"不是,对面的。她偷偷拍下来我对着你发愣的视频,回到公司就给我们小组领导、部门主管、人事,对了,还有我们老大,老大是我们公司老板,是全网拍美食探店视频的头部博主,给他们每人都发了一份。"

"这有啥子问题吗?"

"唉,欢哥你不剪视频不懂,以前常说耳听为虚眼见为实,现在眼见都不是真的。视频可以剪辑啊,把看似不相关的内容剪在一起,形成一个新的视频,那些无关的内容都连在一起了。"

"嗯,我晓得了。她给你扣的罪名是什么?"

"哈哈哈,说到这个我就想笑。当时我的样子很像花痴,等会儿我找找看能不能找到视频。她之前还录过很多我说的话,从音频里找到相关的语音剪成一段话,再配上视频,看起来就是我在追你,性骚扰店老板,所以被你拒绝拍摄。"

"啥子?"

"我知道很离谱,但它就是发生了。然后我就被叫去谈话啊,问询啊,批评啊,反正一大堆事情。"说完了这些事情,叶至清感到意外地轻松,看来垃圾就应该早早倒掉。

"然后你就辞职了,来了四川?"

"差不多吧,加上和我妈又闹得不愉快,唉。"她又喝了一杯酒,酒水混着泪水,再一起滑进她的胃里。

叶至清又一次坐在了魏欢的电瓶车后座,不同的是她的身体没有向后撑着车座,而是整个人贴在他的背上,揽着他的腰。

"你住哪?"

"前面,那个最高的楼。"

顺着叶至清的手指,十几层的高楼在一片六层以下的老房子中显得鹤立鸡群,那是老城区近年为数不多新盖的楼盘。离这条老菜市街不远,离店里也不远,魏欢埋怨自己怎么早没想起来。

他载着她经过了第一个路口,魏欢下意识地想左转上坡,但很快调整了方向。那里是魏欢家,是六层楼的老房子,他和母亲在那里生活了八年,后来魏欢去了成都、母亲去了峨眉山,直到魏欢回到小城,家里才又有了人气。

"马上到了,先别睡。"也许因为喝了几杯酒,也许因为适应了,他不再因为他们有身体接触而感到尴尬,甚至还想就这样挺好。

"嗯。"

"这条路口左转是我家。"他怕她睡着,想尽办法找话题。

"我知道。"酒精麻痹了叶至清的感官,她有些迟钝。

"你怎么知道?"魏欢回头问她,但看到她趴在他的身上没说话,像是睡着了,温热的鼻息喷散在他的颈边、耳畔。一道电流倏地传遍他的全身,让他瞬间绷紧了身体,紧张地吞咽了几口口水,双手机械般握着车把,只想快点送她回家。

叶至清下了车,摇摇晃晃地走进小区,冲着身后的魏欢摆摆手。他看着她的背影逐渐消失在视线里,好像整个晚上他就是在等这一刻。

槐叶冷淘

青青高槐叶,采掇付中厨。新面来近市,汁滓宛相俱。入鼎资过熟,加餐愁欲无。碧鲜俱照箸,香饭兼苞芦。经齿冷于雪,劝人投此珠。愿随金騕褭,走置锦屠苏。路远思恐泥,兴深终不渝。献芹则小小,荐藻明区区。万里露寒殿,开冰清玉壶。君王纳凉晚,此味亦时须。——唐·杜甫《槐叶冷淘》

早晨的竹湾菜市一如既往地忙碌与热闹。老客也好,新客也罢,来者都是客,热情的摊贩店主吆喝着售卖自家的新鲜食材,有刚从集散地运来的,有一大早从周边农户手中收来的,有从牲畜养殖场运来的凌晨刚屠宰的肉。竹湾菜市总是这样充斥着各种颜色和各种味道,不习惯的人觉得难闻,常来的人就是喜欢这种生活。

魏欢又准时出现在竹湾菜市,常买的那家蔬菜摊主娘娘一看见他来就露出了神秘的笑容。魏欢知道,这是有新鲜的好东西给他留着呢。他站在摊位旁等着,前面的客人刚买完,娘娘正要转身给魏欢拿东西时,又有两个客人来了。娘娘一脸苦笑,魏欢摆了摆手,表示没什么,倒是他身后的人有些不乐意了。

"你怎么让了一个又一个?"说话的正是叶至清。

酒精的确是个好东西。那晚叶至清回家后,瘫在沙发上,想了很多,也想了很久,想着想着就笑了,笑着笑着就哭了。她翻出手机相册,找到和魏欢在烧烤摊喝酒的照片,她只拍了两个酒杯,一杯满着,一杯喝了一半。她上传到账号,配上文字"谢谢你让我找到了留在这里的理由,感谢有你的小城,感谢小城有你",末尾还加了一颗心形标记。不一会儿,留言评论私信的红色图标弹出一串,大家纷纷问她是不是有"情况"了。有人说"恭喜清清",有人说"清清,我关注你三年了,终于看到你有'情况'了",有人说"接桃花",还有人说"替我问姐夫好"……其实叶至清对网友的留言评论早就没什么感觉了,世界纷杂,真真假假,网络只会将一切放大。她发这条动态也不是为了获取关心,只是为了完成每日任务。但这些留言还是有些超出预期,或者严格来说,是没想到网友这么快就说出了她想说但又不好说出口的话。小城的夜晚总是这样安静,没有开灯的客厅里,风从阳台的窗子里吹进来,吹动了窗帘,吹醒了沙发上的叶至清。在这个只有她一人的夜里,酒精带来的兴奋和躁动已经退去,她感到无比清醒和冷静。她不再把拿下魏欢当目标,他却意外地落在她的手中。虽然她还是没有问出那个最后的问题——他和父亲当时是在哪里遇到的,但她知道,离找到父亲的那天不远了。

  之后的第二天、第三天,和接下来的这几天,不知道是谁先开的口,总之他们心照不宣地每天晚上一起关门下班,然后魏欢骑着电瓶车带着叶至清在小城起起伏伏的路上穿行,到了她住的小区门口,她对他说明天见,他说明天见,然后她的背影消失在夜色里。明天和每一天并没什么不同,但好像因为某个人,明天变得值得期待起来。

  这一晚魏欢没有马上离开,而是踌躇再三,拿出手机拨通她的电话。"喂,喂。""怎么了?""那个明天,嗯,明天你愿意和我一起去买菜吗?""好啊。"她答得那样快,没有任何思考。"那我明早来接你。""好的,明天见。""明天见,回去早点休息。""嗯,你也是,晚安。""晚安。"然后第二天的早上,他果然在小区门口等她,带着她穿过半个小城,去每日必去的竹湾菜市买菜。

  叶至清看到竹湾菜市正门口的那排老房子时,激动地说来过这里,指着小林豆花告诉魏欢,那次来小城拍摄的第一家馆子就是这家豆花。魏欢点了点头,第一次没有先买菜,而是去了豆花店。她看得出他和老板很熟,那个做事麻利的老板娘看到他们一起出现,眼里的意思不言而喻。魏欢有些不好意思地笑了笑,点了两碗牛肉豆花,然后去隔壁买豆芽包子。老板娘趁魏欢出去后坐在叶至清旁边的椅子上,亲切热情地和她聊天,又是夸叶至清漂亮,又是夸魏欢眼光好,显然没有认出叶至清。那次拍视频化了全妆的叶至清和今天素面朝天的她,的确差别不小。叶至清听着老板娘热情地摆龙门阵,没有开口纠正。她和魏欢之间的关系,叶至清自己都说不清。暧昧是肯定的,但其中又掺杂了她父亲的关系。叶至清也明白,魏欢最近对她的关心照顾可能和父亲有关。可要说只是因为父亲,叶至清又是不信的。就像她一样,开始是为了从他那里知道父亲的消息,可当他对她说了,他们真正熟悉了之后,她再看他,竟看出了很多以前不曾注意到的优点,越看越顺眼。老板娘的嘴一直说个不停,叶至清想到那次来拍探店视频她说什么都不肯收钱,不知道那条视频发布后这家豆花店的生意是不是更好了。

魏欢回来时,老板娘已经又围着料台左一碗右一碗地给客人盛豆花了。魏欢告诉叶至清,一碗豆花加两个豆芽馅包子是他每天不变的早餐。叶至清也像魏欢一样,一口包子一口豆花,包子皮的小麦香和豆花的豆香混在一起,比上次只喝豆花多了另一种风味。她把上次拍视频的经过讲给他听,说老板娘豪爽热情做事利索。她一边吃一边说,他一边吃一边听,听着听着他抬起了头,笑着说:"我看到了。"她这才知道,原来那天他就坐在她身后。她便笑着说,他一定是看到她在拍摄,所以背对她坐着。他低头说,何止,看到他们拍视频,他赶紧两口吃完就走了。她突然想起那天老板娘跟她夸一个刚走的人,夸他能干,做菜又好吃,现在这么一想,那人就是魏欢。她逗他:"知道老板娘背后怎么说你的吗?"他摇了摇头,表示不知道,也表示无所谓。她白了他一眼,抢过他手里的包子狠狠地咬了一口,他就马上改口说:"我不知道"她说老板娘说他有嘴不会说话,还不上网不刷视频,活得像个老头。他不气也不恼,慢悠悠地说这个老板娘应该姓叶。她接住他的话,说:"那这个店也不应该叫小林豆花,应该叫什么呢?"最后几个字她说得很慢,拖着长长的尾音,看着他的眼神里露出惊讶,然后马上逃避似的低头吃已经见底的豆花。她笑眯眯地擦了擦嘴,站起来说:"我吃饱了。"

"等会儿你就晓得了。"魏欢转头对叶至清低声说。

"这么神秘?"

娘娘的摊位前终于不再有别的客人,她赶快从身后拿出那个早就准备好的塑料袋给魏欢。魏欢打开一个小口看了看,里面的菜叶呈现出一种淡淡的翠绿色。魏欢谢过娘娘,付了钱,拎着袋子走了。

"这是什么?"

"洋槐树叶。"

"这也是菜?"

"不是,算原料吧。"

"你打算怎么做?还是摆盘?"

"嗯。"其实魏欢此时并没有想好怎么处理这袋洋槐叶子。对于时常收到的一些新鲜蔬菜和食材,他并不是马上就能想到做法。往往是回去的路上,或者到了后厨,他才灵光一闪。但今天,他看着她,又想到了她的父亲,想到她父亲,他忽然就知道用这些洋槐叶子做什么了。

魏欢最近总是这样,看着她时会不自觉地想到她父亲。他虽然不愿回忆过去,但并不等于忘记。五年前,他们一起在峨眉山顶寺庙的后厨里做斋饭的时候,她父亲断断续续地向他传授了很多厨艺技巧和心得,大部分魏欢都受用至今,比如那道糖醋调味。那时他们并没有互道姓名,魏欢只是听人家叫他什么居士,具体名字记不起了。但魏欢不和其他人一样叫他居士,而是喊师父。佛门之地,叫一声师父十分平常。另外,无论是当年的魏欢还是现在的魏欢,在心里都把叶至清的父亲当做师父。他们之间,在那个寺庙的后厨里形成了一种旧式传统的师徒关系,甚至比他和在成都烹饪学校、萃华园学厨帮工时的那些老师、师父还像师徒。如今师父的女儿找到他,让他带她去找父亲,于情于理,于公于私,他都无法拒绝。可他又并不想去。五年了,如果不是叶至清的突然到来,魏欢不会把对那座寺庙的回忆一点一滴、里里外外都剥开了揉碎了想了个遍。只要想到她父亲,他就会想到那座寺庙,想到那座寺庙就要想到母亲,想到母亲就要想到母亲告诉他的关于父亲离开成都和去世的原因,想到父亲就要想到他回到成都、回到萃华园面对那些师伯师叔时的痛苦和尴尬。这就像让他把已经愈合了五年的伤口再次撕开,回忆一次撕开一次,撕开一次他就痛苦一次。所以他不想回忆,不想提及。可是她又那样执着、渴望,他实在不忍心让她的希望落空。

"那怎么做?快说,不要总是我问一句你说一句。"

"现在不告诉你。"

"喂,你话不多,卖关子倒是会得很嘛?"叶至清小跑几步跟上前面的魏欢,"你先告诉我为什么让了好几个人。不就是一袋树叶吗?直接给你不就行了?"

"严格来说,这算我们这行的潜规则。"

"啥子?做菜也有潜规则?这是什么劲爆消息?"

"你想到哪里去了?大饭店、小餐馆,顶级大厨、普通厨师都有自己长期合作的供货老板,有些最好最鲜的食材,这些老板只会留给我们。晓得不?这就是潜规则。"

"哦哦,这个意思啊。所以你刚才不想被别人看到,就等没人的时候再让老板拿给你。"

"嗯。"

"那你这么说,还真是潜规则。好东西干吗不拿出来大家分享?搞什么小团体内部消息,对消费者一点不公平。"

"并不是这样,有些食材本身就不适合普通家庭做,一是没有足够的硬件,二是家常做法技术不行,不能把食材的特性、味道处理好。不一定是食材本身有多珍贵,而是有的食材只有经过专业厨师的手,味道才能更好地得到发挥,这样做出来的菜让顾客吃得满意,这才是物尽其用。"

"你这样说也有道理哦,可是大众并不明白这些,谁都想买点好的不一样的,要是被很多人看到大家就都要问,解释不清楚就会造成麻烦,为什么你卖给他不卖给我,然后就吵起来,严重的还会打起来。"她说着手跟着挥舞起来,真像要打架一样。

"没有你说得那么夸张。"他看着她的样子,笑容又一次在不经意间爬上嘴角,"不过有些时候店主把好东西留给我们只是因为交情。"

"晓得,熟人好办事。"她笑着从他手里拿过那袋洋槐树叶,鼻子凑到跟前闻了闻,"我替你拿这个,你拿的东西太多了。"

"这么好奇,你可以猜一猜用它做什么。"

"我为啥子要猜?猜中有奖吗?"

"可以有。"

"真的?"

"嗯。"

"什么都可以当奖励吗?"

"你要猜得出来才行。"

……

他们满载而归。回到店里后,打开卷帘门,阳光猛地一下子照亮了小店,木色桌椅被清晨的阳光透过玻璃窗照射出微微的光泽。叶至清下意识拿出手机拍了下来,这是她在小城遇到的第一缕如此明媚、惹眼的阳光。魏欢正拎着东西走去后厨,背影恰好被她捕捉进了镜头里。又是简单的基本款黑色T恤,左右两只手臂因提着重物隐隐露出结实的肌肉。她放大照片,满意地欣赏,也不知是满意光线和构图,还是满意照片中的人。她发动态时没有上传有他背影的那张照片,只是清晨的这缕阳光就足够照亮她一天的心情,她照旧配上文字:"小城难得一遇的明媚晨光,拥有你,就有了一天的好心情。这缕阳光送给每一个早起的打工人,愿它照亮你我心灵的每个角落。"叶至清低头摆弄手机,没有注意到后厨的魏欢透过玻璃窗一直在看她。他像她的父亲,但又不像。她是一头闯入他的世界的小鹿,带着莽撞和野性,带着渴求与恐惧。阳光照耀下的灰尘在空气中跳动,像是伴随她起舞的精灵。他有些庆幸自己抓住了这个时机,可以这样安静地,甚至明目张胆地看她,不会被她和其他人发现,也不会因为被发现而尴尬或是被开玩笑。但他又知道自己逃不过、躲不掉,她终究要离开,他只盼着在她离开时他可以潇洒地转身,祝她安好。只是这样想,他就感到一阵心痛,心脏像是一下子缩成一团,越缩越小,越缩越痛。于是他赶紧转移注意力,使劲拍了拍玻璃窗。她听到声响,不明所以地抬头。

"做啥子?"她现在四川话越说越顺了,连平常说普通话都不知不觉带了口音。

"揭晓谜底,看不看嘛?"

"要得,要得!"她果真像小鹿一样蹦着跑过来。

"你再猜猜,还是现在就揭晓答案?"

"等下,还没定好奖励是啥子。"

"你要啥子?"

"我……"她沉默了。最想要的奖励当然是他带自己去找父亲。明明答案近在咫尺,她却停止了前进的步伐,按下了暂停键。那个问题就卡在喉咙里,怎么也问不出口。"你猜,看你能不能猜到我想要的奖励。"

"你想……"他沉默了。她最想要的奖励一定是让自己带她去找父亲,明明他已经知道她的目的和过去,却不肯帮她完成愿望。那个答案就卡在喉咙里,怎么也说不出口。"我要是猜到了呢?"

"那我也给你一个奖励,怎么样?公平吧!"

他们就像两个小孩子互相让对方猜谜,他们看着对方,笑了,那个问题就这样让他们避之不及,谁都不愿提。

"这样吧,我们把答案写在纸上,然后我来猜你要做什么,不管我有没有猜对,我们再看纸上写了什么。"

"好。"

叶至清快速地跑去收银台拿纸笔,然后他们又像小孩子一样,一个在这边,一个在那边,背对着彼此写下了答案。

"好了,把它放在这儿。"叶至清拿过魏欢写好的纸又折了两道,和她的一块儿放在了水池上方的木板上,"现在我来猜猜你要做啥子。"

魏欢站在不锈钢台面前,光滑的台面上没有堆满食材,而是摆着几样东西,刚买回来的洋槐叶子已经泡在盆里,还有一罐面粉、一盆水、一罐盐和一个装着白色粉末的瓶子。几样物品在她脑中快速排列组合,答案很快呼之欲出。她的鹿眼不自觉放大,笑容也跟着放大:"魏大厨,你这是放水吗?"

"还没放水。"

"我是说你在给我提示吗?"她指了指那几样东西,"欢哥,就这么几样东西,我还猜不出来吗?"

倒是他忘了。她的厨艺天赋那么高,父亲又是人厨,他只是把准备工作做好,却成了给她的提示。"不好意思,我忘了你会做菜。那你猜到了什么。"

"做面食啊,你看这个面粉,还有水,肯定是把洋槐叶子捣碎挤出汁水,混到面粉里,和成面嘛。"

"这个的确容易猜到,再猜猜和完面做什么?"

"做……"她把这个忘了,不过很快奇怪的胜负欲驱使她把所有和面有关的答案说了出来,"馒头、面条、大饼,不就这几种吗?"

"那么到底是哪个呢?"

"等下。"她拿起那个装着白色粉末的瓶子,"你先告诉我,这里面是什么?"

"这算不算放水?"他笑着用她的话回她。

"你……"她发现魏欢这张嘴不开口则已,开口就语不惊人死不休,"我现在算不算答对了?"

"算你对一半吧,你要的奖励我按一半给你。"

"你真是很上道哎欢哥,幸好你不上网,不然你肯定更坏。"

"谁说我不上网?"他一直想找机会给自己证明,"我只是没有那些流行的视频、聊天软件,不等于我不上网。"

"你会上网?"

"大姐,清清姐,我不是原始人好噻,有个手机还能不会上网?"他被她气笑了,"我会看新闻啊。"

"哇,我发现了什么?欢哥,你不是老头啊,你会上网!"她笑得比他还开心,真像是个发现了宝贝的孩子,"那为什么毛毛、方洋都说你不会?"

"那是他们自己想的,我只是懒得更正他们,就让那两个憨憨自以为是吧。"

"欢哥,我真是小看你了,难怪你是老板,他们是打工的。"

"这算夸我?谢谢你噻。"

"不客气嘛,先说好,奖励给我一半。"

"可以。那我的呢?"

"你的啥子?"

"奖励。"他指了指木架子上的纸条,"我要是写对了,有什么奖励?"

"你想要啥子?"

魏欢遗憾地发现,他没什么想要的。如果可以,他希望她能留下,当然这不是奖励,这是痴人说梦。

"没的啥子。"想到奖励永远不可能兑现,他忽然就消沉了下去,"你看吧,我要干活了。"他把洋槐叶子仔细地搓洗干净。

"不行,说好的,那我答应你一件事吧,只要我能做到。但不能是违法乱纪的事哦,我可是社会主义好青年。"

"要得。"他的情绪被她带动,不再消沉。他感到她就像个小太阳,似乎总在发光,而这在不常见到太阳的蜀地简直是稀世珍宝,起码在魏欢的世界里是这样。

"那我打开看咯。"

"嗯。"

"怎么有点紧张,哈哈,像开大奖。"她把纸条给了他一张,"我们一起打开,准备,三、二、一。"

纸条在他们手中打开了一道,又一道,然后最后一道,只要再打开,字迹就出现在眼前。"好紧张啊!"

"没事,我不会难为你的。"

"你怎么那么自信?"

魏欢趁叶至清说话的工夫打开了手里的纸,那是她的笔迹。叶至清看到魏欢打开了跟着也打开,那是他写的。"带我去找父亲。"

"找她的父亲。"

"怎么样？我猜对了吧。"

这并不难猜。但好像只有这个方法能让他们轻松地面对这个问题。

"你答应我给我一半的奖励。"

"嗯，我答应你。"

"你答对了，我也会完成答应你的事。"

"等我想好再说，先干活吧。"

"我来洗吧。"

他们又恢复了之前后厨的氛围，安静地做各自的事情。魏欢知道自己逃不过这一天，他终究是要带她去峨眉山上的那座寺庙，虽然他不确定能找到什么。但这好像是他们的宿命。他们因此相识，因此结缘，或许也要因此终结。叶至清洗着洋槐叶子，看着哗啦啦的流水冲洗盆中翠绿的嫩叶，她知道自己必须找到答案。可之后呢？她就这样回杭州吗？这段时间在小城、在店里对她来说算什么？魏欢对她来说又算什么？真的只是用完就甩的工具吗？她知道不是，从跟着他去了峨眉山回来的那晚开始，他就不再是她的目的。她看着流水思考，水从盆里溢了出来，叶子顺着水流漂进水池。

"再这么冲下去，叶子都没了。"魏欢把水龙头关上。

"哦，对不起，我没注意。"叶至清赶紧把叶子捞起来，再洗干净。

"没关系。"他看到她这样走神，不知她在想的是不是也是他刚刚想的。他转念一想，也许这阵沉默正是他们心意相通的表现。这个想法让他感到高兴，方才的苦闷一扫而空。

魏欢把叶至清洗好的叶子放进盅里，用棍子捣碎，捣完一部分倒进一个干爽的盆里。叶至清看完便学会了，接过来继续捣碎剩下的叶子，魏欢就把盆里的叶子包在干净的纱布里，挤出绿色的汁水。不一会儿，所有的洋槐叶子都变成了翠绿色的汁液。魏欢在另一个盆里倒入面粉,加了一点那个瓶子里的白色粉末,又一点点加入洋槐汁液,搅一搅,再倒入清水拌匀,如此循环,直至最后一滴洋槐汁液也混入了面粉中,白色面粉被染成了鲜翠的绿色。

"这个瓶子里到底是什么?"

"小苏打,也叫食用碱。"

"哦,我知道了。没想到你还会做面食。"

"我只会基本的,专业的面点还要白案师傅才行。"

"我爸爸也这样说过,小时候在他的后厨,他会用剩下的面给我捏各种小动物,然后一起放进大蒸箱,每天我会挑一个最好看的带回家。不过它们大部分蒸完都变形了,一点都不好看,我就问爸爸为什么捏出来的好看,蒸出来就变丑了。他就说是他水平不行,专业的白案师傅蒸出来的小动物会更好看。"

她还不知道,每次只要说起和父亲有关的事情,她的神情和语气都透着一种骄傲和幸福,仿佛现在还是那个被父亲宠着的小女孩。每次看到这样的她,他除了想到那年偶遇到的她的父亲,还会产生一种想要让她一直当一个小女孩的骄傲和幸福。

"其实,那年我和你父亲,也这样用洋槐叶子做过面。"

"什么?"

"嗯,我们一起在后厨里做斋饭,除了简单的常规食物,他也会想办法做些花样。一天有信徒带来了洋槐叶子,他就把它们榨成汁和进了面里。"

"斋饭?你们在庙里吗?"

"嗯,峨眉山。"

"峨眉山?我……"叶至清差点就脱口而出跟着魏欢去峨眉山的事情。她赶紧闭嘴,差点咬到舌头。她曾一度认为自己的感觉是错的,直觉是错的,这么盲目地来四川是错的。但是魏欢一次又一次告诉她是对的,连跟着他去峨眉山都是对的。现在她得到了他准确的答案,看来他要带她去找父亲的地方也就是峨眉山无疑了。不过那间青砖瓦房,她明明去问过,那里没有父亲。"我是说没想到,我爸怎么会在庙里?"

"嗯。"他又不再说话。

她看着他揉面的样子,想到父亲和他一起做这个洋槐面团时也是这样揉面,还是只是他揉,父亲和她现在一样这样看着?

魏欢一转头,看到她在看自己揉面的手,眼神中透着渴望:"你来试试?"

"可以吗?"

"手洗干净就可以。"

"好嘞,一切听魏师父吩咐。"她擦干了手,接替他的手进入了面盆,"这样吗?"

"一手按住盆,不然会晃,一手从上至下地揉。"

"这样吗?"她一揉整个盆都跟着晃动,咣当咣当响个不停,"我还是不会。"

"是这样。"魏欢的左手在叶至清的左手后面,按住面盆,右手也伸进盆里,带着她的右手上下揉面。两只右手和翠绿色面团混在一起,有些分不清谁是谁的,但是他们自己知道。他的手大而有力,她的手小而温暖。面盆不再发出声响,只有他们的手接触面团,带动面团在盆里运动,空气从面团里逐渐排出,发出"噗叽噗叽"声。她站在前面贴着不锈钢案板,他站在她身后,两手形成一个包围圈,裹着她。她马上想到了放荔枝酒的那天,他也是这样站在她身后,好像抱着她一样。不过那次他们之间的空隙很大,这次却贴得这样近。这样想着,她的脸红了,连带着耳朵、脖子都红了,心脏加速跳动,揉面的手也没了力气。不过好像也不需要她使什么力气,她的手完全交给了他,由他掌握力度,掌握节奏。他察觉到她发烫的身体,也感到这个姿势的尴尬,脸也跟着红了起来。他想离她远一点,但又远不了多少,总是需要他的手来按住盆,来带着她的手揉面。

他们贴得这样近。她能感受他的呼吸,他能感受她的体温。叶至清稍稍转过头,看到魏欢盯着面盆,还有他的眼睛、他的鼻子、他的嘴巴、他的下巴。她用眼睛这样描绘着他,看出了不一样的感觉。

"魏欢。"

"嗯。"

他却不敢看她,生怕一个不经意的对视会带来他无法控制的结果。

木玻璃门上的铃铛这时响了,打破了他们之间的这份和谐,更化解了这个尴尬的姿势。

外面的阳光难得有一日强过室内的,方洋看不清后厨里的情形,但总归是魏欢和叶至清两个人在里面。方洋早就觉得他们之间有点什么,尤其是最近,也弄不清他们俩到底谁在找借口,总是推托着最晚离开。方洋心里笑魏欢口是心非,不过又想,要是魏欢真能把叶至清追到手,有这么个老板娘还是很不错的。

等方洋进后厨时,魏欢已经把揉好的面团盖上保鲜膜醒着了,叶至清也洗干净了手,在砧板上给食材改刀。看到方洋进来,魏欢转身,叶至清抬头,颇有默契地一起开口:"你来啦。"

要不是这句话,也许方洋还不会觉得有什么不对。但是能让魏欢主动跟他打招呼,这简直比他给他们涨工资还夸张。方洋狐疑地走到魏欢身边,观察他的动作、他的表情,思考他这个行为背后的原因。

"欢哥,你……"

"我啥子?"

"你不对劲。"

"啥子……不对劲?"

方洋发现魏欢的眼神闪躲,似乎竭力掩饰什么。方洋意味深长地笑了,又走到叶至清身边。

"清清姐,你……"

"我啥子?"

"你也不对劲。"

"我有啥子不对劲?"

"哈哈,被我抓到了嚓!你们两个好了!说,啥子时候好的?"方洋激动地拍着手。

"不要乱讲。"

"谁好了?"

他们又是默契地同时说话。

"看看你们两个说话的样子,就是一个词儿,神同步——啧啧,就这还不是好了?"方洋贱兮兮地踱步到叶至清跟前。

"神同步就是好了?那岂不是全网的人都在谈恋爱?"叶至清不知道魏欢怎么想,但她不想让这段刚刚萌芽的感情成为谈资。找父亲这件事横在他们之间,哪怕现在他们心意相通,总归还是有点拧巴、有点不确定。

"清清姐,你莫要学欢哥嚓,你不是一向敢作敢当?咋,不敢承认?"

"承认啥子吗?有病。"叶至清把刀往砧板上一扔,"咣当"一声,吓得方洋一激灵,以为叶至清生气了。她拨开方洋,打开水龙头,一边洗手一边说:"剩下的你干吧,我出去了。"说完她就出去了。

"气性还不小,啷个说来着,恼羞成怒,是吧欢哥?"方洋又贱兮兮地贴在魏欢身边。

"送你一个字——滚。"

方洋被他们这样两头骂,也很生气:"行,你俩就装吧,我看你们能装到啥子时候。"

魏欢把方洋按到砧板前:"装不装都不影响你干活。"方洋没好气地哼了一声,魏欢拍了他一下,"小心扣你工资。"然后掀开布帘,探出半个身子,"今天的菜谱没写",话是对着外面的叶至清说的,语气和数落方洋的截然不同。方洋故意夹着嗓子温柔地说了一遍:"今天的菜谱没写,啧啧,欢哥你这差别对待不要太大哦。"

叶至清这时已站在后厨门口,白了方洋一眼,对着和她隔着半面帘子相望的魏欢问:"啥子?"

"槐叶冷淘。"

叶至清重复了一遍,槐叶冷淘,突然就想到魏欢要用洋槐叶子做什么了:"冷面对不对?"

"对!"

"那算我全部猜对咯!"说着她笑弯了那双圆眼,去拿小黑板了。

魏欢心想,她在厨艺方面的悟性真的很高。不过想到她的父亲,仅以口述传授厨师心得就令他领悟很多,又觉得一切都说得通了。不经意间,笑容又一次爬上了嘴角。

元修菜

菜之美者,有吾乡之巢,故人巢元修嗜之,余亦嗜之。元修云:使孔北海见,当复云吾家菜耶?因谓之元修菜。余去乡十有五年,思而不可得。元修适自蜀来,见余于黄,乃作是诗,使归致其子,而种之东坡之下云。——北宋·苏轼《元修菜(并叙)》

昏昏雾雨暗衡茅,儿女随宜治酒肴。便觉此身如在蜀,一盘笼饼是豌巢。——南宋·陆游《巢》

随园小馆今日的开门人不是魏欢,而是叶至清。

他前一晚送她到小区门口时,把店里的钥匙给了她,让她明早先去店里开门。叶至清拿着钥匙,有些不明所以,想开口问他,但他的脸在昏暗的路灯下蒙着一层她看不懂的严肃和认真,便没再说什么。他道了别,骑上电瓶车走了。叶至清站在小区门口看魏欢远去的背影。这是他送她回家以来第一次先离开,往常都是他目送她进小区后再走。魏欢话不多,但不是一个藏得住心事的人,从他的肢体动作、他说话的频率以及他离开的背影中,叶至清就能看出他有心事,只是她不知道那是什么。

叶至清拉开卷帘门,木玻璃门一打开,铃铛就响。她伸手摸了摸那个铃铛,这么仔细一看才发现铃铛的形状竟是一个圆咕隆咚的佛头。她摩挲着,黄铜色的佛头已经褪了色。她想到峨眉山脚下那个老街路口的佛事用品店,猜想这个铃铛是不是也从峨眉山带回来的。

店里只有她自己,她先擦了一遍桌子,又拖了一遍地,然后坐在木桌边环视整个店。阳光不强,但足够令小店看起来窗明几净。从第一次来拍探店视频起,她就知道老板是用心开店的人。这里的一桌一椅,一碗一筷、一道菜一张贴纸,都倾注着魏欢的心血。也就不到两个月的时间,她觉得像是过了一辈子。她忽然就不想走了,连寻找父亲的念头都没那么强烈了。她知道了他在峨眉山的某间寺庙里做斋饭,好像这样就够了。得知父亲在庙里,她开始很诧异,无法理解。但慢慢地想了很多之后,她觉得这未尝不是对她最好的结果。她设想过很多父亲的归处,连坐牢都想过,就是没有想过会是寺庙。什么人会选择放下红尘?人在什么情况下会选择宗教?心灰意冷还是心存善念?无论哪一种,父亲当时一定都承受了很多。然后她就不再怪他、恨他了。她相信他一定是有迫不得已的苦衷,才会忍痛离开她。十年里,父亲或许和她一样惦念她吧。她不知道父亲当时具体因为什么而离开,但可以确定一定是与母亲有关。想到母亲,她早把母亲的所有联系方式删除了。刚到小城的时候,她收到过几次陌生号码的短信,都是母亲发来的,有痛斥、有解释、也有推心置腹和苦口婆心。当时她觉得恶心,快速扫了一眼就删了,现在想想有些后悔。

她拨通了母亲的电话,过了好一会儿,在即将自动挂断前才被接起,一个冷冰冰的声音说:"谁?"叶至清跟着冷冷地说:"我。""清清?"母亲的声音一下子激动起来,"你是在四川吗?"叶至清的耳朵被母亲的声音刺到,把手机拿得远了点,这才想起她换了号码。"叶至清。"母亲听到她安好,又改成直呼大名,"你不愧是姓叶的,心太狠了,和你爸一样狠,你们姓叶的连离家出走都遗传吗?给你打电话不通,发短信也不回,你是想逼死我吗?"母亲的声音一浪高过一浪,很快,叶至清因为那声"清清"带来的短暂的愧疚在音浪中被淹没了。她的母亲谢敏女士,果然还是老样子。

她把手机放下来,等那头的声音小了,才又放到耳边:"骂够了?歇会儿吧,妈我真是佩服你,你们戏曲演员中气都这么足的吗?""你什么意思?知道我上不了台了还提演员,存心刺激我是吗?我为什么上不了台唱不了戏,还不是因为生了你,我十月怀胎,生完你再回去什么戏都没了你知道吗?""行了,我知道了,这些话你说了太多遍,我都能背下来了。我来说点不一样的吧,妈,你知道我爸为什么离家对吧?"

电话那端突然就沉默了。这个沉默的到来和时长都不在叶至清的预料中,她以为又会是一波铺天盖地的声浪袭击。不过很快她就明白了,这是问到了关键。

"你找到你爸了?"好一会儿后母亲才说话。

"你先回答我,你知道的,对吗?"叶至清并不松口。她打这个电话就是想确认父亲离开的原因。她终于不再是别人说什么就信什么的孩子了,发生了这么多事情后,她早就有了她的判断。

"我不知道,我哪里知道他那种人的想法?"

"好,那我们不说他了,说说你吧。你还好吧?和男朋友相处得还顺利吗?那天我看得不仔细,不过看上去倒感觉还不错,比我爸帅。"

"你……"电话那头又是一阵沉默。

所谓杀人诛心,她们母女开始朝对方最痛的地方捅刀子,一刀不够,还要再拔出来,眼看鲜血顺着刀片滴答、滴答地流淌,然后猛地再插进去,深深地捅进身体最深处。

"妈,什么年代了,我支持你,反正我爸也不在家十年了,从法律上来说,你们早就是事实离婚了。你能找到心仪的另一半,我祝福你,真的。"她说的不全是反话。没有爱只有痛的婚姻,本就该解脱得越早越好。这些年,她夹在没爱的父母之间,只感到尴尬和被撕扯。她像是拔河绳中间的红线,一旦偏向一方,另一方总要想办法用力拽回。不过她虽然支持父母离婚,但总觉得是母亲有错在先,母亲和那个男人之间没那么简单。那天她看到他们之间的肢体语言,不是刚在一起不久的热恋,而是认识多年相濡以沫的老夫老妻。那也是她渴望的父母之间应有的样子。开门的瞬间,她甚至有点恍惚,以为和母亲一起坐在沙发上说话的人是父亲。可是怎么可能呢？即使父亲在家的时候，他们两人也没有过这么轻松愉悦地交谈。那个看起来和父亲差不多年纪的男人，无论在外形上还是气质上都比父亲优秀太多。这才是母亲喜欢的类型吧。

"你，真的这么想？"过了好久，久到叶至清以为母亲挂断了电话时，母亲才缓缓地说出这句话。

"当然，不过我觉得你至少应该先跟我说一声，我也是有知情权的对吧？再说了，社会上什么人都有，妈你又保养得这么好，万一被骗了呢？你跟我说说我还可以给你把关呢。"叶至清透过玻璃窗看着街边来往不多的路人和车辆，一个熟悉的骑电瓶车的身影经过，"吱"的一声刹车，随后停在了木玻璃门后边。

"不需要，我又不是小孩，倒是你……"

"妈，我不是不相信你，是你不知道时代的变化，好多男人就爱挑风韵犹存且不差钱的女人下手。"叶至清紧张地握着电话，眼睛紧盯着门外的动静。魏欢已经回来了，母亲还没说是否知道父亲离开的原因。她的大脑高速运转，也不管那么多了，想到什么就说什么。

"哎哟，你怎么这样子讲话，太难听了，他不是那样的人。"

"那是哪样的人？你很了解他吗？他是做什么的？有房吗？存款多少？"

"怎么不了解？我跟你讲，他是我最了解的人，也是最了解我的人。他比我有钱多了，这你就不用担心了。"

"这么肯定啊？"

"当然，他是海归，从美国回来的，你晓得哇。再说，我们认识多少年了，比你年纪还大呢……"母亲突然停住了。

叶至清明白了。这时魏欢拎着食材进来了，叶至清按了结束键，挂断电话，走上前接过魏欢手里的袋子。

有答案了。

这一整天,叶至清都魂不守舍,一直在想母亲说的那句"比你年纪还大"。那就是不止二十六年。据她所知,父母结婚的时间也就二十七八年。可见那个男人甚至比父亲还要先认识母亲。一出青梅竹马被迫分手的情感大戏在叶至清的脑海中上演。这对情侣也许是被棒打鸳鸯,也许是时代的牺牲品。母亲不是说那个男人从美国回来的吗,"竹马"执意出国,"青梅"却不肯同去,年轻气盛的两人因此吵翻,"竹马"一走了之,留下"青梅"独自怀念他们那段美好的情感。"青梅"心灰意冷之时认识了一个憨厚老实的男人,借机报复也好,心如死灰也罢,总之很快就和那个男人结婚了。叶至清记得,她外公退休前也是杭州饭店的厨师,父亲正是外公的徒弟。小时候,外公在的时候,每次吃饭喝多了都会夸父亲,顺带夸自己眼光好,给女儿觅得佳婿。但是没人能取代"竹马"在"青梅"心中的地位,那个远走美国的人永远是母亲心里的白月光。在父母十几年的婚姻中,父亲一定知道母亲心中一直爱着别人。他们之所以还维系着这段婚姻,绝大部分原因在于叶至清,小部分原因在于母亲只是在心里默默挂念那个人,父亲即使知道也无可奈何。事情的转折应该出现在那个人回国了,母亲和他联系上了,父亲碰巧知道了。最后是十年前的某一天,父母之间的冲突爆发了,他们大吵一架,父亲一气之下离家出走。

这就是叶至清父母之间的故事,也是父亲离家出走的原因。整个故事在叶至清的脑袋里一点点地被拼凑起来,梳理情节并顺着时间一点点向前推进,直到拼出了整个真相。

店里的人声,后厨的炒菜锅铲声,各种声音汇聚在一起,嗡嗡嗡地响在叶至清耳畔。她感到自己从现实中抽离,只有像是来自天外的声音在耳边响起。

"上菜。"

"上菜嘞,清清姐。"

方洋叫了两遍,叶至清才缓慢地转过头。她看向方洋,他的嘴巴一动一动,似乎在说话,但她怎么也听不清。忽然有人在背后拍了她一下,叶至清的身体像棉花做成的娃娃向前晃了晃,回头看到是毛毛。"清清姐,你咋了?"这时她才听清,仿佛刚才一直置身水底,所有的声音都被水阻隔,她终于要换气,猛地浮出水面,看到了毛毛惊讶的脸,听到了毛毛关切的声音。

"你今天咋了?"

"没什么,可能就是有点累,我去端菜了。"

叶至清拿起盘子就要出去,方洋在她身后说:"看清楚嘞,莫要再上错咯。"

"嗯,我会注意的。"因为满脑子都在想父母的事情,她今天竟然上错菜了。

这种话通常都是魏欢说的。但是今天不知怎么,他也郁郁寡欢,兴致不高,连叶至清进后厨拿菜都没有回头,更别说嘱咐她注意了。

方洋看了看身边的魏欢,又透过玻璃看了看外面的叶至清,眼神在他们俩之间徘徊了一圈。"欢哥,你莫不是和清清姐吵架了吧?难道,你们分手了?"

"你要是嫌事情不多,就把那些菜都一根根洗了、择了。"魏欢瞥了他一眼,手里的锅铲用力地碰撞炒锅,发出清脆的声响。

方洋知道自己多事说错了话,立刻闭嘴。

这一天,心不在焉的除了叶至清,还有魏欢。写小黑板时,魏欢只告诉她今日推荐油苔全素餐,并没有像往常那样耐心地给她解释。而叶至清也在想着自己的事情,根本没留心魏欢说的是什么,想当然地在黑板上写了"油条"两个字,要不是毛毛来的时候看到了,等被顾客看到真是要闹出大笑话。叶至清不明所以,不知道魏欢说的是什么"油苔",毛毛解释说是一种野菜,具体哪个字,她也不会写。直到魏欢出来,告诉了她正确的写法。

"油苔是我们这的叫法,学名叫小巢菜,也叫野豌豆、野蚕豆。它最出名的俗称是元修菜,很多人没吃过这个菜,但因为苏轼,都知道这个名字。"

"巢菜啊,我知道,浙江也有,它还有另一个很好听的名字——薇,《诗经》里的《采薇》采的就是巢菜。"

这本是个很好的话题。他们各自提供了关于小巢菜的美好称呼,但没将它进行到底。魏欢点了点头回后厨了,叶至清一边在小黑板上画叶子,一边想着父母的事,也没注意到魏欢的反常。

没人知道为什么今日随园小馆主打吃素。一些路过的顾客看到门口的小黑板,念出全素餐三个字后直接摇摇头走了。也有奔着每日推荐菜而来的顾客,但是看到全素两个字,也失望地离开了。只有老客、熟客没有被黑板上的字吓退,他们知道随园小馆老板的特点,虽有每日推荐,但不等于不做别的,可是今天他们却失望了,老板魏欢竟将推荐进行到底,小店全天只供素食。

或许是因为这个原因,店里今日的生意相对冷清了不少。随园小馆像是和它的老板有感应似的,它感知到老板的情绪不高,不想让他那么忙,干脆就让客人少些。

午场最忙碌时的客流也没有平日刚开门时的多。一个光头老大爷这时出现在门口,没等毛毛、叶至清上前打招呼,他径直走到了常坐的一人位坐下。叶至清正在收拾餐具,毛毛过去给他点菜,她一下子就认出了这颗光溜溜的、没有一根头发,甚至连毛孔都看不见的脑袋。

"您好久没来了嚷。"

"前段时间出去了,一回来就来你们店儿吃饭咯,生意越来越好了,还新雇了个服务员。"老大爷注意到在后厨忙进忙出的叶至清。

"她可不是一般的服务员,算是我们店儿的宣传总监,还是……"毛毛虽然笑得意味深长,但没有把后面的话说完。她可不像方洋,有些事并不适合被外人到处宣扬,即使说也要由当事人自己宣布。这些日子和叶至清相处下来,毛毛越发地喜欢她、佩服她,她让毛毛羡慕的大城市女生的样子有了具象化的表现,有钱有颜,还有自己的生活。当有一天毛毛小心翼翼地问叶至清为什么帮自己成为网红时,叶至清先是坦承她有她的私心,但如果通过她的能力帮助毛毛实现梦想,她会觉得来小城这一趟更有价值,她的人生也会因帮助毛毛有了新的意义。叶至清说:"女性要互助,Girls help Girls。"这是毛毛第一次听到这句话,她牢牢记住了它。

"您今天还是吃推荐菜?"

"嗯,好久没吃油苕了。以前山上到处都是,但是没得啥人吃,现在想吃到一次难咯。今天这个全素餐,都有哪些做法?"

"清炒一道、汤一道,主食是苕菜馒头。"

"好,就点这个。"

毛毛给老大爷点好菜,去后厨喊:"全素餐一份,都要。"和后厨一窗之隔的一人食位子就是这点好,只要仰起头,就能把后厨里的一切看得格外真切。毛毛撕下单子贴到墙上,方洋拿完单子一路拣掇配菜,有的交到魏欢的灶前,有的放到他自己那边。

光头老大爷看到魏欢站在灶前忙得全神贯注的样子,心中感到一阵宽慰,"欢娃子,出息咯"。

没一会儿,叶至清端着木制餐盘走到老大爷跟前,将整个餐盘放在桌上。棕色木餐盘上放着粗陶制成的碗和盘子,一份清炒苕菜、一份苕菜汤、一个苕菜馒头。木色和粗陶做底,绿色的苕菜是主角,黄白色中夹杂着菜叶的馒头是配角。猛地一看,还以为是寺庙里的斋饭。接着吃上一口,感觉更像了。老大爷舀了一勺汤,几朵零星的油花漂在上面,喝一口便能尝出是清水做汤,上面滴了点麻油。再夹一筷子青菜,入口就知是菜油炒的,没加一点猪油。

很多饭店的炒菜之所以比家常做法的好吃,主要就是因为放了猪油。尤其各种青菜,虽然不少饭店将它们称为"素炒",但多半用的是猪油。今天魏欢这道"清炒油苔"却是货真价实的素炒。为了增添香气,他特意一早去竹湾菜市买新榨的菜籽油。菜籽油油点较高,老大爷一抬头看到魏欢在烟雾中专注地颠勺,那个侧脸,越看越像魏欢的父亲。

老大爷很快就吃完了,菜、汤一滴不剩,连装馒头的碗里都没有渣渣。他低头在手机上输入付款金额时,魏欢走了出来,坐在他旁边空着的座位上。

这会午场营业时间也要结束了,店里没什么客人,方洋在做他们四人的午饭,一边炒菜,一边埋怨魏欢,好端端地非做什么全素餐。

魏欢的手挡在老大爷要付款的手机上,一个数字五已经写在屏幕上。

"刘叔,今天这顿就算了。"

"我晓得。欢娃子你有心噢,今天特意全做了素菜。"

"你这么关照我的生意,每次来吃饭都付这个数,心意我都收到了,今天真的不用了。"

"唉。"老大爷习惯性地摸了一把自己的光头,他的手上有很多条疤痕,有的深,有的浅,有的歪七扭八,像虫子似的布满他的双手。"你妈还好吗?"

"她挺好的。"

"一直在山上?"

"最近在山下,她风湿犯了,老毛病了,山下暖和且干燥些。"

"唉,也好也好。欢娃子,那些钱你莫要见怪。"

"我晓得的刘叔。"

"好嘛好嘛。你这个店儿现在名气不小哦,我在成都总听人讲起。"

"成都的叔叔伯伯都还好?"

"好、好,他们也是怕你伤心,怕你不高兴,一直不敢来打扰你,要不早就来捧你的场了,老兄弟几个一起在你这吃点喝点。"

"刘叔,我这个店儿戒纵酒。"他指了指墙上的字。

"唉,我晓得我晓得。"光头刘叔有些尴尬。"那什么,你忙,我先走了。"

"我送送你。"魏欢跟着光头刘叔起身,两人一前一后走到门口,"刘叔。"魏欢叫了他一声。

"诶……"

"以后莫要给那么多钱了,你来吃饭我随时欢迎,我请你吃。"

"我……"

"感谢你还记得今天,记得我爸。但是过去的事都过去了,我早就不在意了,真的。"

"欢娃子。"光头刘叔有点哽咽,"你现在这么能干,叔叔们都为你高兴。回吧,回去休息一会儿。"

"刘叔慢走。"魏欢看着光头刘叔一步步离开,才转身进店里。

一整天,魏欢和叶至清像两个散发低气压的气团中心,一直延续到晚上打烊。收拾的时候,魏欢对今天表示抱歉,因为做素菜带来的损失全算他一人头上,不会影响他们的工资。毛毛和方洋都想说点什么,但又不知说什么好。魏欢还让毛毛在她的账号上代他跟客人

11 元修菜

们道歉,再说明明天恢复正常。毛毛热情地应承下来,但又不知再说什么,然后和方洋两人识趣地先走了,店里就只剩魏欢和叶至清。

叶至清知道魏欢心情不好,正要打算先走时魏欢叫住了她:"一起走吧。"

魏欢没有直接把叶至清送到小区门口,而是载她来到她带他去的那家烧烤摊。烤串还没上来,魏欢已经先喝了两杯啤酒,准备喝第三杯时,叶至清拿走了他的酒杯。

"少喝点。"

"嗯。"魏欢应了一声,没再喝酒,也没再说话。

"你想说吗?想说我就听着,不想说咱们就安静地吃点喝点。"

"对不起,我知道你今天心情也不好。"

"不过你看起来心情更不好。"

"今天是我爸的忌日。"

"今天?"叶至清想到今天的日期,"5月12号?你爸爸他?"

"是的,就是这个时间,就是你想的那个原因。"

"天啊。"叶至清没再说什么,把酒杯还给魏欢。

魏欢倒了满满的一杯啤酒,然后洒到了地上。

烧烤摊的生意随着天气变热变得更好,炉子上始终摆满了正在烤制的串串,香味顺着风的方向飘走。老板娘一会儿给这桌上菜,一会儿去那桌结账。八张塑料桌坐满了客人,还有在等位的,也有等着打包带走的。周围人们的说话声、嬉笑声伴着老板娘的声音,在魏欢和叶至清的耳边响着。

"都十五年了,我早就适应了,我也不知道今年怎么就想起用做素菜的方式纪念他。"

老板娘这时把他们的串端来,叶至清却只是看着魏欢不动,魏欢拿起一串放到她面前的塑料盘里,"吃嘛,我没事,"叶至清还是不动,魏欢只好拿起一串先吃,"那我先吃咯。"

"欢哥。"叶至清忽然有好多话想对他说,但一时又不知道该先说什么,只好低低柔柔地唤了他一声。

"诶。"他回应,"我真的没事,过去十五年了,你看我现在不也活得好好的?"

"那,你妈妈还好吗?"

"她也还好,不过她选了另一种方式生活。我和你说过,我和你父亲是在寺庙后厨里认识的,就是因为我妈在庙里。我爸去世后,她就信佛了,我去成都后,她就去了峨眉山成了俗家弟子。"

"原来是这样啊。"叶至清恍然大悟,不仅是对魏欢的母亲,也是对她父亲。

"对了,或许就是因为你。"

"因为我?"

"你来找父亲,让我想起了那年在庙里和他做斋饭的事情,或许就是因为这个,我才想到今天做素菜。"他说着笑了起来,只是嘴角轻轻上扬的微笑,但是叶至清看得出他的心情在转好。

"你第一次用这种方式纪念吗?"

"是的。"

"那你得感谢我,是我启发了你,想到用一种不一样的方式。"她也跟着笑了。

魏欢看到她笑起来的酒窝,看得出她也从一天的坏情绪中走了出来:"谢谢你,"他举杯,"谢谢叶小姐的启发,我先干了。"

"你能不能别叫我叶小姐,小姐这个词在今天可是别的意思。"

"对不起,那叫叶女士?"

"叶女士也不行,听起来我像会员,你像店员。"

"那叫什么?感谢叶至清的启发?听起来很没诚意。"

"那就叫清清咯。毛毛和方洋都这么叫我,你怎么就开不了口?"叶至清撸了一串,白了魏欢一眼。

"这,不一样吧,他们叫的是清清姐。"

"你也叫清清姐噻,来,快叫。"她来了兴致,只要是在逗他的事情上,她总是显得格外开心。

"不行,我们俩谁大还不一定呢。"

"比比就知道咯。"她拿起桌上的竹签子,"十五年前你多大?"

"十二。"

"十二,"她重复了一遍,"那今年你就是二十七,我……"她抬头看他,眼里写着惊诧和尴尬。

他读懂了她眼里的意思,笑着露出了两排整齐的白牙:"看来这声清清姐你是听不到了。"

"你。"她假装生气把签子扔到一旁,马上又笑了,"不好意思,我已经听到了,你刚刚说了,哈哈哈!"

他们在这一天的最后都笑了,笑得像孩子一样。

他们都喝了酒,于是魏欢推着电瓶车和她一起走在回家的路上。小街边的路灯将他们的影子拉长,投到了地上。知了已经开始声声鸣唱,还没入夏,但是小城已经到处散发着夏日的气息。叶至清看着他们的影子,缓缓开口:"今天那个光头大叔是熟客吗?"

"嗯,不仅是熟客,还是我爸以前的同事,我爸回来开店前,一直在成都的饭店工作。"

"难怪,他看你的样子充满了慈爱。"

"嗯。"魏欢并不想继续谈和刘叔关系的话题,"你别看他没头发,但可是高手呢!"

"哪方面的?"

"他有个外号,刘五刀,只要摆上他的五把刀,不管是西瓜还是豆腐,都能雕出花,撩子叻!"

"这么厉害?!欢哥有机会带我见识见识嚜?"她歪着头看他。

这双小鹿般的圆眼又恢复了往日的神采。些许路灯的光芒映在她的眼眸里,还有夏日夜晚的树影,以及天上的点点星光。魏欢看着看着,不禁有些沉迷。叶至清的到来固然是场意外,可更意外的是,他被这双眼睛迷住,不能自拔。

他们渐渐地走到了她的小区门口,叶至清挥手对他告别,魏欢站着不动,等她的身影一如往常消失在夜晚中。

叶至清刚走到门口,听到身后响起一句"清清",那是魏欢的声音。她有些不受控制地猛地回头,看向他:"怎么了?"

"没什么,"魏欢还是站在原地,对她笑了笑,"早点休息。"他其实想说的不是这个,但是语言停滞了,空有脑袋在运转。

"嗯,你也是。晚安,欢哥。"她进门前对他说。跨进小区门时,有个声音从她心底冒头,一点点放大,"说清清晚安,叫清清……"那个声音还没说完,身后的那句"晚安,清清"已经响起。

叶至清连转身时都带着压不住的笑容,就这样一路笑着,小跑着扑到了魏欢的怀里。

寻味江湖

唐安薏米白如玉,汉嘉栮脯美胜肉。大巢初生蚕正浴,小巢渐老麦米熟。龙鹤作羹香出釜,木鱼瀹蒫子盈腹。未论索饼与饡饭,撒爱红糟并焦粥。东来坐阅七寒暑,未尝举箸忘吾蜀。何时一饱与子同,更煎土茗浮甘菊。——南宋·陆游《冬夜与溥庵主说川食戏作》

夏天到来的时候,毛毛在网上做起了直播。直播间里的人数不多,除了一些粉丝就是她现实生活中的几个朋友。毛毛的直播时间固定在每晚七点,这正是随园小馆晚场忙碌的时候。于是有人好奇,问她:"是不做服务员了吗?"一条评论发出,接下来的弹幕纷纷跟上,有问她是转行做主播了吗,有问她服务员的日常视频是不更新了吗。毛毛有点无奈,放假的事也不是她说了算。她告诉大家,只是店里最近放假自己才有时间直播,过几天开门了她还会继续做服务员,继续更新视频。接着大家又问:"为什么放假?我记得你们店儿全年无休。"有知道原因的人发弹幕说:"我看到了门上贴了闭店几日的纸条。"毛毛看到这条笑着说:"对,我们老板在门上贴了纸条。"她重复了一遍上面的内容:酸甜苦辣咸,吃的不是味道而是人生。老板外出巡游,闭店七天,还请大家多多包涵。七日后恢复营业,继续为大家奉上美味。弹幕又说"你们老板不是一向工作狂不休息吗、想不到你们老板这么文艺、老板来我这里我带你游、老板一个人去的吗……"毛毛笑得不行,欲言又止几番后,神秘兮兮地说:"不晓得说出来我们老板会不会开了我,哈哈哈,不过我今天忍不住了,算是直播福利吧,家人们、宝宝们,人数到三千我就公开这个秘密!"毛毛说完,弹幕都在刷"等我、我去摇人、不行了我最受不了有瓜听不到我去拉十个人进来"。毛毛笑看着大家的话,没一会儿,直播间人数就真的到了三千。毛毛信守诺言,假装清了清嗓子说:"这可是我们店儿开店以来最大的秘密,直播间里的宝宝们有福了哈哈,我们老板当然不是一个人去的,他带着女朋友一起去的!"一时间弹幕满天飞,毛毛的眼睛完全跟不上发弹幕的速度,甚至有人因为听到了八卦还给毛毛刷了礼物。毛毛一边笑着表示感谢,一边拿另一个手机给叶至清发消息。

"清清姐,我这样说欢哥不会生气吧?"

很快,另一边的叶至清就回了她:"不会,他又不上网,不会知道的。"

没有叶至清的授意,毛毛当然不会这样公开他们谈恋爱的事。事实上,这是叶至清走前和毛毛商量好的营销思路。闭店七天,看似损失的是账面上的数字,其实更多的是顾客对随园小馆的信任。这点他们都懂,但魏欢觉得既然要出去就不能避免损失,鱼和熊掌不可兼得。叶至清却不这样想,如果可以,她都要。原本她打算开一个随园小馆的视频账号,怎奈魏欢死活不肯出镜,直拍店里又会和毛毛的视频内容冲突。于是这个想法就这么搁置了,直到魏欢要带叶至清出去。叶至清告诉毛毛,她的账号就是随园小馆唯一的网络宣传途径,既要让上网刷视频的客人知道他们闭店七天,又要尽量扩大声势,保证七天后开门的客流只多不少。毛毛听完手拍得像只进行表演的海豹,要不说她怎么佩服叶至清呢,在大城市 mcn 公司工作过的就是不一样。直播后的第二天,毛毛一如叶至清告诉她的那样,把账号名字改成"毛毛在休假,随园小馆六天后照常营业",之后每过一天再依次换成五天、四天、三天、两天、明天。

当然,魏欢并不知道这些。叶至清也不想让他知道。如果说父母之间失败的婚姻教会了她什么,那一定是没有人可以改变另一个人。父亲不会因为母亲不喜欢他在厨房工作就丢掉厨师这个职业,母亲也不会因为父亲不懂越剧就不再热爱她追寻了一生的梦想。父亲没有因为母亲喜欢越剧而爱屋及乌,母亲也没有尝试理解并接受父亲的工作。所以叶至清根本不想改变魏欢。他不爱上网那就随他，他不愿意做视频账号那就再想别的办法。他们本就那么不同，出身不同、成长环境不同、人生经历不同，连最初的相遇都是因为不同和分歧碰撞出的火花。就是因为这些不同，他们才一点点走进彼此。就是因为这些不同，才造就了他们这段缘分。叶至清没有和魏欢说过这些，但她想，在这一点上，他一定和她一样，因为他们最大的相同就是都想珍惜这段缘分。

此时魏欢和叶至清正坐在眉州的街头，三苏祠墙外的石凳上。夜晚的三苏祠没有了白天的喧嚣，竹林从灰瓦墙中探出头来，在路灯的照射下影影绰绰。

到了四川叶至清才知道竹子原来可以长得这样粗壮，这样茂密。江南不缺竹林，杭州的竹子也随处可见，但都不及四川的这样高、这样密。

"我终于知道为什么四川是大熊猫的故乡了。"

"为什么？"

"因为这些竹子啊。"她指了指身后那些探出头的竹子，"它们长得又高又粗，还那么多，大熊猫当然喜欢这里了。"

"杭州的竹子不多吗？"

"多，但是没这么多，你看这里的竹子多粗啊，大熊猫在这里吃一根就够了，那在杭州得吃三根。"

"也是。"魏欢不知道想到什么，笑了，"你喜欢大熊猫？"

"喜欢呀，国宝谁不喜欢。"

"我就不喜欢。"

"啊，为什么？"

"因为我见过它们拉屎的模样。"

"咦，你好恶心。"叶至清皱着眉拍了魏欢一下。

"真的,我小时候去动物园看熊猫,它们就躺在那,一边吃一边拉,嘴里是翠绿色的竹子,拉出的是淡黄色的植物纤维。"

"好了,你够了,太恶心了!"

"对嘛,就是很恶心,所以我后来一直不怎么喜欢熊猫。"

"好吧,看在它们给你留下童年阴影的份上,我就原谅你吧。"叶至清挠了挠腿,她裙子没有盖住的小腿上鼓起一个又一个红色的蚊子包。

"走吧,蚊子太多了。"

"奇怪,为什么蚊子只叮我?"

"因为你好吃。"魏欢笑着,手里牵着她的手。

"你这算恭维我?"叶至清也笑着,被他牵住的手在他手心里掐了一下。

他们说着笑着,沿着三苏祠的外墙渐渐走远。和叶至清在一起后,魏欢的话多了很多,不过也仅限和她在一起时,在店里、旁人面前,他还是那样不爱说话,只有对她,他才愿意把整个心里的想法一股脑地倒出来说给她听。

在距离那坛荔枝酒的开封时间还有不到一个月的时候,那晚打烊后,魏欢问叶至清想好了没有。叶至清明白,他是问有没有准备好和他一起去峨眉山。她近来感到很奇怪,当她知道了父亲现在可能生活的地方、当魏欢对她知无不言时,她却不想找父亲了。反倒是魏欢,他曾经害怕她找到了父亲就要离开小城、离开他。但是他并没有因此搪塞她和欺骗她。反而在察觉到她的退缩时,他说:"不管你最终离开还是留下,我都会记得你在我身边的日子。"叶至清听完哭得稀里哗啦,嘴上埋怨他说得像生离死别,心里却是满满的感动。魏欢就像荔枝,外皮是粗糙的,内心却是莹白的,她一点点剥开,放在嘴里,感受到从口到心的甜蜜。她不想去找父亲又何尝不是对他的不舍。她不知道去了峨眉山后,不管有没有见到父亲,接下来的她该何去何从。她感到了一种没有过的恐慌,具体不是某一件事,而是所有的事情混杂在一起。总之,她很怕去峨眉山顶的那座寺庙。她怕那里没有父亲,怕父亲把她忘了,怕父亲的回答不是她想要的,怕她要离开小城,离开魏欢……所有对未知应有的恐惧她都有。等了十年的答案终于要揭晓,她却没那么想知道了,既是临阵脱逃,又是突然反悔,也或许因为她觉得自己已经找到了答案。如果父亲离开是为了逃避和母亲的失败婚姻,那她应该理解他。她已经过了恨意满满的阶段。来到小城后,每每想起父亲,她都只是想起童年、少年时父亲给她的父爱,再没有想起那十年间的怨恨。曾经网络上有个话题一度很火,叶至清也关注了——"孩子是不是很容易就忘记父母对他们的伤害?"叶至清不知道自己算不算。十年里,她有意地不去触碰父亲这个关键词,不去想和父亲、和四川有关的事情,她尽力地压制自己心底渴望寻找的冲动,用逃避来解决这一切。可是心中的恨意没有减退,尤其在面对母亲时,说不清她们母女是谁滋长了谁的恨,总之她们一起谈论起父亲时都是那样的恨。但是到了小城后,那道伤口竟然在无形中慢慢地愈合。现在任凭叶至清怎么回忆,她都想不起这十年间的怨恨,反而随着对那些细枝末节越想越多,她越发同情和理解父亲。但她只是这样想父亲。对母亲,更多的是她说不上来的复杂情绪。她感到自己似乎从未理解过母亲。当然,母亲也不见得欢迎她。于是,母女二人在推拒中渐行渐远,哪怕她们一直在一起生活。最后,叶至清发现,对她来说,是否容易忘掉取决于父母用多少爱来交换。母亲也许并不是不爱她,但她可能更爱她自己。

叶至清决定动身和魏欢去峨眉山,还是因为那一天的推荐菜——东坡肉。在写小黑板的时候,她想起了杭州的东坡肉,于是问魏欢东坡肉到底是浙菜还是川菜。魏欢说川菜中归属地争议最大的两道菜，一道是宫保鸡丁，另一道便是东坡肉。宫保鸡丁来源于清代名臣丁宝桢和其家厨的发明，他扬名于山东上任期间，所以山东人认为宫保鸡丁是鲁菜；但是丁宝桢是贵州人，他的这道鸡丁的做法吸收了贵州菜的特色，所以贵州人又认为宫保鸡丁是贵州菜；他晚年在四川上任，又把这道鸡丁带到了四川，结合四川本地的一些做法，又形成了四川风味的宫保鸡丁。相较于前两种做法，今天更广为流传的做法还是四川风味的。"那东坡肉呢？"叶至清又问。其实和宫保鸡丁归属地争议的原因很像，魏欢接着说。苏轼一生在多地做官，他在被贬到黄州（现湖北省黄冈市）时，境遇艰苦，看到当地猪肉很便宜，于是按照家乡眉州（现四川省眉山市）做猪肉的方法烧制来吃。所以，自然"东坡肉"属于眉州，属于川菜。后来苏轼在杭州任太守时，因为主持修建"苏堤"受到百姓的爱戴，人们纷纷送肉送酒表示感谢。苏轼推脱不过便让家厨把猪肉切成每块二两的方块，再和酒一起送到堤坝上给工人们吃。但是家厨会错了意，把酒放进肉里一起烧制，阴差阳错成了一道美味。所以，"东坡肉"自然属于杭州，属于浙菜。叶至清听完沉默了好一会儿，原来美食背后的故事往往比食物本身更吸引人。她说，所以川菜的东坡肉做法和浙菜的不一样，但他们都叫东坡肉。魏欢点了点头，表示可以这么理解。随后他又说，中国饮食文化博大精深，天南海北，五湖四海，没有哪个菜系全是自己原创，川菜的形成离不开辣椒，更离不开湖广填四川，所以川菜一直吸收着全国各地饮食文化中的精髓，东西南北中、酸甜苦辣咸，只要适合川人的口味，适合蜀中的生活，那它就是川菜。

那天叶至清在吃到魏欢做的东坡肉时，又一次尝到了熟悉的味道，这个东坡肉也是父亲曾做过的味道。魏欢看着她睁圆了的眼睛，知道她尝出了味道，他告诉她，这是他改良后的川菜东坡肉，吸取了浙菜的做法，之所以这么做还是因为她的父亲。叶至清不禁好奇到底父亲跟魏欢说了多少，以至她像在开盲盒，时不时就会从魏欢身上挖到宝贝。晚上他们走在回家的路上，魏欢断断续续地跟叶至清诉说着他开随园小馆的初衷，他自嘲地笑着说恐怕自己是为数不多带着梦想开店的人。而叶至清在这一刻突然发现，自己并没有那么了解魏欢。他的不爱说话、他的老套的生活习惯，其实都在指向一个目标——他的梦想。而她的呢？她的梦想又在哪呢？她想起了小时候的梦想，那时她和他一样有着成为厨师的梦，怎奈这个梦还没发芽就被母亲掐断了。后来，她因为喜欢美食成了探店博主，但那只是工作而不是梦想。或许，这并不是一个适合有梦想的时代，可正是因为这样，魏欢和他的梦想才显得珍贵。在魏欢和他的梦想面前，叶至清觉得她又找回了从前那种动力和那份勇气。然后她对他说："魏欢，带我去吧，带我去峨眉山，我想看看我爸是不是还在那里。"

他们就这样踏上了旅程。说是旅程，是因为没有直奔峨眉山。叶至清想在上峨眉山之前，先去四川各地转转。那里对她太重要了，正因为重要，所以才这么小心翼翼，不能贸然接近。她已经没有当时一路跟着魏欢的勇气了，所谓不知者不畏，知道得越多，她越退缩。这正和魏欢的想法不谋而合。如果让魏欢选择，他不会舍得放她走，但他没得可选。他只是不在她面前表露出任何不满、不舍，强装镇定罢了。有时他会觉得他们之间的这段感情就好像冬日里下的一场雪，太阳出来就化了，什么都消失不见。可他又无力改变。从他对那双眼睛沉迷开始，对她心动的那一刻开始，用怀抱稳稳地接住她那一刻开始，这一切注定是这个结果。所以他私心地想在她上峨眉山前、离开前，再多拥有她一段时间。哪怕关店几天少挣点钱，他都在所不惜。他多么希望大雪化后，地上不是干干净净，起码还留有痕迹。

这段旅行对叶至清来说是新鲜的,是未知的。她把全部行程交给魏欢决定,他带她去哪,她就去哪。

第一站,魏欢带叶至清去了眉州。他们吃了苏轼故乡的东坡肉和东坡肘子,还有各种各样的其他东坡菜式。足有一斤多的东坡肘子端上来时还冒着热气,魏欢告诉叶至清,眉州的东坡肘子首要讲究的就是够烫,这也是很多川菜的讲究。东坡肘子形整不散,肉皮散发着红润油亮的光,浸在泛红的汤汁里,看得叶至清再也按捺不住,用筷子挑开一个口,只见哗啦一下,软酥的皮肉直接流到了盘中。魏欢用汤匙连皮带肉挖起一勺,放到叶至清的碗里。嫩弹的皮脂连带着红色的嫩肉,真正是入口即化,皮软烂、肉酥嫩。魏欢看着叶至清吃得满足,又告诉她,眉山东坡肘子好吃的第二点是要保证肉质酥而不柴,外皮入口即化。叶至清吃得满意又满足,嘴里嚼着肉还不忘点头附和说道,就是这种口感。等她吃好了,魏欢舀起盘中的汁水,让她看颜色,告诉她眉州东坡肘子讲究的第三点就是这个汤汁。叶至清拿过汤匙,用舌尖舔了一小口,咂咂嘴,总体是咸鲜口味,略微有点回甜,有红油,但是辣度不呛。是这些吗?她品完之后问他。基本都对了,魏欢点点头接着她的话说,其实眉州东坡肘子很讲究五味调和,看似简单的咸鲜口背后还有甜、辣和酸,重要的是这个辣,不仅仅是豆瓣的辣、二荆条的辣,还有姜的辣。四川人自古就善用姜,以前说川人好辛辣指的就是姜的运用,所以那时姜又叫蜀姜。

一道东坡肘子的背后不仅蕴含着川菜的调味门道,还藏着蜀地的历史与文化。

叶至清想,她好像在慢慢明白父亲为什么选择四川,选择峨眉山。如果只是想找个寺庙一心向佛,浙江的普陀山也是不错的选择。可他不远千里入蜀、上峨眉山,除了和母亲之间的问题,也许父亲还将川菜考虑在内。她隐约记得父亲曾经提过,在某次全国厨师交流大会上,他和川菜同行很聊得来,在他们身上,父亲看到了和浙菜完全不同的烹饪风格和文化。就像今日吃的这道东坡肘子,同以东坡为名,川菜与浙菜,一个西南一个东南,都做出了不同的人生况味。

想着想着叶至清就笑了。

"人生真的很有趣。"她同他说。

"你指的是什么?"魏欢问道。

"你看陆游是浙江人,但来了四川后一辈子都忘不了,回到浙江写了很多怀念四川和川菜的作品。苏轼呢,又是四川人,但他在杭州的名气一直延续到今天,西湖十景里苏堤春晓可是排第一的。"

"所以呢?"

"所以,我觉得我好像在走古人走过的路,浙江人来到了四川,然后被这里的美食吸引,再也忘不了。"

"可是陆游后来走了。"他闷闷地回了一句。

"嗯,我知道。"她嘴上这么说着,手却拉起了他的手,"我不是陆游,不会写诗。"她的嘴角挂着俏皮的微笑。

沿着奔腾的岷江,从眉山出发一路向东南,就可到达岷江汇入长江的第一个城市——被誉为"万里长江第一城"的宜宾。这是他们的第二站。选择宜宾,是因为叶至清喜欢吃烧烤。在四川省内,有五大烧烤流派,分别是乐山、峨眉、石棉、西昌和宜宾。五大流派各有各的特色,如乐山的"一腌二炸三烤",石棉的烧烤结合了汉、彝、藏等民族的风味,宜宾的把把烧形式,等。其中,叶至清在小城那家烧烤摊吃到的就是宜宾风味。在这座岷江和金沙江一同汇入长江的城市,叶至清感受到了四川的另一面。四川多条江水交织,好几座城市都有至少两条江穿城而过,各个城市都形成了自己独特的江景。当叶至清站在龙头山顶看着三江口时,她感受到一种和水多的江南截然不同的感觉。它们一个是动态,一个是静态。难怪四川人豪爽热情,面对这样滔滔不绝的滚滚江水,柔情细语显然是不合时宜的。

夜晚,他们在一家开在铁路附近的烧烤店吃把把烧。说是店,环境却不比小城的那家烧烤摊好多少。简易的塑料招牌,门口搭着老式红蓝白相间的塑料布,座位是最简单的塑料椅,桌子是随时可以挪动的折叠桌。营业时,它们围着小店、挨着铁轨分别摆开。一旁是不时呼啸而过的火车,一旁是烧烤店终不停歇的人间烟火。别说叶至清,魏欢这个四川人也没有过一边看火车一边吃烧烤的体验。而最特别的体验还是吃宜宾的生拌牛肉。世人皆知广东人喜欢生腌,原来在内陆西南,宜宾人早将牛肉的生吃做到了极致。只取牛身上最嫩的部分,剔去筋,切成片,裹满香菜,蘸着带有芥末的料汁,一口下去,嫩滑无比,毫无生肉的腥膻,只有如三文鱼一般的奶油口感,绵绵稠稠回荡在口腔。吃第一口时,叶至清鼓足了勇气,秉承着来都来了的心理,咬牙吃了一口。却不知吃完第一口,接着的是第二口、第三口,最后一盘的生拌牛肉都被她吃了,魏欢只吃到两筷子。不过她吃得惯生拌牛肉,却还是无福消受云贵川人民最爱的折耳根。宜宾的烤豆腐必须放上折耳根,有的店是把根部切成小丁均匀地撒在豆腐上,有的店是只取叶子铺在上面。无论是根还是叶,叶至清这次真的只是吃了一块,就把它们全部拨到盘子的一角,让它们离豆腐远远的。

到了宜宾,叶至清才知道这里是五粮液的生产基地。她掰着两只手数四川的名酒品牌,最后得出结论,她听说过的酒除了茅台基本上都在四川。

"你要是对白酒感兴趣,我可以带你去一个专门酿酒的地方。"

"哪里?五粮液厂可以参观?"

"不是,一个小镇,神奇的小镇。"他们站在桥上,看着长江水一路奔腾向前,"如果我们是鱼,可以这样一路沿着长江游过去。"

"我们不是鱼也可以沿着长江过去啊,坐船就行啦。"

"不行,从宜宾到那里没开通客轮。"

"你去过吗?我还没在长江上坐过船呢。"

"我也没去过,但一直很想去。"

"去那里是你之前计划好的吗?"

"不是,我根本没想起来,看你对白酒感兴趣,才突然想起。反正也要沿江向前,不如绕路去看看。"

最后,他们坐上了前往泸州的高铁。高铁上,她又一次问他小镇的名称。

"现在可以告诉我了吗?都快到泸州了。"

"二郎。"

"什么?"

"那个地方叫二郎。"

"这是什么奇怪的名字,"叶至清笑了起来,有时候她觉得自己像个小孩一样无聊,就喜欢那些没有营养的谐音梗,她笑个不停,"你说它隔壁的镇子是不是叫大郎?哈哈哈。"

魏欢有些无奈地看着叶至清笑个不停的样子:"我不知道。"

"好吧,这个梗真的烂透了,可我真的很喜欢。"

"嗯,你喜欢就好。"魏欢温柔地抚了抚她笑乱了的头发。

叶至清揽住他的一只胳膊,把头枕在他的肩上,止住了笑。

坐高铁到了泸州后,他们遇到了旅行以来最波折的一段路程。

二郎镇是一座千年小镇,早在先秦时属于夜郎国,以前叫二郎滩,得名倒与"大郎"无关,而是源于赤水河边的二郎神庙。今天,二郎镇隶属于泸州市古蔺县,位于四川南部,与贵州省遵义市的习水县接壤。一条赤水河分开了四川与贵州,河岸以西是四川,河岸以东是贵州。国酒茅台所在的仁怀市就在二郎镇的东南边,两个白酒生产重地就这样隔江相望。

如果只是赤水,倒也还好。殊不知,古蔺与习水的另外一边全是上亿年的喀斯特地貌,而二郎正是建在这山腰上。

一边是水,一边是山,足见二郎镇的交通不便。他们先坐车到古蔺,再从古蔺坐车到二郎。随着离目的地越来越近,山势也越发陡峭。公路沿着山脉盘旋成一道道弯,终于忍过这扭成麻花的盘山路,二郎镇到了。

叶至清下车后想呼吸新鲜空气,却发现空气中四处弥漫着白酒的味道。她皱了皱眉,惊叹:"在这待久了会不会醉啊?"

二郎镇正是这样的地方。据记载,先秦时的夜郎人已会酿酒。汉代时,夜郎酿的"枸酱酒"作为贡品献给汉武帝,武帝饮后大加赞赏。二郎人将酿酒技术一代传一代,直至今天,整个小镇大大小小的白酒厂不计其数,沿着赤水河依次铺开。镇上到处是郎酒酒厂的窖房和酒罐,甚至连山坡上的公路上都铺着不锈钢制成的输酒管道,从空中看去,绿色山包中缠着反光的管道和酒罐,在远山、赤水、房屋的反衬下,颇有种"赛博朋克"的感觉。

叶至清和魏欢都被眼前的景象迷住了,有震惊,也有意想不到。在这样山水相围的地方,竟然有一座以产郎酒闻名的小镇。

一边是茅台,一边是郎酒,它们以赤水"分水而治"。叶至清想到了什么又笑了。

"我觉得赤水不应该叫赤水。"

"那叫什么?"

"白酒河,你看它多厉害呀,两岸全是知名的白酒产地。"

魏欢知道她又犯小孩子毛病,笑着说:"还记得你酿荔枝酒时问我买什么白酒吗?"

"记得呀,你报了好多白酒牌子呢。"

"现在你知道为啥子我说让你随便买吧。"

叶至清点了点头。她向来不懂白酒,现在才知道,原来四川不仅是美食大省,也是白酒大省。

到了晚上吃饭时,他们向当地人问起酿酒的事情。

所谓靠山吃山、靠水吃水,二郎人靠的就是这个糅合了气候与地理优势的绝佳酿酒胜地。赤水河是公认的美酒河,因其水源优质,酸碱度适中,溶解氧丰富,富含三十多种有益于人体健康的矿物质和微量元素,是酿酒的绝佳水源。

叶至清得意地冲魏欢挑了挑眉,她胡乱给赤水河起的名字竟歪打正着。接着他们又听当地人讲了关于二郎人酿酒的传说。说是过去在这里生活着一对爱人,二郎和茅妹。怎奈当时生活条件太差,二郎为把茅妹娶回家费尽心思。最后茅妹去求了神女,神女教二郎开山修道、对付豺狼,教茅妹怎么酿酒。两人分头工作,一个修路,一个酿酒。茅妹为了不让反对她和二郎在一起的家人知道,就把酒缸藏在山上的天宝洞、地宝洞,却不知阴差阳错,酿出了绝世好酒。原来,天宝洞、地宝洞都是喀斯特地貌的溶洞,天然溶洞常年温凉,微生物藏在空气中,附着在酒缸上缓慢生长。时间长了,酒缸上生着一层厚厚的苔。后来二郎与茅妹顺利结婚,茅妹用酿好的酒招待乡亲们,甚至还把酿酒的秘方告诉了大家。在茅妹的帮助下,二郎人渐渐都过上了好日子。为了感谢二郎,他们把酿好的酒叫郎酒。

听完这个故事,叶至清咂了咂嘴,心想这也太扯了。她接着听到,现在国酒茅台、郎酒、习酒、泸州老窖,都采用这种古老的方式酿酒。故事虽是故事,但现实中正是因为这样的某次意外,才造出了美酒佳酿。

走在夜晚的二郎,空气中的酒味依旧,那种野高粱发酵后的味道似乎渗进了小镇的每一个物件、每一寸土地中。

叶至清滴酒未沾,却感到有些醉了。她趴在魏欢的肩头,似醒非醒,感到一种梦境般的不真切。

从泸州沿江北上,他们来到了倒数第二站——成都。

作为拥有千年历史的"天府之国",成都汇聚了绝大多数川菜菜品,并吸收了各地川菜的精华。在现代传统川菜定型的民国时期,成都一直都是各地川菜、各派大厨的必争之地。百余年间,无数的餐馆在成都城拔地而起,有的经历了几十年的兴衰至今还是蓉城的招牌,有的红极一时后消失在了历史的长河中。成都,以其独特的城市文化和魅力,既吸引了省内人来打拼定居,也吸引了大量游客。

魏欢在成都学习三年、工作一年,对这里谈不上很了解,却也有一种说不上来的情感。其实要不是和叶至清一道,他恐怕不会轻易再来。故地重游,总会让他想起那些和父亲有关的人与事。

叶至清不知道魏欢的想法,嚷嚷着让他带路去寻好吃的小馆子。

他带她去的第一家,是他在成都烹饪学校学习时常去的一家担担面店,还差点没找到地方。不过五年时间,小店已经搬离了魏欢当时去的地方。魏欢想问问周围的店主,叶至清拦住他,拿出手机,要来店名直接搜索,才知道老板已经把店扩大,开在了繁华的人民路上。叶至清按照导航找到了面馆,魏欢一路跟着她沉默不语。

"魏老板,至于嚜,我不过是动用了高科技而已,你不要耍大男子主义哟。"她以为他被驳了面子不高兴了。

"没有,哪里的事嘛。我只是在想,要不要把店也在这里申请一个号,这样的确很方便。"

"哇噻,魏老板,欢哥,啷个就想通咯?"她现在四川话学得有模有样。

"你这个样子说话,有点四川幺妹儿的味道。"魏欢也跟着她笑了。

"好嘛,晓得变通还有得救,那我可以问问你为啥子那么讨厌上网?"这是叶至清一直想问但又不太敢问的问题。

"其实也不是讨厌,就是不喜欢。我觉得网络太大咯,自己很渺小,搞不定那些事情。我只晓得做菜,啥子宣传、营销我都不太会。"

"那你现在为啥子改变主意了?"

"可能因为遇到了你吧。"

"哦。"面对魏欢这么突然冒出来的一句,反倒让叶至清有点不好意思地抿着嘴偷笑。

担担面做得很快。后厨的几个大锅里一直翻腾着热水,每个锅边架着四个不锈钢漏勺,新鲜劲道的面条跟着沸水滚动。另一边的炉子上还煨着高汤,一碗碗调味料摆在收银台边的台子上,后厨出来一碗面,料台后面加料的人手速极快地在红油、花椒面儿、葱花、酱油、醋、盐、胡椒上飞过。魏欢跟叶至清说以前加料的是老板自己,一个没什么表情的中年男人。叶至清看到现在加料的却是个年纪不大的女生。

走出面馆,魏欢才跟叶至清说,这家店的味道大不如前了,灵魂的牛肉臊子好像缺了一味调料。叶至清抬头看这家有两层楼的担担面馆,硕大的招牌竖在一楼和二楼中间的外墙上,上门的客人始终不断,看得出生意足够兴隆。但她明白魏欢说的意思,有些小吃店一旦生意做大,味道难免会有些走样,新客人吃不出不同,但是老客更怀念以前的味道。说到底,吃的是味,是滋味,更是回味。

晚上的时候,魏欢原本想带叶至清去吃成都有名的金丝面。但她在网上查了查,没什么兴趣,反而在刷到魏欢以前工作的萃华园时来了兴致。

魏欢没有马上答应她。他沉默的时候,她已经甩着他的胳膊说:"你带我去呗。"他没有理由拒绝她。那些他、他父亲和萃华园厨师们之间的往事已经过去。如今距魏欢离开都过去了五年,也许后厨里早就是另一拨人了,谁还会记得魏欢的父亲和当年那点子旧事儿呢?

作为成都鼎鼎有名的川菜店,加上"一代儒厨"黄晋临的名头,萃华园的生意一直很好。两人位等得不算久,不到半小时,服务员就领着他们进店入座了。

今日再走进萃华园,魏欢感到它变了却也没变。

叶至清很开心,每上一道菜她都是"手机先吃",给菜品拍照。这趟旅行不仅拓宽了她的视野,更丰富了她的个人账号。不少粉丝每天"蹲点"等着叶至清的旅途随拍,有风景,有美食,有途中偶遇的有趣事物,也有夜晚时他们走在路上的影子。

他们点了一道最贵的也是萃华园特色的樟茶鸭子,这是当年"一代儒厨"黄晋临的秘制,传到今天已经九十多年,没人知道这个味道和当年的比究竟如何,但人们吃的就是这个名字。魏欢夹了一筷子,他吃出来了,这是陈师父的手艺。

一时间,魏欢不知是悲是喜。

至味人间

细雨斜风作晓寒,淡烟疏柳媚晴滩。入淮清洛渐漫漫。雪沫乳花浮午盏,蓼茸蒿笋试春盘。人间有味是清欢。——北宋·苏轼《浣溪沙》

　　少不入蜀,老不出川。

　　从成都到了峨眉山后,叶至清心里一直念叨着这句话。四川真的是个太有魅力的地方。如果父亲因此而选择留下,她想她会理解他。

　　乘坐缆车前往峨眉山金顶时,透过四周透明的玻璃,可以将下面的山景浏览个大概。若干树木组成了不同的绿色,枝丫环绕,此起彼伏,层层叠叠。

　　叶至清和魏欢坐在缆车上,看着下面弯曲的山道,谁都没有说话,想着各自的心事。

　　这趟上峨眉山,叶至清比自己想的平静,虽然她不知道前方等她的是一番什么景象,也许父亲就在这里,也许不在。总之在谜底揭晓前,她反倒平静了。

　　到了金顶,便看到了那座足有四十八米高,通身镏金、全铜制作而成的十方普贤菩萨圣像。巨大的铜制佛像在阳光的照耀下熠熠生光,真正的佛光普照。叶至清迎着光仰头注视这高高的圣像,竟瞬间脑袋空空,什么都想不起了。无数的信徒、朝圣者绕着佛像朝拜,空气中弥漫着佛香,时不时传来的铜磬声空灵缥缈,一声声回旋在上空,好久才慢慢消散。

　　就这么看着,叶至清不觉呆了、迷了,忘却了周遭,忘却了自身。她感到某种不知名的力量在驱使她平静,驱使她忘却。

　　也不知过了多久,可能也就是一小会儿,但是遨游在太虚中的叶至清觉得像是过了一世。

"走吧。"魏欢叫她。

"嗯。"她跟在他身后。

他带她沿着缆车来时的路向山下走。常言上山容易下山难,但叶至清此番下山时并没有感到疲累。某种气体充斥在她的身体里,某种念头回响在她的脑袋里。这一路她走得飘飘然,双脚在实实在在地接触山体,一步一个脚印,她却以为自己走在云上,直到跟他走到半山腰之上的另一间寺庙。这里的游客、香客比金顶处少了很多。此时已经下午,很多游人都在向山下赶,并不多做停留。叶至清什么都没想就跟着魏欢进了庙。魏欢和一个迎面而来的僧人说明来意,听到魏欢是居士的子女,僧人十分和善地带他们去了偏殿后面的一个院子。

这时走进这个院子,叶至清想要的答案就算真正揭晓了。

正是庙里吃晚饭的时间,木门已打开,一排排长条的木桌、木椅整齐地阵列在室内。一些居士模样的人把装有菜、饭、汤的保温桶搬进来,抬到一张单独放置的木桌上。叶至清踌躇地站在门口,一时竟不知先踏哪只脚。她就这样站在门口扫视了一圈,无论是穿着僧服的僧人,还是穿着居士服的俗家弟子,他们当中都没有父亲。魏欢一直在一旁观察她的反应,看到她皱了皱眉,然后用委屈、伤心的眼神看向他。

"没有吗?"

叶至清摇了摇头。先前所有的平静,包括魏欢刻意带她先去金顶看十方普贤菩萨圣像带来的震撼和平静,都在这一刻化为乌有。

他察觉到她似乎马上要哭了,便赶紧跑去找一个刚端完菜的居士询问。他们聊了好一会儿,魏欢的手不停变换手势,一会儿比画身高,一会儿比画胖瘦,好像还摆出了年龄。但一直站在门口的叶至清终究没哭。她不是没想过这个结果,在或不在对现在的她还有那么重要吗？难过是一定的，失落也是有的。但她跟自己说，不要哭，没什么可哭的。

魏欢问完了之后也学着居士的样子双手合十表示感谢。他迎着她的目光走到她身边，浅浅的笑挂在嘴边，不像是为了安慰她装出来的。

"一个好消息，一个坏消息。"

"又是这套，"她看着他浅笑的嘴唇也跟着笑了，起码还有好消息，"先听好消息。"

"咦？为啥子不先听坏消息？"

"坏消息一定是我爸不在这里。"

"叶居士的女儿真是聪慧。"他学着居士的模样逗她开心。不知从什么时候起，魏欢会说一些俏皮话、学一些动作逗她笑。

"那你说说好消息吧。"

"我跟那个居士说，当年我和你父亲在这里做过斋饭，他问我你父亲叫什么，其实我不记得了，大概也是叫什么居士吧。我就说你父亲叫叶居士。还好那个居士在峨眉山修行多年，真的认识你父亲，他们前几年一起礼佛做过功课。他说你父亲前年起就不在山上修行了，和好几个居士一起下了山，在山下的禅院修行。"

"你知道是哪个禅院吗？"

"这就是我说的好消息，你父亲在的那个禅院也是我母亲现在在的那个。"

"啊？！"叶至清实在没想到，原来第一次和最后一次竟然重合了。没想到她那次冒冒失失地跟在他身后来了峨眉山，原来歪打正着，父亲真的在这里。

"你怎么这么激动？你猜到了？"

"我……"叶至清都忘了，这个秘密她还没告诉过他，"我告诉你,但你不要生气。"

"我为啥子生气?"

"我那天一直偷偷跟着你来着,从你家楼下一直到峨眉山那个小街的路口。"叶至清把那天一路跟着他的过程原原本本地讲给他听。

"这样啊。"魏欢的确没有一点生气的样子,听完后反而还摸了摸她的头,"清清真厉害,有做侦探的潜质,我被你跟了一路,竟一点没察觉。"

"我……我就是觉得你肯定知道我爸在哪,才擅自做主跟踪你的,你不要怪我噻。"

"我不怪你,真的。我只是在想,难怪你那天那么生气地踹门。辛苦跟我了一天,却没找到父亲,所以回去后就想去店里找我撒气。"

"差不多是这么个意思吧,但我不知道你在店里。"

"还好我在,要不以你那天的力气,能把门踹坏。"他们说着说着,已经离开那间寺庙好一会儿了,不知不觉地就走到了山上的第一个缆车点,"你去了那个院子?"

"嗯,你走了之后,我去敲门了,一个矮个子女人开的门,就是她说没有叫叶重山的,我很难过,所以那晚在店里我不敢直接问你认不认识叶重山,我怕一天之内失望两次。"

"哦,那是我妈。"

"什么?那个人就是阿姨啊?"

"对,我那天关店就是去看她。她那阵子有点不舒服,我买了药给她送去。"

叶至清有点后悔,那天她冒冒失失的,不知道是不是在他母亲面前留下了糟糕的印象。

"今天晚了,明天咱们一早去。既然已经去过一次,就更没什么可担心的了。"

"嗯。"说着他们坐进了一辆缆车。

下山的景象和上山时完全不同，尤其是远处的天，同样是蓝色苍穹，一个好像蓝得大大方方，一个却是蓝得小心翼翼，像随时都会掺入落日的颜色。

魏欢看着远方的天说："清清，要是我一开始直接告诉你就好了，这样你就不用这么折腾了，也省掉了好些麻烦。"

"不。"她突然语气有些严肃，圆圆的眼睛无比认真地看着他，"你要是一开始就告诉我，那我早就走了，哪还会待到今天？"她的头搭在他的肩上，明明是撒娇，但语气又是真挚的、诚恳的。

"佛门重地，这位女施主请自重。"他不着痕迹地躲开了，气得她拍了他一下。小小的缆车里只有他们的欢笑声。

第二天一早，魏欢就和叶至清去了山下的那间禅院。

他们住在与禅院相隔一条主街的民宿里。或许是应和峨眉山的特色，这间民宿的风格也是禅意十足，一花一草看似随意地点缀在角落，其实都是来自佛经中的典故。叶至清第一次在一个无比寂静的地方醒来，没有轰鸣的汽车声、喧闹的人声、手机视频声，这里就像另一个世界。推窗向外看去，没有车来车往，没有或快或慢的行人，甚至主街上都没有几个人，只有空气中淡淡的烟火香气。

他们在民宿吃早点时，叶至清好奇地问老板，这里的人是不是一直很少？老板笑着说，本地人不多，但信徒、香客多，游客更多，只是现在这个时间信众们在庙里，游客们则在来的路上。

从民宿出发，走路七八分钟，就到了老板说的信众们所在的地方，也就是他们要去的禅院。

这是峨眉山脚下最大的禅院，始建于明代，后毁于战火，清代翻新重建，二十世纪中下叶再度被毁。进入新世纪后，禅院在当地政府的关照下又一次重建。有了现代高科技，设计师们根据明代寺庙的风格和历史记载做了复原图。有复原图做参照，建成后的禅院无论是大小还是样貌，都堪称百分百还原，仿佛就是当年的那座。

早晨的禅院里已经响起了诵经声。在一间间大殿里，黄色的蒲团上跪着虔诚的信众，有的对着佛像低头闭眼念诵，有的横着跪成一排，在前方的师父的带领下读经。魏欢的母亲就在其中一间殿里读经，个子矮矮的她跪在人群中更不显眼了。站在殿外等着的叶至清却觉得此时魏欢的母亲身上散发着一种奇异的、平和的气场，和周围信众们的混在一起，形成一股似烟非烟、似丝非丝的不明气体，飘到殿外的叶至清跟前。木鱼声间或响起，一下下、一声声传进叶至清的耳朵里。这是和在金顶上仰视十方普贤菩萨圣像时完全不同的感觉，没有瞬间的震撼和大脑放空，但一声声缠绕进她的脑袋里、意识里。

叶至清就这么听着、看着，不知什么时候信徒们纷纷起身退离大殿，魏欢母亲已经走到他们身边，面上挂着平和慈善的笑："等久了吧？"他们忙说没有。叶至清不知道魏欢怎么想，她是真觉得没有多长时间，甚至还有点回味。

"想不到你是叶居士的女儿。"魏欢母亲带他们走到偏殿边的小路，"那次你来我就觉得看着眼熟，没想到你问的那个名字竟是叶居士的全名，真是不好意思。"

"哪里哪里，是我太莽撞了。阿姨，谢谢您，要不是您，我可能真的找不到我爸。"

"我和叶居士之前在山上读经学佛，前年的时候一起从山上下来，我是因为风湿病腿疼，他好像是因为这间禅院的食堂需要帮手。不过老实讲，我好像也很久没遇到他了。"

说着他们走到了禅院的食堂。这里因是新修的，所以厨房也和山上的不同，是一排贴着白瓷砖的现代钢筋水泥房。

叶至清听到魏欢母亲说很久没遇到父亲，心里也没多想。这间禅院着实不小，父亲一直在后厨帮忙，做功课的时间估计也和魏欢母亲的不同，见不到也是正常的。

这次她跟着魏欢和他母亲进了食堂。这里的内部装修和山上的也不同，虽然都是木桌木椅，但设施相对新了很多。魏欢母亲见人就双手合十，她先和一个僧人说了几句，又和一个与她穿着一样衣服的居士说了几句，然后又去后厨不知道和谁聊了一会儿。这时叶至清才感到不对劲。按理说，父亲在这里帮忙，要么在干活，要么在诵经做功课，或者在休息，怎么需要问这么多人呢？

魏欢母亲从后厨出来，面色有些复杂。叶至清从她的表情中已经猜到了，她父亲不在这里。

"没想到叶居士不在这里。"魏欢母亲犹豫了一下，还是说了实话。

"没关系的，阿姨，谢谢您，不在就算了，他可能都不在四川了。一个人要是不想被找到，总是很容易的。"她不自觉地说了泄气的话。她先是跟着魏欢来到峨眉山，接着又去了山顶寺庙的后厨，再跟着到了这座禅院。事不过三，她已经找了三个地方，既然这些地方都没父亲，说明他们父女无缘，说明父亲不想见她。

叶至清这么想着，对魏欢母亲鞠了一躬。魏欢母亲双手合十，对她还了个礼："别灰心，他还在四川的。我刚才打听了一下，叶居士大概是去年冬天离开的，听知道的师兄说，他在商业街那里开了个素面馆。"

魏欢母亲后面又说了些什么，叶至清没注意听。她现在脑袋空空如也，这和在金顶上的感觉不同，那时她虽然感到脑袋空空，但心灵像被指引到了一个地方，而此刻，她的大脑和内心都是空的。

她累了。

他们原计划今晚返回小城,下午回店里收拾收拾,明天开门营业,现在却还要再去找那家面馆,万一去了又跑空呢？她不想再想了。这一路找下来,叶至清的信心一点点消失。她在这件事情上本就犹豫不决,终于鼓起了一次勇气来到了四川,又在魏欢的鼓励下来到了峨眉山,答案却总是一步之遥。像是进度条完成了百分之九十九,只差百分之一,而就因为这百分之一的希望,她跑了一个地方又一个地方,却发现前方还有一个百分之一……她已经不知道再去哪里寻找勇气了。况且,如果父亲真的在这里开了面馆,以后还可以找机会再来。

魏欢叫了她几声,叶至清才听到。不知道何时他们已经离开了禅院,正站在门口的街上。

"清清,我们走吧,从这打车去商业街也就十几分钟。"

"魏欢。"她抬头看他。

那双圆圆的眼睛里没有往日亮晶晶的光芒,没有说说笑笑时的神采,也没有想达到目的时小鹿般委屈的眼神。"不去了,我累了。"

"可……"魏欢还想说点什么,但叶至清已经走了。

他追上她："我觉得这次不会错了,商业街离这里不远,不会耽误我们晚上回去。"他以为她是担心返程的时间。

"魏欢,没错我也不想去了。要是他真的开了面馆,我以后再来就是了。"

这次轮到魏欢失望了。他以为自己是她寻找父亲的见证人。她从他做的菜里尝出她父亲做的味道,从他这里知道了她父亲在峨眉山,他又带着她这一路奔波。可他一直没忘,她并不属于这里。她只是因为寻找父亲来到小城、来到他身边,也许不远的某天,她会像突然到来那样突然就走了,他却没能和她一起见证最后的结果。

"我……"魏欢不知该怎么表达,"也好,以后有时间你再来找他。"

"你不陪我一起来吗?"

魏欢一脸苦笑:"清清,我……"他轻轻地叹了口气,话到嘴边怎么也说不出口。

叶至清却突然反应过来了。关店几天对魏欢和随园小馆来说都是不小的损失,她知道他从来都只是在春节才休息几天,这趟为了她却一连歇业七天。她又怎能自私地用一句"以后再来"浪费他这几天的心血呢?

"咱们打车去吧。"

"高铁站吗?"

"不是去商业街的面馆吗?"

"清清,你……"

"走吧。"

"等下,把你的手机拿出来。"

"干吗?"

"打开那个程序。"

"哪个程序?"

"查饭店的那个。"

叶至清瞬间懂了。她打开程序,先把定位确定在峨眉山,然后在搜索栏里输入"素面"两个字,页面显示包含素面名字和食物的店一共二十几家。

"这也太多了。"

"别着急嘛,大不了一个个看。"

魏欢的话倒是提醒了她。叶至清又找到区域一览,排在第一的热门地点就是商业街,接着页面显示含有素面的店减少到七家。"你看,这就少了很多。"

他们看到手机屏上显示的七家面馆。他们把这七家店的名字一一读了一遍,看到其中一家时,店名让叶至清感到心脏被猛地一击——无鱼素面。这家店叫无鱼素面。

"再看看店铺的照片,也许会有人把老板拍进去。"魏欢不知道叶至清已经锁定了无鱼素面,还想通过照片再找。

"不用了,就是这家。"

"无鱼素面?"魏欢惊讶地看着叶至清问。

"嗯,这是我爸开的。"

"清清,没找到我们可以再找,别这么急着确定。"魏欢以为她因为找父亲心切,所以胡乱指了一家。

"是真的。"叶至清也看着魏欢,她的眼睛里总算恢复了点光彩,但难掩疲惫的神色,"我没和你说过我名字的由来吧,我爸起的。他二十岁从萧山老家到杭州打工,从杭州饭店的一个洗碗工慢慢做到了浙菜副主厨。我出生那年,正是他事业开始起步的时候。我长大后问过他为什么给我起这个名字,他说'水至清则无鱼',如果可以,他希望我一辈子做个至清的人。"

水至清则无鱼。至清,无鱼。魏欢也明白了。

峨眉山的商业街建得颇有特色。古色古香的仿古建筑群,连楼房外墙都刷上了相应的红色边框,远看像是一个整体。

无鱼素面正是开在那栋刷了红框的楼房的一楼。那一排的门面,开着各种各样的饭店,以麻辣风味的川菜居多,素面馆只这一家。

叶至清和魏欢坐在对面街边的公交站台,正好可以看到"无鱼素面"四个字。竖着的白底黑字灯箱,门帘和招牌都不人,躲在一堆挂着红色招牌的川菜馆中并不显眼。

明明可以直接进店,但是叶至清又退缩了。太阳逐渐接近一天中的最高点,峨眉市区不同于山上,可谓骄阳似火,在外面坐一会儿就热得浑身冒汗。魏欢的T恤湿透了,汗水像在他身上画了个地图。可叶至清像感觉不到似的,她手脚冰凉,连汗都是冰凉的。

"清清。"魏欢唤了她一声,左手握住她放在膝盖上的右手,又冰凉又湿滑。

"嗯。"

"我给你讲个故事吧。"他知道她紧张,她浑身上下连呼吸都是急促的。

"好啊,我最爱听故事了。"她对他微笑。

可魏欢看得出,这是她强挤出来的笑容。

"我讲得不好,你别介意。"

"哪会呀,快讲。"

"好。"魏欢停顿了一下,"其实也不是故事,是我爸的事。"

"啊?你父亲不是十五年前去世了吗?"

"是,我讲的是他生前的事,也是我从萃华园辞职回来开店的事。"

"那你为什么辞职?"

"五年前,忙完春节最忙的那些天后我休了几天假,去峨眉山上看我妈。就是我昨天带你去的那个庙,就是在那里帮忙做斋饭时认识的你父亲。我和我妈说想留在萃华园,跟在陈师父身边学习。他对我很好,当年又和我父亲一起跟着钱绍武大师父学厨,算是同门师兄弟,他说等他退了让我接替他头灶的位置。那时我觉得前途一片光明,就跟我妈说了。哪里晓得我妈先是沉默了很久,然后跟我说了我父亲离开萃华园的原因……"

萃华园,论起源可以追溯到民国年间黄晋临开创的"黄派川菜"。

二十世纪八十年代,萃华园初建,掌勺的大师傅就是黄派第三代弟子钱绍武。魏欢的父亲当年就是跟在钱师父身后学厨,慢慢从厨工干到三灶、二灶。那时和魏欢父亲一起跟随钱师父学厨的共有七人,按照传统学厨的讲究,他们七人共同拜钱师父为师,是为同门师兄弟。一直到魏欢父亲升为二灶,他们七人中排行老大的先退了休,老三去了其他饭店,其余五人一直在萃华园工作。师兄弟五人一起坐镇萃华园,是为当时蓉城的一段佳话,也令萃华园一桌难求。怎奈变故就发生在这个时候。那天晚上临关门时,老五和老七干了一天活,累得不行,就着拌菜花生米喝起了小酒,越喝越兴奋,越兴奋喝得越多,最后竟抽起了烟。一喝一抽倒也不要紧,可是两人却醉醺醺地走了。半夜后厨火警响起,是没熄灭的烟头引燃了垃圾,触发了自动灭火装置,整个后厨到处是水,一些干货食材全部报废。第二天,魏欢父亲赶到时,就被总厨、经理一顿骂。当时作为头灶的老二正准备退休,到了后厨后也被骂了一顿。后厨安全不是小事,出了事故必须有人负责。按照级别大小,头灶自然要担起这个责任。可是老二面露难色,他跟魏欢父亲说:"我马上就退了,让我担责任,不晓得要扣多少退休金。"老五和老七是当事人,理应由他们自己负责,但是他们两人又先后找到魏欢父亲,一个长吁短叹,一个直接哭着跪在他面前。原来老五、老七那天之所以喝酒,是因为老五老婆意外怀孕,查出是男孩,想要留下这个孩子就要付一大笔罚款。老五在留孩子和交罚款之间纠结,很是郁闷,正好那天老七没走,两人就聊了起来,聊着聊着就喝上了。老七最年轻,可是兄弟几人都知道他是最难的,快三十了还没结婚,就因家里太穷,好不容易挣点钱,全供家里的弟妹上学了。老四明哲保身,从头到尾没露过面。最后,这个责任就落到了魏欢父亲头上。他背了"锅",辞了职,带着妻儿回了小城。

"我爸和他那些师兄弟之间的事,我一直不知道。小时候,我只知道爸妈开了个小饭馆,我爸每天在后厨炒菜,那个油烟机效果很差,我爸就这样在油烟中炒菜。他从来没提过在成都的事情,我妈也什么都没说过。后来,我爸意外去世,我妈把店儿关了,带我去了机床厂那边,开了个小吃摊儿卖夫妻肺片。夫妻肺片的料头很重要,配方是我爸留下来的,我妈每天在厨房里炸红油,一直到我要去成都上学。她开始是不同意的,我问她为啥子,她也不说。我那时觉得她不说原因,就是不让我去,心里跟她起了横。不过我妈最后还是同意了。我在成都烹饪学校学习时,老师们对我都很关照。我以为是我听话不闹事儿,老师们才格外关照我。其实不是,是他们知道我爸,知道我爸是黄派第四代传人。不过这都是后来我去了萃华园,知道了我爸是陈师傅的师兄,才反应过来的。毕业时,萃华园来我们学校招生,竞争还挺激烈的,没想到我竟然被录取了。点头要我的就是萃华园的陈师傅,也就是我爸的四师弟。他对我也很照顾,也就是这时候我知道了我爸以前竟然是萃华园的厨师,还是钱绍武大师父的徒弟。我在萃华园工作得很开心、很顺利。直到那次上山,我妈跟我说了我爸离开的原因。"

叶至清听着魏欢讲述他的往事,眼睛一刻不离对面的无鱼素面,甚至恍惚间好像看到一个身穿白色厨师服的人在门口迎来送往。

"所以阿姨觉得老四,也就是陈师傅这个人人品不可靠,不希望你待在他身边?"

"嗯。我也不是不理解,但觉得只是学厨,又不是学做人,不至于因为我爸离开我也要跟着离开。我妈看说不过我,又跟我说了我爸去世的原因。"

"叔叔不是因为那次意外离世的吗?"叶至清有些吃惊。

"我也这么想。我只知道意外发生的前一天,我爸去了汶川,然后第二天就出了事。我一直当他命不好,遇上了。但我妈跟我说,我爸去汶川是有原因的。他去汶川,还是因为他的师兄弟。其实我爸离开萃华园,他的师兄弟们一直很愧疚,尤其是就要退休的二师伯,当事人五师叔和七师叔,还有已经离开萃华园的三师叔。你见过他的。"

"谁?"

"那个光头,刘五刀。"

"他啊。"

"嗯,他因为刀工一流被锦江饭店高薪挖走了。其实他们师兄弟七人中,他和我爸关系最好,他知道我爸离开萃华园时气得不行,直接找到其他几人,说什么也要凑一笔钱给我爸。后来这笔钱由二师伯出面给了我爸,名义上说是饭店给的补偿。我爸出事前几天,刘叔来找过他,意思是希望兄弟几个聚聚,把当年的恩怨解了。刘叔为了让我爸同意,特意在汶川的一家饭店订了一个包间。"

"为什么是汶川?"

"刘叔是汶川人,我爸最喜欢吃汶川老腊肉。"

"这……"叶至清也不知道说什么好了。命运就是这么神奇,就像她来到了四川,来到了小城,又和他来到了峨眉山,并排坐在公交车站。

"那天他们师兄弟六人都去了,具体不知道聊的什么,反正大家都喝了很多酒,我爸就在汶川住了一晚。刘叔因为家在汶川,工作在成都,第二天一早就去了成都。"

"刘叔运气太好了吧!"

"是呀。我爸酒量一直不太好,他只要一喝酒,第二天就要睡个天昏地暗。"

"我明白了!"叶至清突然想到了什么,"难怪店里的墙上贴着戒纵酒,和你父亲有关呀!"

"嗯,你说得对头。就因为他喝酒,把命喝进去了。那天他一直在宾馆睡觉,直到下午出事。"

"啊!其他几人怎么不叫他?"

"其实七师叔也因那次意外离开人世了,五师叔虽然人还在,但少了一条腿,二师伯因为身体不好没喝酒,第二天一早就和刘叔一起回成都了。"

"那老四呢?老四不在吗?"

"在,巧的是他和我爸住一间宾馆,但他没事,人好好的,我爸却去世了。"

"这……这是为什么?"

"我也不知道,我妈也不知道。刘叔可能知道,也可能不知道,但就算知道他也不会告诉我的。"

"是的,要是跟你说了,你肯定会去找老四问清楚的。"

"我妈把这些事告诉我之后,我就都明白了。回到成都我就辞职了,陈师父说什么我也没同意。我想过很多很多种可能,但不管哪一种,我爸他一定会把生的机会让给别人,而让自己埋在废墟下。"

"欢哥。"叶至清紧紧回握住魏欢的手,他的手和她的一样全是汗水,又冰又潮。她感到他的手在微微发抖,他的嘴唇也在颤抖,连睫毛都在发颤,一根根抖个不停。他的眼睛里闪着光,在阳光的照射下散发出让人心疼的亮。

"我没事噻。"他把她的手放在自己的另一只手上,两手紧紧握住,"所以清清,你明白吗?你还有父亲,他就在对面的那个店里,而我的父亲,已经在那些废墟里十几年了。"

"欢哥,你不要说了,我明白,我全都明白。"说着她竟然比他哭得还厉害,大颗大颗的泪珠从脸上滑落,"我现在就去。"

"不行。"他拽住她。

"怎么了？"

"擦干了再去。"他替她拭去了脸上的泪水,"好了,我在这里等你。"

"嗯,你等我。"

"等你。"

等路上没有来往车辆的时候,她一溜烟跑到了对面,打开了无鱼素面的木玻璃门。魏欢这才发现,这扇门怎么那么像随园小馆。

仲夏时节,小城热得像随时会化掉。人们能躲在空调房里绝不出门。在最热的中午和午后时分,外面只有巨大的知了叫声,知了知了,像是夏日里最好的午睡安眠曲。

叶至清酿的那坛荔枝酒也到了开封的时候。

晚上结束营业后,方洋和毛毛已经先走了,魏欢小心翼翼地把玻璃坛子从木架子上抱下来,叶至清在一旁迫不及待地打开封口。她同他说过,她要喝到第一口荔枝酒。

"我先喝,这是我酿的。"

"那我喝第二杯可以吧？"

"好好,分你一杯。"

他们一人一小杯,品尝叶至清来到随园小馆后做的第一样食物。

从峨眉山回来后,魏欢开始教叶至清做菜,从最基本的配料头开始,什么菜适合什么做法,什么菜适合调什么味儿。现在叶至清已经可以熟练地制作他们的员工餐了,她和方洋分工,一个一、三、五,一个二、四、六,周日那天叫炸鸡、比萨、螺蛳粉等外卖食品换换口味。不用说,这肯定是叶至清提议的。方洋和毛毛再想也不敢说,何况他们知道说了也没用。

"好喝吧？"叶至清觉得自己第一次做的荔枝酒还不错。荔枝酒是和杨梅酒完全不同的风味,杨梅酒的酸是摆在明面上的,荔枝酒的酸是藏起来的。

"甜了点,糖放多了。"

"数你事儿多,拿来,不给喝了。"叶至清把坛子盖盖好。

魏欢心领神会地把坛子放回木架上,然后他们关了店门,魏欢送叶至清走路回家。

到她小区门口时,魏欢明显有话要说,但支支吾吾半天也没开口。

"说吧,要说啥子?"

"那个,清清,你记得你说过要喝第一口荔枝酒吗?"

"记得呀,我今天不都喝了?"

"不是,还有,你说你喝完第一口荔枝酒,就再……"

"什么啊?又就又再的,我到底说啥子了吗?"

"嗨,没啥子,你快进去吧,太热了。"他站着不动看她,依旧等她进小区了再离开。

她也站着不动看他,本想忍一会儿再笑的,但实在忍不住。他自己不知道,他的脸上写着他想问的问题呢。

"你看看你的样子,问题都写脸上了。"

"啊?是吗?"

"你不就是想问我,会不会喝了第一口荔枝酒就离开?"

"诶,是的。"

"那你就问噻,你不问我就不会走吗?你问了我就走吗?那你撩子了,简直是高铁,不,是飞机,说一句我就走了。"

魏欢被她说得也觉得自己问不出口的样子很可笑:"那你?"

"你说呢?我爸在四川,我当然也在啊。"

他笑了,露出两排整齐白牙地傻笑,牙齿在路灯下竟隐隐地闪着光。

"《你笑起来真好看》,听没听过这首歌?"她两手抻开他的嘴角,让他保持咧嘴笑的姿势。

"没有。"他含糊不清地说。

"就知道你没有听过,好啦,回去吧。"她放下了手。

"你先进去吧。"

"不,今天你先走。"

"不行,你先进。"

"好嘛,真是幼稚,"她说着转身,马上到门口时,又转过头,"魏欢,其实我决定留下还有个原因。"

"啥子?"

"因为你也在四川。"然后她头也不回地进了小区。

从初春到仲夏,从杭州到小城,从探店博主到饭店服务员,叶至清觉得她这几个月过得恍若一世。如果说人的一生中缘分是有限的,那么来到这座小城、遇到魏欢、找到父亲,也许用完了很多吧。所以,她不想浪费这些缘分。

小城的夏天其实很漫长,一直到国庆假期结束,才开始慢慢渐凉。这是小城最舒服的时候,就是这时,叶至清回了趟杭州。知道她要走,魏欢恨不得直接把店关了跟她一起去。叶至清看他紧张的样子,嘴上在笑他,心里却是甜的。杭州毕竟是她生长的地方,现在移居到小城,她也要回去处理些事情,把租的房子退了,再把衣物寄过来。最重要的一点她没说,是回去和她母亲谈谈。缠绕她十年的事情终于解决了,她也能心平气和地面对母亲了。

叶至清母亲谢敏早早收拾好家里等着她。在她离开的这段时间里,谢敏其实很想她,而且是越来越想。但谢敏知道自己是个不称职的母亲,说她自私也行,说她不会处理亲密关系也可以。

叶至清给母亲带了些小城特产,然后坐在沙发上,母亲拉开旁边的餐椅跟着坐了下来。叶至清用余光把家里看了一遍,家里明显是刚收拾过的。这是母亲在向她示好。

"邱叔叔今天不在?"叶至清开门见山地问。

"你……"谢敏有些吃惊,也有些尴尬,叶至清不仅知道了他的名字,还称呼他叔叔。这背后的变化让她不得不多想。

"我都知道了。妈,没事的。"

"你……"谢敏更加吃惊,叶至清是怎么知道的?

"我找到我爸了。"

"什么?"这么大的事他们父女两个竟然没有一个人跟她说,她瞬间感到被忽视,"好啊,你们姓叶的才是一条心,我晓得的,我早就应该晓得的。"谢敏处理情绪的方式基本上都是像这样嘲讽或者发火。

"妈你别说这些,说这些没意义,解决不了问题。我爸打算年底回来和你离婚。"

"他派你来跟我说这些的?你是他的说客还是狗腿子啊?"

"妈。"叶至清极力抑制被母亲激发出的负面情绪,"我都知道了,知道了,听懂了吗?我爸跟我说了,说了,听到了没?既然你和邱叔叔青梅竹马,他又回来了,你们为什么不光明正大地在一起呢?离婚不是对所有人最好的结果吗?"

谢敏嘴角一阵抽搐,风韵犹存的美丽面庞因为吃惊有些略微走形:"他,你爸,都跟你说了?"

"嗯。"叶至清说得口干舌燥,不想再说了。

谢敏不知道叶重山究竟和叶至清说了多少,她也不能问叶至清到底知道了多少。关于她最隐私的秘密,只有叶重山知道。所以当得知他知道后,她一直怨他、恨他,甚至折磨他。为什么要挖她的过去？为什么不能让她年轻时犯的错消失在时间里？为什么要让那段她最想埋起来的秘密重新被提及？

"你……不怪妈妈？"

"嗯。"叶至清随便应了一声，看着谢敏小心翼翼的样子，又忍不住开口，"妈，你会在乎我怪你吗？在乎我、我爸的感受吗？你只在乎离婚不好听吧，在乎你自己的名誉吧。但是当你和邱叔联系上后，你的名誉已经被你自己毁了。我爸是帮你隐瞒，是帮你离婚，帮你自由。"

谢敏哑口无言。叶至清说的她当然知道，那就是她，她当然知道自己是什么样子。但她好像就是这样奇怪，一直不肯面对、不肯承认。她格外在乎面子，又总是敌不过人性，做一些"面子"上不允许的事情。

"你爸告诉你我和邱宝琛的关系了吗？"

"嗯，说你们以前是越剧团同事。"叶至清其实不想说这些。关于父母年轻时的事情，她每回忆一次似乎都是对父亲的一次羞辱。

"没说别的？"

"别的什么？你怎么在他抛弃了你之后跟我爸结婚的？还是我爸看到那个男人回来找你，你恼羞成怒地一直跟我爸闹？"叶至清知道，截至目前，她所有事先准备好的心平气和都在她这位自私、冷血、暴躁的母亲面前烟消云散了。

但谢敏平静了。她知道，叶重山把那个她最看重、最隐私的秘密藏了起来，没有告诉叶至清。她已经没法责怪他任何了。也许她父亲是对的，叶重山是个好男人，可惜他们从头到尾就是个错误。谢敏想着叶重山还在替她保守秘密，想到他们年轻时的那些事，谢敏第一次真切地感到对不起叶重山。她的眼眶红了，快三十年了，她第一次为叶重山红了眼眶，就在他们女儿的面前。

又是一年春天，随园小馆过完年后停业了一段时间终于重新开张了。位置还是那个老位置，店里装修也没太大变化，只是把小院儿包了进来，改成了一个玻璃穹顶的阳光房。后厨也被拓宽了，向小院儿的方向扩了几平方米，通往小院儿这边也开了扇门。夜晚，要是在玻璃顶上挂满长长的几串一闪一闪的小灯，在这里吃饭简直别有一番趣味。

装修期间的随园小馆没有让顾客们跑空。事实上，很多客人一直都知道店里的装修进度和开业时间。因为叶至清在全网的视频平台上都开了随园小馆的账号，同时还入驻了几家美食商户平台，连她自己的个人生活分享账号都改了备注：清清在@随园小馆当服务员。

开业前一天，叶至清提前在网上发布了开业菜单和随园小馆之后的点菜风格：客人不用点菜，服务员根据人数和口味推荐。魏欢开始不同意，觉得叶至清这是胡闹。但等她给他看了全国很多同类型的餐厅的经营风格和理念，甚至她还找出了营业额等实际数据，魏欢再也没话说了。他只管做好他的菜，其他的一切交给她。本来，他的职业就是厨师，他的舞台就是后厨。

开业当天排队的客人比之前更多了，大家像是要第一时间赶去店里缓解这几个月的思念。毛毛比以前更忙了，又要介绍菜品，又要根据客人喜好给出相对准确的推荐。忙完了第一拨的客人，她的嗓子都要冒烟了。但她乐此不疲，谁让这是叶至清提议的呢？当然，毛毛身上的Gopro还在用着。她的粉丝一直在逐步增加，有时直播的打赏比她当服务员一周挣得还多。每周二，叶至清都会让毛毛提前两小时下班，所以她固定在每周二晚上的八点直播。有时店里不忙，叶至清和方洋也会带着魏欢一起看毛毛直播。魏欢好奇那些直播间里的火箭啊游艇是什么，叶至清告诉他那就是钱。等晚上回家的时候,魏欢对叶至清说,以后他也要直播,这个比炒菜挣钱容易多了。可是等叶至清真让他直播炒菜时,他又厌了,说什么也不肯。

开业的第一天,他们从中午忙到晚上,等送走了最后一拨客人,四个人已经累得不想收拾了。小院儿里亮着一闪一闪的小灯,顶上的玻璃窗开了一角,春风暖暖地、柔柔地吹进来,吹到脸上似乎感觉不到,要不是灯串在轻轻摆动,没人会知道风的到来。

他们一人躺在一张折叠椅上,看着穹顶之上的月光,看着被风吹动的灯串,再看着夜晚的小店。头一次,连毛毛都累得不想讲话。

叶至清想到什么,坐了起来:"再过几天就是我来随园小馆一周年了。"

"有这么快吗?"魏欢也坐直了身体,"我觉得没有吧。"

"对你来说当然不是嘛,对我来说,那次拍探店视频就是开始。"

说到叶至清去年这个时候来拍探店视频,毛毛和方洋仗着叶至清在疯狂嘲讽魏欢。魏欢其实无所谓,他就是这样,别人说什么都和他无关。倒是叶至清有些不高兴了:"谁说我们老板不会上网,魏欢可是会上网的,还经常看新闻呢。"

毛毛和方洋先是愣了一下,然后哈哈大笑起来,既笑叶至清的急于"护短",又笑魏欢"会上网"。

魏欢和叶至清没理傻笑的两人,在透着夜色的玻璃穹顶下,魏欢突然对叶至清说:"清清,我想把店名换了。"叶至清不明所以:"做啥子?不是刚装修完。""嗯,我当时没想起来,我觉得既然你留在店里,就是这个店的一分子,所以我想店名可以改成'至味清欢'。"

"至味清欢。"叶至清跟着念了一遍。她不知道这是不是一个好的店名,但一定是最好的情话。